LES DOMINOS DE LA VIE

Portraitiste tout en délicatesse et fine analyste du couple sur lequel elle pose un regard aussi tendre qu'acéré, Laure Manel rencontre un immense succès depuis son premier roman, *La Délicatesse du homard*. Suivront *La Mélancolie du kangourou*, *L'Ivresse des libellules*, *L'Embarras du choix*, *Histoire d'@*, *Le Sourire des fées*, *Le Craquant de la nougatine*, *La (Toute) Dernière Fois…*, *Les Dominos de la vie* et *Ce que disent les silences*. Après avoir été enseignante, elle se consacre aujourd'hui entièrement à l'écriture.

Paru au Livre de Poche :

Le Craquant de la nougatine
La Délicatesse du homard
L'Embarras du choix
Histoire d'@
L'Ivresse des libellules
La Mélancolie du kangourou
Le Sourire des fées
La (Toute) Dernière Fois…

LAURE MANEL

Les Dominos de la vie

MICHEL LAFON

ISBN : 978-2-253-24318-2 – 1re publication LGF

À toutes les femmes,
Aux battantes,
Et aux hommes qui les aiment.

Impose ta chance, serre ton bonheur et va vers ton risque.
À te regarder, ils s'habitueront.

René CHAR, *Les Matinaux*

Prologue

La vie d'Amélie a commencé bien des années avant le film qui donnera à toutes les Amélie l'envie d'avoir un fabuleux destin.

Notre Amélie est née Marec, a épousé Sylvain Blondin, ce qui eût été une heureuse coïncidence si elle avait été blonde. Or c'était tout le contraire : elle avait des cheveux bruns tirant sur le noir profond. Et raides. Vraiment raides. Alors qu'elle aurait adoré les avoir souples. Évidemment.

Amélie est née à Brest et vit à Quimper. Elle a toujours vécu dans le Finistère, sauf pendant ses études à Paris.

Elle est architecte d'intérieur.

Elle aime le chocolat, la natation, danser, pratiquer le longe-côte, la Bretagne, son métier, les gens en général, le jardinage, conduire, le vin blanc, la mer en toutes saisons. Elle n'aime pas se lever le matin, la langue de bœuf, la politique, l'hypocrisie, être passagère dans une voiture, les gens jamais contents, la nuit qui tombe trop tôt l'hiver.

Amélie est mariée à Sylvain depuis huit ans. Elle l'a rencontré à dix-sept. Ils étaient dans la même classe au lycée. Il a tout de suite plu à son âme romantique. Sylvain aime bricoler, la cuisine, le kayak de mer, dénicher de belles maisons, être dans son atelier. Il n'aime pas perdre son temps, les fainéants, être dans les bouchons, les fruits de mer.

Amélie a trente ans. Bientôt trente et un. Elle est l'heureuse maman de Victor, petit blondinet de presque quatre ans.

Et depuis quelques jours, elle attend.

Vie d'Amélie

C'est une douce journée d'avril. Ressemblant à toutes les autres. Ciel bleu entrecoupé de cumulus blanc moiré, fraîcheur que le soleil breton peine à réchauffer. Il fera bon dans l'après-midi. À moins que la pluie ne s'invite d'ici là.

L'agence d'Amélie se trouve en plein centre-ville de Quimper, dans une charmante rue piétonne donnant sur la cathédrale Saint-Corentin, au milieu des commerces, des restaurants, et surtout des jolies maisons à pans de bois colorés, souvenirs des temps anciens, qui jalonnent cet espace et se marient si bien aux vieilles pierres.

Lorsqu'elle franchit le seuil de *L&A Déco*, Loïc est déjà là, comme à peu près tous les matins, face à son ordinateur, sa tasse de café dans la main gauche, la souris dans l'autre. Matinal et affairé. Célibataire, sans enfants. Ceci expliquant peut-être cela. Amélie, elle, a déposé Victor à l'école maternelle. Puis elle est repassée chez elle parce que, comme souvent, elle a peiné à sortir du lit, a préparé son fils en priorité, mais n'a pas eu le temps de s'occuper d'elle, de prendre sa douche, de se pomponner, de déguster son café italien dans le calme en lisant le journal. En arrivant à 9 h 30, elle n'est de toute façon pas officiellement en retard. L'agence n'ouvre aux clients qu'à 10 heures. Et puis, elle pourrait tout à fait être en rendez-vous extérieur.

L'avantage, aussi, de n'avoir de comptes à rendre à personne. Loïc n'est pas son patron, il est son associé. Et son meilleur ami.

Elle s'approche de lui, il se lève, ils échangent une embrassade chaleureuse, puis elle se dirige vers son bureau, retire son imperméable, son foulard, les dépose sur le portemanteau en bois flotté, allume son ordinateur, va se préparer un café serré dans l'arrière-boutique, puis revient avec sa tasse fumante et s'installe devant sa table de travail, écoute les éventuels messages laissés sur le répondeur du téléphone de l'agence, fait craquer ses doigts avant d'ouvrir sa boîte mail. La douce routine d'un matin ordinaire.

— Je te sens nerveuse…

La remarque de Loïc l'étonne un peu. Bien sûr qu'elle est nerveuse intérieurement depuis quelques jours. Mais cela se voit-il tant que ça ? Qu'est-ce qui, dans ses gestes, l'a déjà démontré ce matin ? Un regard crispé, un soupir échappé, un rythme plus soutenu, moins de fluidité ?

— C'est dans deux jours, lui rappelle-t-elle simplement.

Il dit : « Ah, mais oui ! » d'un ton presque enthousiaste. Puis il s'emploie à la rassurer, à lui faire croire que tout va bien se passer, que les nouvelles seront bonnes. Elle l'écoute distraitement. Qu'en sait-il ? Il cherche simplement à la rasséréner. Mais il n'a ni certitude, ni pouvoir, ni compétences en la matière. Il est juste son ami.

Flash-back

Tu tombes sur cette émission de témoignages que tu regardes quelquefois, que tu écoutes d'une oreille. Le sujet : « J'ai une maladie honteuse. » Tu éprouves une curiosité suffisante pour prêter attention à ce qui va être dit. Cette curiosité à la fois empathique et un peu voyeuse qui peut pousser à regarder ce genre d'émission.

Un témoignage te retient. Ou l'inverse. Une femme qui parle de douleurs insupportables au niveau du nerf honteux. Tu ne savais pas qu'un nerf pouvait s'appeler ainsi. Il veut tout dire de sa localisation… La femme évoque un accouchement compliqué, et un mal sourd qui l'empêche de rester trop longtemps debout, des sensations désagréables parfois terribles qui rendent son quotidien difficile.

Le soir même, tu ressens pour la première fois une petite douleur dans le bas-ventre. Tu n'avais jamais ressenti cela auparavant. Est-ce cette émission ?

Tu te dis que ton cerveau te joue des tours.

Vie d'Amélie

Comme très souvent le lundi, Amélie retrouve sa sœur pour le déjeuner. Hélène tient un magasin de vêtements à Douarnenez et ne travaille pas ce jour-là. Elle en profite pour aller à Quimper. Aujourd'hui, elles ont opté pour une crêperie et déjà passé commande. Après quelques mots échangés sur tout et rien, Hélène ne tarde pas à aborder le sujet qui imprime sur le front d'Amélie quelques lignes soucieuses.

— Tu appréhendes pour mercredi, c'est ça ?

Amélie opine.

— Ça va bien se passer…

— Tout le monde me dit ça. Sylvain, maman, Loïc, Julie, toi… Mais qu'est-ce que vous en savez ? Franchement ! Vous n'êtes pas devins, ni médecins. Et même eux n'en savent encore rien.

Hélène ne prête pas attention à l'inhabituelle véhémence d'Amélie. Elle sait bien par où elle est passée, les angoisses, l'attente, la fébrilité… Elle comprend.

— Justement : ton IRM arrive, dans deux jours tu seras fixée. Les médecins et nous aussi. Mais il n'y a pas de raison. Ça avait pris le bon chemin, ces derniers mois.

— Oui, avec la chimio. Mais comme, je te le rappelle, je l'ai arrêtée depuis deux mois, si ça se trouve c'est reparti en beauté.

— Je sais bien que c'est ce que tu crains. Mais, vraiment, je te le dis : mon intuition est optimiste.

— Depuis quand elle est fiable, ton intuition ?

Hélène sourit malgré l'attaque. Sa sœur n'est pas disposée à entendre. La peur – compréhensible – l'englue dans ses pensées sombres. Seule l'IRM lui donnera tort ou raison. En attendant, mieux vaut changer de sujet.

*

Après le déjeuner, Amélie marche vers le parking où se trouve sa voiture. Elle a rendez-vous chez une cliente à 14 h 30. Elle repense aux mots d'Hélène. À ceux de Sylvain, ce week-end, à ceux de Loïc, ce matin. Ils essaient tous de la rassurer. Dans un sens, elle leur en est reconnaissante. Leur amour, leur soutien l'enveloppent, certes. Mais ils n'ont aucun impact sur la réalité. Ils n'ont aucun pouvoir sur ce qui se trame dans son corps. Et, au fond, ils ne comprennent pas vraiment ce qu'elle vit. Cette peur, peut-être insensée, mais qui la dépasse. Ce n'est pas une question de manque de confiance dans le corps médical. C'est une question de méfiance vis-à-vis de son propre corps, de ce qu'il a été capable de produire, de sa capacité ou non à faire front, à gagner. À gagner avec ce qu'il lui reste de traitement, mais sans la chimio. La chimio, le pilier de ses derniers mois, son ancre, sa bouée, ce à quoi elle s'est accrochée. Alors, oui, elle attend son IRM… la septième. Elle attend le verdict. Et plus il approche, plus la peur grandit.

Flash-back

Tu t'interroges sur le pouvoir du cerveau. Est-il capable de se créer des douleurs ? Est-ce qu'une inquiétude que tu n'avais pas consciemment peut engendrer un mal physique ? Tu trouves tout de même étrange cette coïncidence : visionnage d'émission, apparition de douleurs qui sont comme de petites décharges électriques, et que tu ressens depuis très régulièrement. Tu te demandes si tu n'es pas devenue hypocondriaque. Si, sans cette émission, tu aurais perçu un jour ces sensations désagréables. Si elles ne sont pas simplement une invention de ton esprit.

Tu repenses au gynécologue qui t'a accouchée : « Vous avez mal dans votre tête. »

Vie d'Amélie

L'appartement est niché dans un immeuble des années 1970, sans charme et sans doute sans isolation phonique. Il appartient à la catégorie des logements *dans leur jus*. Petite cuisine au carrelage mosaïque au sol, à la faïence marron sur les murs, où l'on peut à peine se retourner, pièce de vie où s'étale un papier peint aux fleurs vintage, chambres avec moquette tachée. La nouvelle propriétaire semble perdue. « C'est pour cela que je fais appel à vos services. » Elle a des idées, vagues, et un budget, heureusement intéressant. Amélie adore ce genre de projet. Partir du potentiel des lieux, réfléchir à l'agencement, à des couleurs, au style de mobilier, puis casser des cloisons, arracher les sols et les revêtements muraux, refaire à neuf des murs, une dalle, peindre, coller, aménager… laisser libre cours à sa créativité. Voilà pourquoi elle exerce ce métier.

Elle prend des notes et des photos, se projette déjà, voit très bien ce que cet appartement deviendra. Toute à son rendez-vous, elle ne pense plus à l'IRM et à son chapelet de craintes.

Il n'y a rien de tel que le travail pour oublier. Elle le sait depuis longtemps.

*

Après être repassée à l'agence, Amélie arrive à l'école. Victor est à la garderie, comme presque tous les jours après la classe. Elle aime ce moment où elle entre dans la grande salle où se côtoient des enfants de tous âges, à la recherche de son fils, et le découvrir, le surprendre à dessiner, à échafauder des constructions Kapla, à jouer avec ses copains. Aujourd'hui, il tape dans le ballon en mousse. C'est bientôt l'heure de la fin, ils ne sont plus que trois. Alors ils ont transformé la salle en terrain de foot amateur, sans buts, sans goals. Victor ne l'a pas vue, trop occupé à courir après le ballon et à rire. Sans le quitter des yeux, guettant le moment où il se rendra compte de sa présence, Amélie s'avance vers la responsable de la garderie, qui est aussi l'ATSEM de Victor. La journée s'est bien passée, il a bien mangé à la cantine. Pas comme elle à la crêperie. Elle avait l'estomac trop noué. Victor l'aperçoit enfin. Un sourire illumine son visage, et il accourt vers elle en criant « Maman ! ». Le plus beau mot du monde. Il se jette dans ses bras, elle l'étreint. Et le moulin à paroles est actionné comme par magie. Ils n'ont même pas le temps de quitter la salle et de récupérer ses affaires au portemanteau que Victor lui raconte déjà sa journée, les bêtises des copains, le toboggan à la récré, l'histoire que la maîtresse a racontée… et la nouvelle chanson qu'il chante à tue-tête.

Il n'y a rien de tel qu'un enfant pour remettre de la vie dans un esprit morne.

Flash-back

Tu t'interroges toujours sur l'origine de ces douleurs. Elles n'ont rien d'insupportable, mais tu te demandes pourquoi, pourquoi maintenant, que viennent-elles dire que tu ignores ou que tu veux ignorer ? Est-ce qu'elles reflètent une peur ? Est-ce qu'elles sont l'expression de quelque chose qui ne va pas, quelque chose de concret, d'organique ? Est-ce qu'elles ne sont vraiment qu'une invention de ton esprit ? Si oui, il est très fort… Si oui, que veut-il te dire, à l'heure où tu songes à mettre un deuxième bébé en route ?

Vie d'Amélie

Et puis retrouver sa maison, son cocon. Garer sa voiture. En sortir, claquer la porte. Détacher Victor du rehausseur, attraper son petit sac à dos. Essayer de distinguer par la fenêtre éclairée son mari qui s'affaire peut-être à la préparation du repas. Entrer par l'arrière-cuisine, enlever les manteaux, se déchausser, enfiler ses chaussons. Ouvrir la porte, déboucher dans la cuisine, voir Victor sauter dans les bras de son père, s'approcher de l'homme-cuisinier et l'embrasser à son tour. Poser son sac, son téléphone à leur place. Commencer à discuter. Proposer son aide. Monter plutôt à l'étage pour le bain du petit, insister un peu pour qu'il accepte de venir alors qu'il voudrait regarder des dessins animés, le laver, le sécher, le frotter, lui enfiler son pyjama, faire des bisous et des chatouilles, rire à deux. Puis descendre. Mettre la table, puis ses pieds dessous. Partager un bon repas, se raconter la journée, échanger, faire le point sur l'agenda, réprimander Victor qui mâche la bouche ouverte. Féliciter le cuisinier qui les a régalés, débarrasser la table, mettre les assiettes et les couverts au lave-vaisselle. Monter l'escalier, surveiller le brossage des dents, le passage aux toilettes, choisir un album, lire l'histoire, dire des mots doux, souhaiter bonne nuit et de beaux rêves, éteindre la lumière, espérer que Victor ne trouvera pas un prétexte pour se relever, laisser allumé le luminaire du couloir et descendre.

Retrouver l'aimé dans le canapé, se blottir dans ses bras. Lire, peut-être. Ou regarder un film. Tout à l'heure, aller se coucher. La douce routine de tous les soirs du quotidien.

Et ce soir, encore, espérer, croiser les doigts… prier un dieu, quel qu'il soit.

*

La journée du mardi passe lentement. Bien trop lentement. Comme si tout, la ville, les gens, la vie, fonctionnait au ralenti. Comme si tout le monde s'était passé le mot pour l'exhorter à la patience et lui murmurer à l'oreille: « De toute façon, ça ne changera rien au résultat. »

C'est la pause déjeuner. Comme chaque jour, sauf le lundi, Amélie et Loïc sont installés dans l'arrière-boutique. Parfois ils ont *leur gamelle*, restes bienheureux de la veille ou repas exprès; parfois ils vont chez le boulanger ou le traiteur du coin, ou commandent un plat à emporter dans un resto. Ils mangent en tête à tête. Parlent immobilier, clients, nouveaux projets, couleur de peinture, papier peint dernier cri. Sortent des phrases aussi pratiques que passionnées: « Le menuisier a merdé sur les cotes des portes. » « Mme Level n'aime pas du tout le rendu du mur de sa cuisine. » « Tu as vu les nouveaux coussins de chez * ? Ils sont à tomber ! » Évoquent aussi d'autres sujets, plus personnels. La vie de famille de l'une, la vie de célibataire de l'autre; les projets de vacances; les tracas du quotidien, le chauffe-eau qui lâche, le chien du voisin…

Ils se connaissent tous les deux depuis leurs études, et si bien qu'ils n'ont ni filtre ni secret l'un pour l'autre. Loïc avait d'abord flashé sur Sylvain, et finalement plus que sympathisé avec la copine de celui-ci, tentant l'amour ailleurs. Ils formaient un trio improbable. Et si Sylvain avait choisi la carrière d'agent immobilier, les deux autres avaient opté pour s'associer dans la décoration d'intérieur, secteur dans lequel ils aiguisaient leur sens de l'esthétique, de la praticité et du confort. Leur agence, d'ailleurs, avait le vent en poupe sur Quimper et sa région. Les clients louaient leur professionnalisme auquel ils associaient un capital sympathie certain.

— Je prends ma matinée, demain, dit Amélie, sans transition avec ce qui précédait.

— Je me doute. Tu as bien raison. Tu te sens prête ?

— Ai-je le choix ? De toute façon, je n'en peux plus d'attendre. J'en suis au stade où, quel que soit le résultat, je veux le connaître.

— Ça ne m'étonne pas : tu m'as toujours dit que tes pires moments avaient été ceux où tu te trouvais dans l'attente… d'un résultat, d'un diagnostic, de l'opération, d'un traitement…

— C'est vrai : le pire, c'est l'expectative. Après, quand on sait, on n'a plus qu'à agir, qu'à se battre, on n'a plus le choix. Mais je déteste me sentir passive, dans l'attente. Et puis je me fais des nœuds au cerveau. Cela fait trois nuits que je dors mal.

Loïc la regarde avec cette empathie qui n'appartient qu'à lui. Dans ses yeux, elle lit : « Je comprends, je suis de tout cœur avec toi. »

Flash-back

Tes interrogations te poussent à effectuer des recherches. Tes interrogations sur ces douleurs inexpliquées, et ta peur d'une deuxième grossesse. Du moins d'un deuxième accouchement. Tu ne veux pas revivre le même et tu as peur. Mais tu veux ce deuxième enfant. Vous le voulez. Ton aîné va avoir deux ans. C'est le moment. Sauf que tu sens que tu n'as toujours pas digéré ce qui t'est arrivé. Tu as besoin d'être rassurée. Surtout que la clinique n'a voulu ni te promettre une césarienne *de convenance* ni t'assurer que tu ne retomberas pas sur le docteur M. Alors, oui, tu as besoin d'être rassurée avant d'oser te lancer dans une deuxième grossesse.

Tu trouves les coordonnées d'une psychologue spécialisée en psychosomatique. C'est ce qu'il te fallait. Tu as l'intuition que c'est la démarche à faire, et la bonne personne. Tu ne sais pas encore à quel point elles seront capitales.

Vie d'Amélie

Le bâtiment de l'imagerie médicale se présente face à elle. Elle n'a pas envie d'y entrer. Elle ne sait pas comment elle en sortira. Heureuse et soulagée ? Déçue ou paniquée ? En colère contre elle, les médecins ou la vie ? Elle laisse sa carte Vitale et l'ordonnance du docteur C. de l'Institut Gustave-Roussy au guichet, puis va s'asseoir sur les fauteuils en bois dur de la salle d'attente. Elle entend de loin le bruit familier de la machine.

Au bout d'un moment forcément trop long au rythme de son cœur qui bat plus vite que la normale, on l'appelle. On la fait entrer dans le petit vestiaire où elle va se déshabiller et enfiler la blouse et la charlotte habituelles. Pas de boucles d'oreilles, pas de barrette, rien de métallique. On lui pose les sempiternelles questions : « Vous n'avez pas d'implant cardiaque ? Jamais reçu d'éclat dans l'œil ? Vous n'êtes pas enceinte ? » Pas de danger : avec le traitement qu'elle prend, elle est ménopausée comme si elle avait vingt ans de plus. L'assistante revient, la pique dans le bras, scotche le cathéter pour éviter que l'aiguille s'agite dans sa veine. Elle lui injecte du Spasfon en intraveineuse pour éviter que les facéties de son ventre ne gâchent les images. Amélie attend ensuite qu'on vienne la chercher. La machine est en plein travail, elle entend ses sons bizarres. Ce n'est donc pas pour tout de suite. Assez rapidement, pourtant, le monstre se tait. La porte du vestiaire s'ouvre, c'est le signal. Amélie se lève, suit l'opérateur. Elle connaît le trajet, de toute façon. C'est qu'elle commence à avoir ses habitudes… Elle croise furtivement le docteur R., la radiologue qui la suit depuis sa deuxième IRM. Elle est rassurée. Elle sait que celle-ci viendra la voir après l'examen et lui dira les choses telles qu'elles sont, avec douceur et beaucoup d'humanité. Qu'elle n'aura pas à attendre plusieurs jours pour lire un compte rendu incompréhensible au commun des mortels. En sortant, elle saura.

Le sarcophage béant l'attend déjà, dans cette pièce où la température n'est jamais élevée. On l'installe, on procède à des réglages, on lui met un casque *antibruit* sur les oreilles (casque qui au mieux enlève quelques décibels). Puis le support horizontal sur lequel elle est allongée glisse dans la machine et s'arrête au moment où son corps entier se trouve avalé. Très vite, les vibrations sonores indiquent que l'IRM est entrée en action. On la découpe en rondelles dans les trois dimensions pour vérifier comment se portent ses nodules, pour les mesurer, puis, avec le produit de contraste qu'on lui injecte à mi-examen et qui provoque une ébullition froide dans sa veine, on évalue leur vascularisation, leur niveau d'activité. Sont-ils encore bien vivaces ou ont-ils entamé une sorte de mise en sommeil, la nécrose dont on lui a parlé et qui serait bon signe ? Pendant la petite demi-heure que dure l'examen, alors que le fond sonore rivalise de bruits désagréables et guerriers, Amélie est assaillie de mille pensées et réminiscences… et d'une question, unique : alors ?

Alors, qu'est-ce que ça dit ?

Flash-back

Mme B. t'accueille avec un sourire généreux comme sa silhouette tout en rondeurs. Elle te fait asseoir, te demande ce qui t'amène. Tu essaies d'expliquer. C'est assez confus, ça part un peu dans tous les sens. Il y a tant à dire… Le récit de ton accouchement et de ses suites à lui seul prend de la place. Tu te rappelles d'ailleurs que la seule fois que tu as vu un psy, c'était à la clinique, après ton accouchement. Ils t'avaient proposé une consultation dans ta chambre avec une spécialiste en maternologie et périnatalité. À combien de jeunes mères la proposent-ils ? Tu avais senti ce jour-là que ce n'était pas une petite séance d'une heure qui suffirait à balayer les gravats de ton âme meurtrie après l'accouchement que tu venais de vivre.

Vie d'Amélie

La tumeur principale d'Amélie, celle qui l'intéresse plus que les autres, a rendu son verdict : elle a encore perdu quelques millimètres. Cela signifie donc que, malgré l'arrêt de la chimio, malgré ses croyances et ses craintes, la tumeur a manifestement stoppé sa croissance et entamé une régression. Enfin !

Amélie ressent un intense soulagement. Elle a l'impression d'être submergée par une vague de bonheur. Alors, c'est fini ? Ou du moins : c'est le début de la fin ? Elle est guérie ! Son corps a vaincu. Après des mois de doutes et de batailles, il ressort victorieux. La maladie abdique et se retire, les nodules se soumettront complètement, un jour. C'était LA bataille à remporter, celle qui annonce la fin de la guerre, celle qui signifie aux envahisseurs qu'ils peuvent se retirer. Les troupes peuvent rentrer chez elles, tête basse.

Amélie a gagné. Même si tout n'est pas vraiment fini, elle le sait. En attendant, en sortant du bâtiment, elle inspire à pleins poumons. Plus que jamais, depuis deux ans qu'elle vivait corsetée, elle laisse s'infiltrer en elle le délicieux souffle de la vie.

*

Dans son entourage proche, on partage la bonne nouvelle, on fête intérieurement cette demi-victoire qui a tout d'une grande. On rêve d'avenir. On peut se le permettre, à présent. Peut-être d'ailleurs va-t-on s'ouvrir à nouveau au monde extérieur. Ces derniers mois, Amélie et sa petite famille ont eu le réflexe inconscient de se refermer sur elles. Elles ont vécu en vase clos, laissant se raréfier les sorties, les invitations, se blottissant dans un trio-cocon réservé aux plus proches.

Le soulagement et la joie sont partagés par ceux-ci, donc. Mais pas de célébration particulière pour autant. Seuls Nadine, la mère d'Amélie, Hélène, sa sœur, et Jocelyn, le mari de celle-ci, sont venus le soir même pour trinquer au champagne à la santé d'Amélie.

Le petit Victor ne comprend pas vraiment ce qui se fête, dans le salon, ce soir. Mais il voit les sourires qui élargissent les visages et font pétiller les yeux. Il voit tout le monde heureux, et sa maman peut-être plus que les autres (en tout cas plus que ces derniers jours). Alors il est content aussi, il danse sur la musique, il fait des tours de camion dans la salle à manger, il tente des sauts sur le canapé… des fois que ce soir-là ce soit permis.

Flash-back

Tout avait pourtant bien commencé. La sage-femme qui s'occupait de toi était gentille et douce. Tu avais eu droit à un déclenchement matinal, parce que le bébé, cinq jours après terme, n'était toujours pas décidé à sortir de son plein gré. Peut-être était-ce toi qui le retenais ? Après tout… Tu faisais partie de ces femmes qui ont peur d'accoucher et qui s'en passeraient bien… Sans doute parce que tu sais que ta propre naissance a été difficile, et que la mère de ta mère est décédée en mettant son septième enfant au monde. Tu aimerais ne pas inscrire ton accouchement dans cette lignée maternelle d'accouchements *difficiles*. Tout au long de ta grossesse, tu as pris de l'homéopathie pour t'assurer calme et sérénité. Et ça a fonctionné : ta grossesse s'est passée à merveille, tu arrives confiante à l'accouchement. On t'a administré la péridurale et tu flottes dans une attente confortable. Tout va bien.

Tout allait bien jusqu'à l'arrivée du médecin-gynécologue.

Vie d'Amélie

Difficile de décrire cette drôle de sérénité qui envahit son corps et qui infuse toutes les cellules d'Amélie. Une sérénité festive. Peut-être même bruyante. Se sentir tirée d'affaire après avoir craint le pire, après avoir cru mourir de *ça* un jour, n'a pas de prix. Maintenant elle y croit. Même sans chimio, elle croit à sa guérison. Guérie, elle l'est même déjà, si l'on peut dire. Même si elle continue son traitement et son suivi, même si la tumeur et ses copines sont là et le seront toujours. Elle vit avec, elle sait que ce sera une cohabitation longue durée. Que leur présence et le petit cortège de désagréments qu'elle subit font partie de sa vie. Elle l'accepte sans négociation. Parce qu'elle a la chance d'être en vie, parce que l'avenir est devant elle, éclatant, gorgé de promesses.

*

La vie reprend, donc. Étrangement identique. Le même quotidien, les mêmes actions, le même train-train, la même petite routine familière, rassurante, fidèle à elle-même. Avec un supplément de sérénité. Et le sentiment extraordinaire que la vie est belle et qu'elle le sait plus que les autres.

Parfois Amélie s'étonne de constater que ce résultat d'IRM ne change rien. Alors que, profondément, il change tout. Au moins dans le regard qu'elle porte sur ce qui l'entoure. Quelque chose d'anonyme, d'indéfini, sans forme, sans texture, s'est introduit en elle, dans le souterrain de son inconscient. Autour d'elle et dans les faits, rien n'a changé. Elle est toujours l'architecte d'intérieur passionnée, la femme de Sylvain, la mère aimante. Elle est la même, en version guérie, ou qui se sent guérie. Elle est revenue à son quotidien qu'elle n'a jamais vraiment quitté – sauf lorsqu'elle était à l'hôpital. Elle est l'Amélie que tous connaissent. Elle est la même, elle a retrouvé sa vie *d'avant*.

Or, après quelques jours, elle se met à éprouver un sentiment insolite. Un décalage qu'elle ne s'explique pas. Comme si elle *ne pouvait pas* être tout à fait la même. Comme s'il était absurde que cela n'ait rien modifié. Comme si on ne pouvait pas revenir à l'identique après avoir traversé tout cela.

Flash-back

Tu n'as jamais vu ce gynécologue. Tu étais suivie par une femme très bien, douce et à l'écoute. Tes espoirs que le jour J tombe sur son jour de garde à elle s'effondrent à l'arrivée du docteur M.

Sa garde à lui se termine bientôt. À 19 heures. À une heure près, sans doute même moins, tu lui aurais échappé.

Le bébé a du mal à descendre. Tes efforts semblent vains, mais la sage-femme reste confiante et toi aussi. De toute façon, le monitoring est rassurant : le cœur du bébé ne montre pas de signes de faiblesse. On a le temps.

Ou pas. Le médecin décide de hâter le processus. Tu ne comprends pas tout de suite pourquoi. Tu viens de demander que l'anesthésiste revienne pour t'administrer une dose de péridurale. Cela fait plus de huit heures, les douleurs se réveillent. Le docteur M. ne souhaite pas l'attendre. Après tout, si tu es là, c'est que tu es prête à souffrir.

Le gynécologue ne dit rien. Il n'explique rien. Il ne te dit pas que le bébé se présente mal, tête vers le haut, il n'est pas là pour être dans la pédagogie, encore moins dans le dialogue ou le réconfort. Il est là pour sortir ton bébé.

Il attrape ses ciseaux. Il coupe à gauche, petit. Tu cries. Il coupe à droite, bien plus grand. Tu cries. Plus fort. Ton mari se tient à ta droite et serre ta main. La sage-femme, à ta gauche, exerce une pression compatissante sur ton bras. Ils t'encouragent, sont de tout cœur avec toi. Vous êtes tous les trois spectateurs de cet accouchement forcé. Et eux deux, pauvres spectateurs d'une scène de torture et de ta douleur.

Tu t'agites. On n'a pas attaché tes jambes, par réflexe tu te débats, tu poses tes mollets sur les épaules du gynécologue. Il te reproche ce geste, il te demande de reprendre place dans les étriers. Il te réprimande. Il n'avait qu'à t'attacher, après tout.

« Vous avez mal dans votre tête. » Il dit ça et ce sont à peu près ses seuls mots.

Puis tout va très vite. Le docteur M. prend les forceps et va chercher ton bébé. Peu importe s'il est encore haut, peu importe que tu souffres le martyre. Tu vis des secondes atroces d'une douleur paroxystique. Tu ne savais pas que l'on pouvait avoir aussi mal. Heureusement, cela ne dure pas très longtemps.

Ton bébé est là.

Le bonheur dépasse la douleur.

Vie d'Amélie

Le seul défaut de Quimper aux yeux d'Amélie, c'est qu'il n'y a pas la mer. Alors, souvent, elle prend sa voiture pour aller la voir, marcher le long de sa côte, ou simplement se poser sur un banc, sur une pierre ou sur le sable pour la regarder. Admirer ses nuances, écouter les vagues, observer l'eau qui se fracasse sur les rochers, chercher à savoir si la marée monte ou descend, réfléchir.

Ce samedi, elle est allée du côté de Douarnenez avec Victor. Sylvain travaille. Sa sœur aussi. Amélie est donc passée la voir dans sa boutique. Hélène était ravie de leur visite. Elle adore son neveu. C'était calme, dans le magasin, pour un samedi. Pas un client. « Il fait trop beau, les gens se promènent », a soupiré Hélène. Un refrain qu'Amélie entend souvent.

— Vous faites quoi, ce soir ? a demandé Hélène avant qu'ils ne quittent la boutique.

Au « rien de spécial » d'Amélie, elle a proposé un apéro dînatoire, un truc improvisé, sans prétention, tout simple. Elle a de quoi faire dans le congélateur et ses placards, et elle achètera des pizzas. C'est entendu. Ils se retrouveront à 20 heures.

*

Amélie a apporté tout un attirail d'objets en plastique, seaux, moules variés, pelles et râteaux. Et des

Playmobil pour mettre de la vie dans tout ça. Dès leur arrivée sur la plage, il a fallu entamer la construction d'un château. D'une véritable forteresse, plutôt. Une citadelle de Carcassonne que la mer sans pitié ne tarderait pas à ensevelir. Victor avait de l'ambition pour deux. Amélie s'est prêtée de bonne grâce à cette activité.

Maintenant que le château est terminé, elle est assise à deux pas de Victor, sur le sable sec et plus confortable. Elle le regarde jouer avec ses chevaliers. Elle sourit de ses mots et du ton sérieux qu'il emploie. Se demande comment il les connaît déjà. Est-ce l'école ? Il faut dire aussi que Sylvain, en passionné du Moyen Âge, a déjà eu maintes occasions de lui montrer ses livres. Tout a débuté lors des dernières vacances d'été. Ils avaient visité plusieurs châteaux cathares, et Carcassonne. Victor avait été fasciné. Et le Père Noël n'avait eu d'autre choix que d'exaucer son souhait de se voir offrir un château fort Playmobil.

Amélie regarde aussi au-delà de Victor et de son château. Vers la mer. Vers la pointe de Rostudel, là-bas, loin, en face de la plage. La presqu'île de Crozon. Le lieu des souvenirs d'enfance. Sa mémé Corentine, la pêche à pied, les promenades sur le sentier côtier. Tous les petits bonheurs qui appartiennent au passé et qui viennent de temps en temps vous happer. Comme pour dire : « Il ne faut pas oublier. » Elle sourit. La beauté lui fait souvent cet effet-là. Surtout depuis deux ans. Depuis son opération. Elle a toujours eu, du moins le croit-elle, un certain goût pour les jolies choses. Un beau paysage, un ciel particulier, un oiseau qui plane, une lumière. Mais elle mesure bien, plus encore depuis l'IRM, que son besoin de contemplation s'est accru. Ses yeux ne sont jamais assez pleins de beauté. Tout ce qu'elle aime contempler intègre sa collection de bonheurs visuels.

Son regard revient à son petit bonhomme, accroupi dans le sable. Un chevalier passe un mauvais moment. Ils sont à trois contre lui. Elle l'observe en souriant et ressent une bouffée d'amour. Elle a tout à coup envie de le prendre dans ses bras et de le serrer très fort, de le couvrir de bisous. Ne s'en prive pas. Surpris, il éclate de rire, de son rire fluet qu'elle adore. « Attention, maman ! Tu vas tout casser ! » Elle relâche son étreinte. Rappelle à son fils que la mer va s'en charger très vite à présent, puisque les premières vagues ont déjà envahi les douves du château. Qu'importe : il jouera jusqu'à ce que l'eau ait enseveli son Carcassonne. Sous les yeux pensifs de sa mère.

Flash-back

Ton bébé va bien. C'est l'essentiel. C'est ce que tu t'es dit juste après l'accouchement : tu préfères qu'il te soit arrivé quelque chose à toi plutôt qu'à lui.

Il va bien. Même si sa joue est bleue et gonflée à cause des forceps. Même si la photographe de la maternité sera obligée de le retoucher pour qu'il soit plus beau sur les photos, de le *débleuir*.

Il va si bien qu'au bout de quatre jours il est prêt à sortir de la maternité. Il a pris assez de poids, malgré la mise en place d'un allaitement compliqué (les crevasses en rajoutent à tes douleurs, mais tu tiens absolument à allaiter ton bébé pour créer et maintenir un lien que tes maux auraient pu mettre à mal si tu avais délégué). Il fait presque ses nuits. Le pédiatre valide.

Mais pas toi. Toi, tu es bloquée dans ta chambre à la maternité… parce que tu nécessites des soins et une surveillance. Et parce que tu as trop mal. Tu n'es pas en état de t'occuper de ton bébé.

Tu es mal, aussi. Ton bébé le ressent. Il pleure beaucoup. Plus que les tout premiers jours. Peut-être est-il mal à cause de toi. Le pédiatre te conseille gentiment de parler de ton accouchement et de tes émotions à ton bébé. Il faut lui dire qu'il n'y est pour rien, que ce n'est pas sa faute, que tu ne lui en veux pas. Tu y pensais déjà, mais tu ne reportes plus ces mots importants à ton bébé. Tu ne sais pas comment il les perçoit, mais il t'écoute avec attention en te regardant, bien calé sur tes cuisses, ses mains dans les tiennes, dans un face-à-face sérieux et doux. Une chose est sûre : dès l'arrivée à la maison, ton bébé cessera de pleurer *sans raison*. La conséquence directe de ton bonheur de rentrer chez toi et de laisser derrière vous ces jours difficiles.

Vie d'Amélie

Amélie et Victor, de retour de la plage, sont déjà arrivés chez Hélène et Jocelyn. Victor a retrouvé ses deux cousines, Maïwenn et Enora, dix et sept ans. Amélie, en attendant le retour de sa sœur, aide son beau-frère à la cuisine. Ils disposent des biscuits apéritifs, des cacahuètes, des tomates cerises, des cubes de fromage dans des bols, lui prépare un guacamole, elle du houmous. Des pros de l'apéro. Pendant ce temps, David Bowie chante *Life on Mars*. Et Jocelyn fredonne le refrain en agitant les bras avec beaucoup de conviction.

Hélène arrive avec des cartons de pizzas dans les bras. Elle a préféré passer au camion du coin. Elles sont bien meilleures que celles qu'on achète au supermarché.

Sylvain fait son entrée juste après. Il avait une visite de maison assez tardive pour un samedi. Et malheureusement *une visite perte de temps*, comme il les appelle. Une visite qui ne donnera rien. Il a du flair pour ça. Souvent dès les premières minutes. Voire au téléphone. Il y a quand même des clients particulièrement exigeants. Ou qui ne savent pas ce qu'ils veulent. Comme s'ils pouvaient faire les difficiles, en ce moment, avec le marché qui est devenu fou dans la région. Parisiens en manque d'air en quête de résidence secondaire, prix qui flambent, maisons vendues en quelques heures, parfois *visitées en vidéo.* On en est là.

On apporte les victuailles sur la table basse du salon. Jocelyn a sorti des flûtes et des verres à bière. Chacun ses bulles. Hélène verse la crème de châtaigne, puis le crémant pour Amélie et elle. Son mari tire de la Grimbergen du fût. Il y a trop de mousse. Sylvain se moque gentiment de lui.

Ils s'installent. À l'étage, les enfants jouent. On entend des rires, tout va bien. Ils trinquent. Enfin le week-end. Amélie raconte son après-midi à la plage avec Victor, son œuvre, un véritable Carcassonne, la mer impitoyable. Elle leur montre des photos, pour preuve, sur son téléphone. Jocelyn a emmené les filles au cinéma. Quelle drôle d'idée, par ce beau temps ! Il en convient, aurait préféré prendre l'air aussi, aller faire du bateau par exemple. Mais Maïwenn et Enora voulaient aller voir ce dessin animé.

— Et comme tu ne leur refuses rien…, avance Hélène avec plus de tendresse que de reproche dans la voix.

— Oui, je suis faible, avoue Jocelyn. L'autorité n'est pas mon fort, mais je ne vous apprends rien. Je suis tellement content de passer du temps avec elles…

Jocelyn est ingénieur et ne compte pas ses heures. En semaine, il arrive souvent qu'il ne croise même pas ses filles. Le week-end, il essaie de compenser ses absences… à sa manière.

Les enfants, justement, dévalent les escaliers. Ils ont raté le début de l'apéritif et comptent bien se rattraper en piochant dans les bols, comme des corbeaux affamés qui s'abattent sur un champ. Hélène a enfourné une pizza pour eux. Victor s'installe sur les genoux de son père, applique un baiser sur sa joue. « Tu piques, papa ! » l'accuse-t-il en riant. Sylvain décoche un sourire à Amélie, qui le lui rend. C'est un sourire de parents complices et fiers de leur progéniture.

Les enfants remontent. Les adultes reprennent leur conversation. On parle fin d'année scolaire, vacances d'été. Et tout à coup, sans crier gare, Amélie annonce :

— Je vais me faire tatouer.

Trois paires d'yeux s'arrondissent. Et une bouche.

— Toi, un tatouage ?!

Hélène n'en revient pas. Éclate de rire devant cette nouvelle incongrue. Sylvain fronce les sourcils, et enchaîne :

— Chérie, dis-moi que c'est une blague…

Tous attendent ses explications, car un tatouage, ça ne cadre pas avec *Amélie*. Aucun d'entre eux n'en a, d'ailleurs, autour de cette table. À elle de se justifier, de dire son besoin de marquer sur sa peau la grande étape qu'elle est en train de vivre. Après l'épreuve, la renaissance. Elle voudrait trouver un motif qui symbolise cette idée, voilà tout. Hélène comprend, Jocelyn reste perplexe, Sylvain ne dit rien. Ils en reparleront quand ils seront seuls, à la maison.

Flash-back

« Vous avez mal dans votre tête. »

Ces mots restent dans ton oreille, tu ne les oublieras jamais.

Ils disent que tu t'es inventé une douleur qui n'existe pas. Ils disent même, peut-être, que tu es folle.

Vie d'Amélie

— Tu sais que je déteste les tatouages.

Sylvain n'aurait pas attendu leur retour à la maison pour relancer le sujet s'ils étaient rentrés dans la même voiture, mais il a dû patienter jusqu'à ce qu'ils arrivent chez eux, qu'ils couchent Victor, qu'ils se retrouvent dans la salle de bains.

— Je ferai quelque chose de joli et de discret. Peut-être même à un endroit que personne ne verra… sauf toi, répond malicieusement Amélie.

— Quel intérêt, alors ? Surtout si c'est pour moi…

— Justement non, c'est *pour moi* que je le fais. C'est un acte symbolique. Je veux marquer ce moment-tournant de ma vie.

— Parce que tu le vois comme un tournant, vraiment ? Un tournant, ça veut dire un changement, des décisions, quelque chose comme ça. Tu me fais peur, là. Ça veut dire quoi, exactement, pour toi ?

Amélie prend Sylvain dans ses bras et cherche à le rassurer :

— Ça veut juste dire que j'ai conscience d'avoir vécu quelque chose d'important dans ma vie, que j'ai l'impression d'avoir remporté une victoire, que je veux m'en souvenir, que je veux marquer ce moment qui en quelque sorte est le début du reste de ma vie… mais ça ne change rien à *notre* vie. C'est uniquement intérieur et symbolique.

Sylvain garde une moue sceptique. Amélie n'a jamais voulu de tatouage, elle était même plutôt contre l'idée chez les autres (quand il y en a trop, ou de trop gros ou des colorés) ou chez elle (pour la douleur occasionnée). Et là, elle balaie son opinion d'avant d'un revers de la main. Et son avis à lui.

*

— C'est moyennement passé, le coup du tatouage, ou je me trompe ?

Hélène pose la question, entre deux bouchées. Elles sont dans une brasserie. C'est lundi midi.

— En effet. Mais, sincèrement, je m'en fiche un peu.

— Depuis quand tu ne te soucies plus de ce que pense ton mari ?

— Ce n'est qu'un tatouage, ne dramatisons pas. C'est une décision entre moi et moi. C'est mon corps… et c'est ma vie.

— Carrément. C'est la révolution !

— Pourquoi tu dis ça ? demande Amélie, suspicieuse.

— Je ne sais pas… Ça m'étonne de toi. Ce n'est pas tant le tatouage, c'est ton discours. *Mon* corps, *ma* vie… Cette soudaine revendication qui pourrait faire penser que tu vas devenir…

— Égoïste ?

— Je ne sais pas. C'est simplement bizarre que tu sois prête à faire sciemment quelque chose qui déplaît à ton mari.

— Comme une sorte d'émancipation malvenue ? Je n'ai jamais été une femme soumise.

— Non, mais c'est juste que tu es d'habitude si…

— Sage et raisonnable.

— Oui. Comme moi, en fait. Nous avons été élevées comme deux petites filles modèles, et…

— Et voilà où nous en sommes : dans nos petites vies lisses et rangées, où un petit tatouage de rien du tout fait débat.

Hélène lève un sourcil. C'est la première fois que sa sœur a de tels mots, prononcés d'un ton dur et ironique à la fois. Que symbolisera vraiment ce tatouage, au final ?

Flash-back

Ce médecin qui a nié ta douleur te rappelle cet autre gynécologue que tu as croisé lors d'un unique rendez-vous (et pour cause), à la fin de ton adolescence. Il t'avait parlé d'un traitement « indolore ». Dubitative, au vu de ce qu'il te proposait, tu lui as demandé comment c'était possible… Tu attendais une réponse rassurante du type « il n'y a pas de terminaisons nerveuses à cet endroit, voilà pourquoi ». Il t'a simplement dit : « Parce que ça ne fait pas mal. » Ce qui n'était rien d'autre qu'une reformulation.

Et tu t'es fait cautériser le col de l'utérus à l'azote liquide.

Sous l'effet de la douleur, tu as failli perdre connaissance.

Vie d'Amélie

Le papillon est là. Comme posé sur son épaule. Invisible aux yeux des autres en hiver, il ne le sera pas quand elle portera des robes à bretelles en été. Il le regarde. Ce n'est pas qu'il soit laid, non. Le dessin est même plutôt réussi. Traits fins, noir sobre, jolies ailes déployées. Mais il est insolite, incongru, déplacé. Sylvain se demande encore comment ce papillon a pu atterrir sur l'épaule de sa femme. Atterrir et s'y installer définitivement. Alors qu'il était contre. Alors qu'elle sait que pour lui les tatouages sont souvent laids, parfois vulgaires, toujours contraires à la notion de bonne image. Même s'ils sont à la mode. Et puis ça vieillit mal. Qu'est-ce que ça devient, quand la peau flétrit ?

Si ce papillon signifie pour Amélie un envol, une renaissance, pour lui il symbolise surtout un acte fort de la part de sa femme. Une volonté de liberté, d'émancipation, une transformation. Le début d'un changement.

Mais paradoxalement il n'a pas peur : Amélie est la même. La même avec un papillon sur l'épaule. La même qui sourit. Depuis l'IRM, il la sent mieux. Libérée, oui. Plus forte. Prête à aller de l'avant. Pour de nouveaux défis, peut-être. Il ignore ce qui les attend. Mais il la regarde et il ne peut s'empêcher d'en être fier.

*

Sylvain aime Amélie depuis longtemps. Elle lui avait plu tout de suite. Son côté double face peut-être. Mi-timide, mi-fofolle. Ses cheveux très noirs, ses yeux bruns en amande, ses longs cils épais, son regard profond, un peu mystérieux. Un tout. Ils étaient sortis ensemble et contre toute attente l'histoire avait duré. Elle était sa première, il était son premier. Un *bébé couple*, disaient certains. L'amour était venu petit à petit, s'était amplifié. Ils s'étaient mariés. Le petit Victor était venu parachever l'ensemble, solidifier leur lien. Ils formaient une petite famille unie. Une famille à enfant unique, à trois. Pas bancale pour autant, mais ça n'était pas ce qui était prévu. La vie en avait décidé autrement, et il avait bien fallu se soumettre. La vie, comme la nature, a ses lois et une puissance face à laquelle on est parfois peu de chose. Il n'y a qu'à s'incliner devant ses décisions, fussent-elles injustes et difficilement compréhensibles. Sylvain est du genre à accepter ce qui arrive avec une certaine philosophie. Du genre confiant (ce n'est qu'une épreuve, on va y arriver). Du genre pratique (pas après pas, on trace son chemin). Du genre déterminé (il y a toujours une solution).

Les problèmes de santé d'Amélie l'ont sans doute affecté. Mais il a tâché de ne pas le montrer. Rester positif, rester focus. Soutenir, écouter. Y croire pour deux. Et tout laisse à penser qu'il a eu raison. Pour lui aussi, l'IRM a été une victoire. Lui aussi a maintenant envie d'envisager l'avenir avec plus de sérénité. De reprendre ses projets où il les avait laissés. De pouvoir vivre sans la crainte que tout s'arrête, sans la crainte de devenir un papa solo qui doit subvenir seul à tous les besoins de son petit.

Amélie est là, avec lui, plus que jamais.

Vie d'Amélie

À part son tatouage, qu'elle ne voit pas, rien n'a changé pour Amélie. C'est à la fois doux (le petit côté rassurant de la routine) et frustrant. Elle travaille toujours avec Loïc, prend ses projets de rénovation à bras-le-corps, fait face à des clients pointilleux, mange avec sa sœur tous les lundis, s'occupe de son fils dès qu'il n'est plus à l'école, passe voir sa mère de temps en temps, va à la piscine avec Julie tous les mercredis, poursuit sa vie de couple tranquille.

Elle sent, de plus en plus, qu'il lui manque quelque chose. Ou que quelque chose cloche. Elle éprouve un besoin de changement. Oh, elle ne souhaite pas changer de vie, balancer son métier, tout envoyer valser, non. Elle aime bien trop sa vie. Mais elle prend conscience, petit à petit, qu'il faut lui apporter un peu de neuf. Elle ne sait ni par où ni comment ni par quoi commencer. Une nouvelle activité ? Un nouveau loisir ? S'investir dans une association ? Créer de ses mains ? Se mettre au théâtre, au cartonnage, à la couture, à un instrument, à une langue étrangère ? Elle pratique déjà deux sports qu'elle aime : la natation toute l'année, et le longe-côte à la belle saison. Peut-être que oui, en effet, il faudrait aller vers une activité plus créative ? Elle qui cultive le goût des belles choses dans son travail, elle pourrait peut-être compléter sa palette... L'été arrive, c'est le bon moment pour réfléchir à tout cela, pour, peut-être, orienter sa rentrée dans l'un de ces domaines. Depuis qu'elle est petite, c'est une touche-à-tout. Elle a pratiqué de nombreux sports, tenté d'autres activités. Traversé diverses phases. Elle était du genre à avoir la bougeotte. Une instable chronique ? Pas comme sa sœur aînée, attachée volontaire à la danse classique et au piano.

Le soir, dans la cuisine, elle parle de cela avec Sylvain. Il trouve que c'est une bonne idée, qu'elle a bien raison. Elle lui glisse à l'oreille qu'elle aimerait aussi qu'ils trouvent du temps pour profiter l'un de l'autre, pas seulement comme parents. Comme couple. Que ce serait bien qu'ils sortent en amoureux, aillent au restaurant ou au cinéma. Ou même à un concert. Il lui sourit avec bienveillance. Ce serait bien, mais quand ? Ils sont débordés. Et fatigués. Amélie hausse les épaules. Son mari a toujours été plus casanier qu'elle. Après ses longues journées, il ne rêve que de rentrer chez lui, de bricoler dans son atelier, de se poser devant la télé. Quand il a le temps et qu'il se sent en forme, il part faire du VTT ou du kayak de mer avec ses copains. Amélie se raidit soudain face à ce constat : finalement, ils ne partagent pas grand-chose à part leurs moments en famille. Leurs loisirs sont séparés. Par hasard, par différence de goût ou pour le côté pratique (pas besoin de faire garder leur fils) ? Elle aimerait que cela change. Parce que qu'est-ce qui les lie, concrètement ? Leur maison-cocon, leurs habitudes, Victor. Et leur amour, bien sûr.

Flash-back

Tu as donc raconté ton accouchement à Mme B. Et puis les suites, aussi… Tu as ressenti son écoute et son empathie.

Puis tu lui parles de l'émission, des décharges électriques que tu éprouves par moments, de la possibilité qu'elles soient « dans ta tête », créées par ton esprit. Comme si elles n'avaient aucune raison d'être, physiologiquement. Comme si tu donnais raison au docteur M.

Mais la séance est déjà finie. Il faudra creuser le sujet la prochaine fois. Tu ressors de son cabinet soulagée, mais encore pleine d'interrogations.

Vie d'Amélie

C'est la première fois depuis l'IRM qu'Amélie revoit Mme B. En général, elle s'y rend toutes les trois semaines environ. Sauf si elle éprouve un besoin de s'épancher, si quelque chose l'interroge ou la travaille particulièrement, Amélie n'hésite pas à avancer un rendez-vous. Parfois c'est l'inverse.

Deux ans qu'elles se voient. Mme B. sait presque tout d'elle. Elles ont creusé, ensemble. Elles ont fouillé, gratté, tamisé, nettoyé. Pas jusqu'à effacer et revenir à l'état initial. Il y aura toujours des marques, des cicatrices, des preuves de ce par quoi elle est passée. Il ne s'agit pas d'oublier, mais de vivre avec. Et peut-être, un jour, d'accepter. Les séances avec sa psy sont différentes des confidences à Loïc ou à Julie. Mme B. est un tiers neutre, elle n'appartient pas à sa vie, elle ne fréquente ni sa famille ni ses amis, elle n'a jamais vu son mari. Mais elle en connaît un rayon, à leur sujet. Et elle pose toujours les bonnes questions. Toujours avec un regard bienveillant.

Amélie lui raconte comment elle a vécu l'IRM, le soulagement immédiat. Le tatouage, aussi. La réaction de ses proches. Et son étonnement à elle, de se sentir différente dans une vie identique. Quelque chose grandit en elle. Un souffle neuf. Comme une poussée de sève au printemps. Une envie de profiter de l'existence, puisqu'on lui a donné une deuxième chance.

C'est comme si tout à coup elle voyait la vie autrement. Elle tente d'expliquer son impression de décalage avec les autres. Mme B. dit :

— C'est parce qu'avec ce que vous avez traversé, vous avez acquis une lucidité que les gens de votre âge ne possèdent pas encore. Souvent, cela arrive plus tard. Mais vous, vous avez déjà pris conscience, à trente ans, du caractère éphémère et fragile de la vie. Tout peut s'arrêter bien plus tôt qu'on ne le croit. Vous, vous avez cru, à un moment, que vous alliez mourir. Ce n'est pas rien ! Et vous êtes là, bien vivante, quasiment guérie (l'IRM est venue vous le confirmer). Vous mesurez votre chance. Et vous avez envie de le faire savoir. Par ce tatouage, par exemple. Ne cherchez pas à provoquer des changements. Laissez-vous simplement porter par ce qui arrive. Et vous verrez bien !

Mme B. utilise souvent des images. Celle de la planche de surf, par exemple, qui joue avec les vagues et nous emmène dans un savant mélange de prise de risque, de maîtrise et de lâcher-prise.

*

Souvent, après son rendez-vous avec Mme B., Amélie s'arrête à la maison de retraite qui se trouve à proximité du cabinet. Sa mémé Corentine y passe ses vieux jours avec l'encadrement médical et la sécurité qui lui manquaient lorsqu'elle vivait chez elle.

Amélie appréhende toujours le moment où elle franchit la porte de sa chambre, l'état dans lequel elle va trouver sa grand-mère, autrefois si dynamique, si joviale. Chaque fois qu'elle la voit, il lui semble qu'elle la perd un peu plus. Sa mémé disparaît progressivement, comme derrière un voile qui s'épaissit et peu à peu deviendra un rempart entre elles. Elle ne peut s'empêcher de se la figurer en Bigouden, avec son costume noir aux broderies colorées, sa coiffe sur la tête, en train de danser l'andro, la gavotte, la valse, la scottish, dans les fest-noz, les fest-deiz, au son du biniou et de la bombarde du bagad… toute à sa joie de défiler avec les compagnons de son cercle au festival interceltique de Lorient. Sa grand-mère, c'était surtout cela : une Bretonne dans toute sa splendeur. Fière de ses racines, élevée en breton et au beurre. Reine du far breton, du kig ha farz et du kouign-amann. Née Le Guenec, elle avait épousé un Marec. Avait doté chacun de ses enfants d'un prénom celtique. N'avait pas apprécié que la mère d'Amélie ne poursuive pas la tradition. L'avait souvent dit, et le lui reprochait encore.

Mémé Corentine a eu son lot de joies et deux grands malheurs : la disparition en mer de son marin de mari, et la mort de son plus jeune fils, Yann, le père d'Amélie, d'une crise cardiaque imprévisible.

Elle commence à oublier qu'ils ne sont plus là. Et surtout, de plus en plus souvent, elle parle à ses visiteurs en breton.

Flash-back

Est-ce la séance chez la psychologue qui t'en donne le courage ? Tu te décides enfin à aller voir de plus près du côté du nerf honteux… Ce que tu découvres t'engage à consulter ton médecin généraliste.

Il est peut-être temps d'arrêter de se voiler la face.

Vie d'Amélie

La maison de Nadine, la mère d'Amélie, se situe dans un quartier résidentiel de Plougastel-Daoulas, non loin de Brest. C'est une maison typique, avec des blocs de granit gris qui entourent les portes et les fenêtres, au jardin luxuriant. La douceur du climat favorise la croissance des plantes et des fleurs. On trouve ici, d'ailleurs, bien des variétés méditerranéennes.

Pendant que Victor enchaîne les descentes de toboggan, sa mère et sa grand-mère prennent le thé en terrasse, sous un généreux soleil de mai.

— Elle m'a accueillie en m'appelant par mon prénom, puis ne m'a parlé qu'en breton…, soupire Amélie, soucieuse. Donc, évidemment, je n'ai rien compris.

— C'était une journée sans.

— Je me fais du souci pour elle. J'ai l'impression qu'elle s'enfonce dans la maladie et que bientôt nous n'arriverons plus du tout à communiquer.

— Je sais bien… Il faut s'y préparer. La dernière fois que je l'ai vue, elle a parlé un français-breton très aléatoire et voulait que j'aille sur la tombe de Gaël avec ton père… Je n'ai pas trouvé la force de lui rappeler, pour Yann…

— De toute façon, la mort de papa, c'est ce qui a tout précipité. Je crois que c'est le choc qui lui a fait perdre les pédales.

Un silence vient se placer entre elles. Amélie n'évoque pas souvent son père avec sa mère. Non que ce soit tabou. Par pudeur, plutôt. Sept ans déjà, mais toujours cette difficulté à en parler, à trouver les mots.

— Ça va, toi ?

Nadine sait bien que cette question est à relier avec le sujet précédent. Elle sous-entend « par rapport à papa ». Elle opine avec un léger sourire, un peu triste qui signifie : « On fait aller. Ce n'est ni pire ni mieux que d'habitude. » Le manque est toujours là, vif. Les parents d'Amélie étaient encore très proches, très amoureux. Bien plus que les couples d'un certain âge qu'elle croise, dans sa clientèle ou dans la famille, dont l'alliance tient plus du compromis. Eux, ils étaient heureux et amoureux comme au premier jour, discutant, riant, s'embrassant, se tenant la main, élaborant toujours des projets. Un modèle à ses yeux. Elle avait toujours rêvé de leur ressembler, de trouver l'âme sœur et de vivre un amour grand comme celui-là. Elle sait bien, au fond d'elle, même si elle n'aime pas se l'avouer, que l'amour qui l'unit à Sylvain est plus *petit*.

— Et toi, comment vas-tu ?

Ce n'est pas un simple « ça va ? » machinal, qu'on lance après une bise. C'est demandé avec sérieux. C'est une vraie question. Celle qui dénote une réelle profondeur et le souci de l'autre. Celle qui veut une vraie réponse.

— Bien.

Amélie ne sait pas quoi répondre d'autre. Que dire de plus que sa mère ne sache déjà ? Sa santé va dans le bon sens, elle est heureuse au travail et en famille. Tout va bien.

Tout va terriblement bien.

Flash-back

La médecin t'examine. Elle prend un air soucieux, tout en ne souhaitant pas t'inquiéter. Elle te demande de consulter au plus vite ta gynécologue et rédige à son attention un petit mot sur une feuille d'ordonnance. Il y est question d'une *masse*. D'une masse *de la taille d'une clémentine*.

Tu rentres chez toi.

Tu t'effondres.

Vie d'Amélie

Le mercredi soir suivant.

Amélie est à la piscine avec sa meilleure amie, Julie. Après l'équivalent d'au moins un kilomètre en longueurs d'affilée, elles filent au sauna et au hammam. Ensuite, elles iront manger un morceau quelque part. C'est leur rituel du mercredi soir. Leur moment *entre filles*.

Julie a l'âge d'Amélie, à quelques mois près. Elles se sont connues au collège. Se sont éloignées au lycée. Un jour, par hasard, alors que chacune ignorait tout de ce qu'était devenue l'autre, elles se sont croisées dans une galerie d'art de Pont-Aven. Un parfait hasard qui les avait fait se retrouver dès leurs études achevées, alors qu'elles revenaient dans leur région d'origine. Amélie était devenue architecte d'intérieur et Julie dentiste. Cette dernière avait résumé ainsi leur situation : « Tu retapes des logements… et moi des bouches. » Elles avaient ri, s'étaient dit que ce serait sympa de reprendre contact, avaient échangé leur numéro. Et tout avait redémarré de là. Un café, un verre le soir, des invitations, des sorties… Sylvain et Mathieu avaient sympathisé aussi et les deux couples s'étaient mis à se voir régulièrement. C'était simple et toujours agréable, entre eux. L'arrivée de Victor n'avait pas vraiment changé la donne. Si ce n'est qu'Amélie était moins libre, moins encline à sortir. Néanmoins, depuis, elles avaient mis en place ce rituel du mercredi soir et n'y auraient dérogé pour rien au monde.

Les deux jeunes femmes ont quitté le grand bassin pour migrer dans le sauna. Elles y sont seules et libres de parler sans filtre et sans se soucier de déranger les autres.

— Décidément, j'adore ton tatouage. Tu me donnerais presque envie de m'en faire un ! s'esclaffe Julie.

Amélie rit. Julie est particulièrement douillette. Jamais elle n'oserait.

— Sylvain commence à s'y faire ?

— Je crois, oui. Et apparemment Mathieu a pris ma défense auprès de lui.

— Ah oui ? Ça ne m'étonne pas. Je crois que ça le titille aussi et qu'il franchira bientôt le pas. Il m'a parlé d'un motif un peu tribal enserrant son biceps. J'imagine qu'il veut préparer psychologiquement Sylvain…

Elles rient.

— Ça va, vous ?

— Super. On est bien occupés, avec le travail, Victor, tout ça… la vie, quoi. Tu t'en doutes.

— Mais en tant que couple, je ne sais pas, moi, il y a du neuf ?

— Pourquoi voudrais-tu qu'il y ait du neuf ? On est presque un vieux couple. On bosse comme des dingues. La libido, on ne sait plus trop ce que c'est… Niveau vie intime, c'est minimum syndical, voire calme plat. Donc, non, rien de neuf. On nage dans la routine.

— Et ça ne te va pas. Je vois bien ton petit rictus, là, au coin de ta bouche.

— Disons que je commence à trouver cela pesant. J'aimerais bien, maintenant que les soucis sont derrière nous, redonner du souffle à notre vie de couple.

Mais j'ai comme l'impression que je suis la seule à le vouloir.

— Je suis sûre que Sylvain ne voit même pas où est le problème. Les hommes, je crois, se plaisent dans leurs petites habitudes…

— Ce n'est pas le tien qui te fait penser ça, hein ? Parce que ton Mathieu, dans le genre *attaché à sa liberté et qui a trop peur de s'engager*, c'est justement parce qu'il craint de tomber dans la routine qu'il ne te demande pas en mariage…

— … Et qu'il ne veut pas d'enfant… C'est un tout. Parfois je me demande s'il veut rester un éternel ado, libre et insouciant, ou si cela ne cache pas au fond la peur de l'échec. Je te rappelle qu'il est encore traumatisé du divorce hardcore de ses parents, une version à peine édulcorée de *La Guerre des Rose*… Il y a de quoi être refroidi.

— Moi c'est le contraire : mes parents ont mis la barre trop haut. J'aurais pu renoncer au mariage tellement le leur était réussi.

— Mais tu n'as pas renoncé…

— Non. Pour autant, je n'ai pas l'impression qu'ils ont connu et pâti de la routine comme Sylvain et moi… Ils étaient si heureux.

— On ne voit jamais tout ce qui se passe dans un couple…

— À qui le dis-tu.

— Tes parents ont forcément traversé des périodes moins fastes, dû faire face à des difficultés ou des conflits…

— Évidemment. Ne serait-ce qu'avec mémé Corentine… Ça n'a pas toujours été simple, pour ma mère. Néanmoins, mon père l'a toujours soutenue et, j'en suis sûre, rien n'a mis à mal leur couple. Ils s'aimaient trop.

Flash-back

Alors ça ne s'arrêtera donc jamais ? Tu repenses à ton accouchement, à ses suites compliquées. Tu es face à une nouvelle épreuve gynécologique. Tu le pressens, mais tu ne mesures pas encore à quel point.

Vie d'Amélie

Les semaines se suivent, les jours s'écoulent. Et parfois, en cachette, Amélie a l'impression de couler doucement. De s'enfoncer dans un trou d'eau, de ne plus très bien respirer, de s'abîmer dans une sorte de mal-être inexplicable. Comme si la guérison avait mis au jour une autre maladie, un mal sourd. Quelque chose de latent qui ne demandait qu'à se réveiller et à surgir. Comme un monstre perfide.

En surface, tout va bien. Elle a toujours su faire semblant. Notamment pendant les pires moments de sa maladie, avec les clients. Toujours le sourire, un mot pour rire. Alors que rien ne souriait en elle.

Amélie flirte avec ce paradoxe : elle est sortie d'affaire, elle devrait aller mieux que jamais, mais c'est le contraire qui se produit. C'est incompréhensible. Et elle a honte. À qui pourrait-elle confier son désarroi ? Qui pourrait la comprendre alors qu'elle-même ne se comprend pas ?

Elle s'est épanchée auprès de Mme B. Celle-ci parle d'un contrecoup, une espèce de choc post-traumatique à retardement. L'engage à ne pas tirer de conclusions hâtives. Tout va rentrer dans l'ordre. Il faut du temps.

À la maison, plus encore qu'ailleurs, elle tente de ne rien laisser paraître. Elle *tente*, mais Sylvain n'est pas dupe. Il voit bien, parfois, son visage soucieux, bizarrement crispé, sa tendance à l'irritabilité. Même avec

Victor. « Tout va bien ? » demande-t-il parfois. Et elle répond que oui. Mais il n'y croit pas complètement. Il voit bien, aussi, qu'elle se laisse un peu aller. Qu'après la bataille c'est comme si elle relâchait tout. Même son apparence. Elle ne se maquille plus, ou presque plus. Fait un effort pour les clients en semaine, mais renonce le week-end. S'habille élégamment du lundi au vendredi, mais revendique le port de vêtements confortables le reste du temps. Comme si elle se fichait de lui plaire ou de se plaire à elle-même. Parfois il se demande si elle ne tombe pas en dépression. Il se rassure en pensant aux séances qu'elle a toujours avec sa psy. Il appelle Hélène pour avoir son avis, mais Hélène n'a rien remarqué. Il en touche un mot, un jour, à Julie, mais celle-ci élude la question.

Amélie voit bien ou devine les affres de son mari. Elle constate, mais ne note pas d'investissement ni de réaction spéciale de sa part. Non qu'il soit indifférent. Mais il ne redouble pas d'attentions envers elle. Peut-être parce qu'elle nie, qu'elle soutient que tout va bien : il doit penser qu'elle n'en a pas besoin ou qu'on ne peut pas aider quelqu'un qui ne souhaite pas être aidé. Peut-être aussi parce qu'il ne saurait pas s'y prendre, qu'il a peur d'être maladroit. Peut-être encore parce qu'il ne voit rien de grave et qu'il se dit sans doute que tout va rentrer dans l'ordre, que ce n'est qu'une phase, un mauvais moment à passer. Peut-être aussi qu'il est simplement affairé…

Depuis l'IRM, il a décidé d'ouvrir une nouvelle agence à Quimperlé.

Flash-back

La gynécologue t'a reçue, a validé l'appréciation de ton médecin, et t'a prescrit une échographie et une IRM pour lesquelles elle te trouve un créneau rapide.

L'échographie s'avère décevante. Trop de proximité avec la masse, pas de possibilité d'en estimer les contours. L'IRM transforme ta clémentine en pamplemousse : la masse mesure plutôt une dizaine de centimètres. Voilà ce que t'annonce le radiologue, qui ajoute : « C'est bénin, mais il va falloir l'enlever. »

Tu ressors de là sonnée. Tu essaies de te raccrocher à ces mots : « C'est bénin. »

Vie d'Amélie

En ce 7 juillet, on fête l'anniversaire de Victor. Il a eu quatre ans jeudi. Dans le jardin de la *maison-cube* ainsi qu'il la surnomme, tous sont là : ses parents, son oncle et sa tante, ses cousines, sa grand-mère, son parrain Loïc et sa marraine Julie avec Mathieu. Il y a même mémé Corentine qui, pour l'occasion, est sortie de sa maison de retraite et qui est plutôt dans un bon jour.

Il fait beau. « Y a d'la joie » n'arrête pas de chantonner Jocelyn, le beau-frère d'Amélie, au meilleur de sa forme. Et c'est vrai : les visages affichent des sourires radieux. Le petit prince de la maison aussi. Il est surexcité. N'a pas voulu attendre le dessert pour ouvrir les cadeaux. Veut déjà tester son nouveau vélo.

Amélie s'affaire à la cuisine, au jardin, virevolte. Se montre sous son meilleur jour. Vérité ou pas, tous y croient. Depuis quelques jours, Sylvain a constaté un mieux. La suspicion de dépression a échappé à Nadine et à Hélène. Seule Julie a peut-être reçu quelques confidences en ce sens, mais ce sont des secrets de femmes. Nul autre qu'elle n'y aura accès. Aujourd'hui, c'est jour de fête.

L'été est là. Porteur de jolies promesses.

*

Parce que Julie est en vacances et qu'elle souhaite changer les idées de son amie, en ce mois de juillet, Amélie est régulièrement embarquée dans des soirées, avec l'approbation de Sylvain qui préfère de toute façon rester à la maison. Loïc se joint à elles de temps en temps. Un resto par-ci, un concert par-là, un verre au pub, un fest-noz endiablé… Julie remet de la vie dans la vie d'Amélie. Cela casse sa routine, lui fait du bien. Cela lui redonne vingt ans. Un peu de légèreté, d'insouciance. Quitter pour quelques heures son costume d'épouse et de mère pour s'amuser un peu. Être une femme de trente ans sans étiquette. Danser, rire, s'ouvrir aux autres, rencontrer de nouvelles personnes. Mettre un peu de pétillant dans sa vie et remonter à la surface de l'eau sous l'effet des bulles.

Vivre une parenthèse bénéfique. En sortir mieux. Se réjouir de partir bientôt en vacances en famille.

Flash-back

« C'est bénin. »

Le radiologue a dit cela en raison de l'apparence de ta tumeur. Mais à aucun moment on ne te propose une biopsie.

Vie d'Amélie

Les vacances sont là. Enfin.

Après des semaines de travail particulièrement chargées, et ses sorties parfois tardives du mois de juillet, Amélie a grand besoin de se poser, de se reposer. Sylvain aussi. Surtout avec ce qui l'attend à la rentrée.

Ils ont choisi l'Auvergne. Le massif du Sancy. Puis ils feront une halte en Vendée, chez un couple d'amis, pendant quelques jours.

La route et l'installation dans le village vacances se passent au mieux. Hormis peut-être les paroles incessantes de Victor ponctuées de ses « On arrive bientôt ? ». Leur chalet est charmant. La vue, magnifique. Ils prendront tous leurs repas au restaurant du complexe : Amélie souhaitait de *vraies* vacances, sans contrainte de courses ni de cuisine. Victor pourra profiter de la piscine et du club enfants les jours où ses parents opteront pour des randonnées trop difficiles pour ses petites jambes. Cela dit, il ne faut pas se plaindre : c'est un bon marcheur pour son âge, et il aime ça. Ce qui le motive, surtout, c'est de pouvoir observer des animaux sauvages. Ils iront aussi au château de Murol pour satisfaire sa passion des chevaliers. Ils visiteront également une production de saint-nectaire, pour lui montrer comment on fabrique le fromage et constituer des réserves. La semaine sera vite passée.

*

Ils roulent vers la Vendée, avec un Victor si fatigué que pour une fois il dort dans la voiture. Les vacances à trois se sont bien passées. Amélie ne peut que s'en réjouir. Repos bienvenu, bonne humeur générale, pas de crispations particulières. Ils reviennent comme ils sont arrivés : bien tous les trois. Une famille unie, un enfant heureux, des parents contents. Le bonheur dans la simplicité. Ils seraient parfaits pour une pub « regardez comme cette famille est heureuse ». Amélie sourit à cette idée. Et à Sylvain, aussi. Il est toujours là, à ses côtés. Depuis si longtemps. Parfois elle se trouve ingrate de trouver des défauts au couple qu'ils forment. Après tout, ils s'entendent bien. Ils voient, globalement, les choses de la même façon, ils ont des projets d'avenir. Que vouloir de plus ? Plus de tendresse, plus de dialogue, plus de câlins, plus de sexe ? Mais n'est-elle pas chanceuse ? Le secret du bonheur ne réside-t-il pas dans le fait d'être content de ce que l'on a ? Pourquoi vouloir plus ? Elle regarde son mari et se dit que la vie leur sourit.

*

Les quelques jours chez leurs amis vendéens ont plombé leur sérénité d'un coup. Ce n'était certainement pas le bon moment pour venir : le couple était au bord de la séparation. Piques, attaques en règle, règlements de comptes, accusations diverses… Amélie et Sylvain se sont retrouvés bien malgré eux au centre de l'arène, spectateurs ébahis d'une joute entre deux époux devenus ennemis. Ils ont décidé de rentrer plus tôt et de profiter de leurs derniers jours de vacances à Morgat, dans la maison de mémé Corentine, face à la mer. Un lot de consolation plutôt réjouissant.

Flash-back

Quand tu y repenses, le mot *masse* a tout l'air d'un petit mot passe-partout. Une lourdeur inoffensive. Un euphémisme qui fait bien moins peur que *tumeur.*

Tumeur… Tu meurs. C'est tout de suite beaucoup plus flippant.

Vie d'Amélie

La rentrée va vite arriver. Le petit Victor devient un grand, puisqu'il entre en moyenne section, dans une classe à double niveau avec une grande section, et n'en est pas peu fier. On lui a acheté un nouveau sac, pour l'occasion, un cartable miniature qui ressemble à un vrai. Il va continuer à apprendre les lettres, les chiffres, commencer à les tracer... Dans deux ans, il sera au CP. Amélie frémit rien que d'y penser. Le temps passe trop vite. Et puis elle n'a et n'aura jamais qu'un enfant. Toutes ces étapes, elle ne les vivra qu'une fois. Pas de retour en arrière possible, pas de deuxième chance non plus. Son aîné est son unique. Elle ne revivra jamais une autre grossesse, le choix d'un autre prénom, une autre naissance, les babillages, la diversification alimentaire, les premiers mots, les premiers pas, le premier Noël, le premier tour de manège, une autre rentrée à la maternelle... Toutes ces premières fois sont aussi les dernières, pour elle. Même lorsqu'elle l'ignorait alors.

Victor ne sera jamais un grand frère. Elle ne saura jamais quel genre de grand frère il aurait été. Elle l'imagine, parfois. Il aurait sans doute été attentionné et précautionneux. Protecteur, un jour. Un grand frère comme était sa grande sœur à elle. Avec les chicaneries habituelles.

La maison sera plus calme. Parfois elle préfère en

rire : à lui tout seul, il ne risque pas de se disputer avec lui-même.

Amélie a appris à voir du positif dans le négatif, le verre à moitié plein. Alors cela fait partie des choses qu'elle se dit pour se consoler d'être la mère involontaire d'un enfant unique. Il lui arrive aussi de se dire qu'elle n'aura jamais à devoir ouvrir son cœur pour deux ou plus, ni avoir peur d'en aimer un moins que l'autre. Elle aime son Victor d'une force qu'il n'aura pas à partager. Elle pense cela tout en se réprimandant : cet amour ne devra pas être envahissant ou trop lourd à porter, et son fils devra comprendre que malgré tout cet amour il n'est pas le centre du monde.

*

La rentrée signifie souvent nouveau départ, prise de décision, menus changements et nouvelles activités… voire bonnes résolutions. Amélie s'est décidée : ce sera la couture, pour l'activité, perdre les trois kilos pris dans l'été pour les résolutions, et c'est tout. Le nouveau départ, c'est du côté de Sylvain et c'est suffisant : l'ouverture de son agence à Quimperlé approche et il ne pense plus qu'à ça. Il compte sur Amélie pour l'épauler. Ils ont toujours formé une bonne équipe. Ils le prouveront encore.

Flash-back

Ta gynécologue t'a dirigée vers un confrère de la clinique. Elle n'opère pas. Le docteur D. est tout près de la retraite. L'expérience que tu lui attribues te rassure.

Il se penche sur ton dossier, ton IRM, le compte rendu. Il ne souhaite pas attendre tes vacances pour t'opérer. Tu comprends dans ses mots qu'il y a urgence. Tu es prise d'une sorte de vertige. Tout se précise, tout se précipite.

Il te donne quelques indications sur l'opération qu'il estime à deux heures. Il essayera de retirer la masse en passant par les voies naturelles, mais il préfère te prévenir pour que tu t'y prépares : il faudra peut-être t'ouvrir le ventre.

Tu seras opérée dans les quinze jours.

Tu acceptes la sentence avec une sorte de résignation déterminée.

Tu penses surtout à l'organisation qu'il va falloir mettre en place au travail et pour ton petit bonhomme de deux ans.

Vie d'Amélie

La rentrée de Victor s'est bien passée. Il a retrouvé ses copains, son amoureuse, et il adore sa nouvelle maîtresse. Il a soif d'apprendre.

Sylvain a ouvert sa nouvelle agence et a mis en place une équipe en laquelle il a confiance. « On va faire du bon travail », dit-il à qui veut l'entendre. Il a prévu, quant à lui, de naviguer entre Quimper et Quimperlé un jour sur deux. Les biens immobiliers rentrent déjà, son catalogue s'étoffe. Il enchaîne les visites et les estimations. Là, comme dans sa première agence, il ne manquera pas de suggérer de faire appel à *L&A Déco* en cas de besoin.

Pour Amélie, rien de nouveau. Sauf la couture, où elle se rend le samedi matin. Sa mère vient garder Victor à la maison. Ils déjeunent ensuite tous les trois. Un nouveau rituel inscrit dans son emploi du temps, à côté de la piscine du mercredi soir et d'une sortie hebdomadaire avec Julie et/ou Loïc, dans la continuité de celles de juillet. Amélie tient à conserver ces petites escapades auxquelles elle a pris goût. Sylvain y consent. De toute façon il peut garder Victor, ses activités à lui prennent place le dimanche, son seul jour de repos. Que ce soit pour le VTT ou le kayak de mer, il arrive aussi que le temps ne soit pas de la partie. D'une façon générale, Amélie et Sylvain se croisent de plus en plus. Ils vivent à côté de l'autre plus qu'avec l'autre, dans deux vies parallèles qui ne se touchent plus beaucoup. Accaparés par leur métier respectif, leurs occupations personnelles, ils ressemblent de plus en plus à des colocataires.

Cette rentrée, ce retour à la vie normale après les vacances, à un quotidien bien huilé, a donc un goût un peu amer.

— Finalement j'en suis au même point qu'à la fin de l'année scolaire, le côté déprimé en moins. Disons que ça va, dans l'ensemble. Mais je sens toujours que quelque chose cloche. C'est comme si j'étais déçue par ma vie.

— Peut-être parce que tu as déjà tout ? l'interroge Julie en attaquant sa pizza.

Amélie sourit, un peu jaune.

— C'est vrai : je suis mariée, j'ai un fils formidable, une belle maison, un métier que j'adore, une situation financière enviable. J'ai tout, oui, tu as raison. C'est bien pour ça que j'ai du mal à comprendre ce qui me manque… À part un deuxième enfant, évidemment. Mais ça, ce n'est pas possible, et je crois que c'est digéré.

— Et ta psy, elle te dit quoi ?

— Elle me dit que c'est normal, ce genre de remous et d'interrogations, après ce que j'ai vécu. Qu'il faut laisser faire.

— Il te faut un nouveau projet, quelque chose d'excitant !

— Plus que la couture, tu veux dire ?

Elles éclatent de rire.

— Tu as raison. Au fond, je manque de désir, de projet, d'élan. Ma vie me semble toute tracée, sans surprise.

— Tu sais, je crois qu'on est tous un peu pareils, dans un certain train-train. Pris dans les habitudes et les contraintes de notre quotidien.

— Je sais. Certains s'en contentent. Moi, je veux plus. Je n'ai pas envie d'attendre la retraite pour « profiter de la vie ». On ne sait même pas si on atteindra soixante ans, alors la retraite… La vie, c'est maintenant.

— Tu es peut-être en manque de sensations fortes ? Tu devrais sauter en parachute !

— Non… Ce n'est pas d'une activité ou d'un changement ponctuel que j'ai besoin, c'est de quelque chose de plus profond, à plus long terme. Cela dit, c'est une idée. Je retiens.

— Toi, sauter en parachute ?

— Eh bien pourquoi pas ! Qui te dit que mon nouveau moi n'en est pas capable ?

— Ah parce que ça y est, le processus « nouveau toi » est enclenché ?

— C'est en cours, oui… mais ça date de l'IRM.

— Ton nouveau toi est un vieux diesel, alors.

Elles rient toutes les deux. Même si, au fond, tout ça est très sérieux.

Flash-back

Le chirurgien, la veille de l'opération, dans ta chambre d'hôpital, regardant les clichés d'IRM à contre-jour :

— Mais qu'est-ce que c'est que ce truc ?

Vie d'Amélie

Il y a parfois des déclics étranges. Des clins d'œil, des messages subliminaux de la vie. De l'inattendu qui provoque un effet ni compréhensible ni traduisible, mais qui compte pour l'après.

Il y a des rencontres.

Parfois il n'y a qu'un regard. Un regard pas forcément insistant, mais qui en dit long. Un regard sous le charme, un peu admiratif. Un regard qui en croise un autre et fait baisser les yeux mais provoque un léger sourire. Un regard comme mille autres possibles, mais qu'on n'oubliera pas. Parce que c'est le regard d'un homme sur une femme. Un regard de désir et d'intérêt. Beau comme le tout premier regard. Chaste, mais signifiant. Un regard comme une caresse, qui électrise. Donne un frisson. Fait recouvrer une sensation oubliée.

C'est ce genre de regard qu'Amélie a croisé dans un bar, au hasard d'une soirée avec Julie. Un simple regard et un léger sourire, auquel elle n'a su que répondre, qu'elle a préféré ignorer ensuite, les yeux rivés à son mojito et à ceux de Julie. Un simple regard, innocent. Trois fois rien mais assez pour la troubler.

Amélie n'a jamais été à l'aise avec les hommes entreprenants, la drague lourde, les mots sans élégance. Et puis elle est mariée. Alors elle fuit tout ce qui peut ressembler à une tentative de rapprochement.

N'empêche… Ce soir-là en rentrant chez elle, elle repense à l'inconnu. Les jours suivants aussi. Pas pour qui il est. Pour ce qu'il représente. L'autre, les autres potentiels. Elle est avec Sylvain depuis toujours. Depuis une éternité. Elle n'a connu que lui, elle ne sait rien des autres, elle ne sait rien de l'amour hors des frontières de son couple. Amélie est assez lucide. L'herbe verte, dit-on… Mais ce qui l'a troublée et la trouble encore, c'est ce regard d'homme qui l'a faite femme, là, dans ce bar. Sans paroles. Elle qui ne se voit qu'épouse, mère et architecte d'intérieur. Depuis quand n'est-elle plus cette femme qu'elle a sans doute été un jour ? Depuis quand Sylvain ne l'a-t-il pas regardée comme cet homme ?

Et si ce qui lui manquait, au fond, c'était cela : se retrouver en tant que femme ?

Flash-back

Alors donc, ce chirurgien bientôt à la retraite va t'opérer de quelque chose qu'il n'a jamais vu. Tu le sens soucieux. Tu lis dans ses yeux ses interrogations. Comme s'il était un débutant face à un défi médical. Il y a de quoi être perplexe.

Pour autant, tu lui fais confiance.

As-tu le choix, de toute façon ?

Vie d'Amélie

Comme avec le tatouage et défiant les pronostics de ses proches, Amélie effectue un saut en parachute. Un joli dimanche de la fin septembre, elle s'envoie en l'air depuis un avion. Comme avec le tatouage, cela *ne cadre pas* avec l'Amélie que tous connaissent : sage et pas casse-cou pour deux sous. « Qu'as-tu fait d'Amélie ? » lui a demandé Sylvain, la veille du saut. Elle a souri, a répondu « Tu l'as devant toi », demandé la raison de cette question. Il l'a regardée d'un drôle d'air et a simplement dit : « Tu changes… » Elle n'a rien trouvé à rétorquer, puisque c'est vrai. Et d'ailleurs : change-t-elle ou devient-elle elle-même ? C'est là la vraie question. Celle qu'elle se pose chaque jour : qui est-elle vraiment ? Qui était-elle avant Sylvain ? Qui est-elle devenue à ses côtés ?

Elle se plonge dans ses souvenirs. Son enfance, son adolescence. Les amitiés, les amourettes. La rencontre avec Sylvain sur les bancs du lycée. Les débuts de leur idylle. Leurs promenades main dans la main, les séances de cinéma, les premières nuits chez elle ou chez lui, les en cachette, les officielles, les fêtes de famille, leurs études à Paris, leur premier logement dans une chambre de bonne sous les toits, le retour à Quimper, le début de la vraie vie, l'envie de construire ensemble, se marier, avoir des enfants, travailler, bâtir leur carrière. Quand ont-ils profité de la vie, été insouciants, à part à leurs tout débuts ? N'ont-ils pas été trop tôt, trop vite, trop sérieux ? Ils ont accumulé les années sans les voir passer. Et accumulé les sous, aussi, sans vraiment les dépenser – à part dans une maison moderne et confortable. Pas de dépenses inutiles, pas de sorties à deux, pas de voyages. Alors qu'ils auraient pu. Mais soit ils n'y pensaient pas, soit ils ne prenaient pas le temps, soit ils donnaient la priorité à leurs carrières. Et à Victor. Puis à la lutte pour la santé d'Amélie.

Et maintenant ? Que leur réserve l'avenir ? Amélie ne parvient plus à s'empêcher de l'imaginer tel que leur présent. Un chemin tout tracé, un train sur des rails, pas de changement… Au loin, une destination. « Retraite » ? Ce serait ça, leur vie, pendant les trente prochaines années ? Amélie a envie de crier un grand NON, de sauter en marche. Non, elle n'attendra pas d'avoir soixante et quelques années pour profiter de la vie et réaliser enfin tout ce qu'elle n'aura pas pris le temps de réaliser avant. Non, elle ne prendra pas le risque de ne pas arriver à destination. La mort de son père et sa propre maladie sont venues lui rappeler : « N'attends pas demain pour cueillir les roses de la vie. » Demain, la vie, c'est maintenant.

Mais ce n'est sans doute pas l'avis de Sylvain. Sylvain a l'ambition dans la peau, l'action pratique chevillée au corps. Ce n'est pas un sentimental, un contemplatif. C'est un mordant, un combatif. Parfois elle se demande après quoi il court. L'argent, la réputation, la fierté de ses parents, la reconnaissance de ses pairs ? Peut-être n'ont-ils, tout simplement, pas (ou plus) la même vision de la vie. Et du bonheur. Peut-être leurs lignes de vie respectives se sont-elles légèrement dissociées.

Il arrive à Amélie, de plus en plus souvent ces derniers temps, de s'interroger sur l'influence de Sylvain sur elle. Son côté sérieux, par exemple, qui s'amplifie avec les années. N'a-t-il pas déteint sur elle ? Ne l'est-elle pas devenue, elle aussi, sérieuse ? N'a-t-elle pas perdu sa part de fantaisie ? Celle qu'elle avait quand elle était ado et qu'elle amusait ses amies par ses facéties et ses bons mots. Elle s'était souvent fait la réflexion, mais avait mis ça sur le compte du passage à l'âge adulte : c'est normal de se poser, de se calmer. De se raisonner. Au point de s'éteindre, vraiment ? Au point de se satisfaire d'une vie étriquée, sur des rails ?

Parfois Amélie se demande qui elle serait devenue si elle n'avait pas rencontré Sylvain. Sa vie aurait forcément été tout autre. Puisqu'elle aurait rencontré quelqu'un d'autre, elle aurait fait d'autres choix. Sans doute aurait-elle même exercé une autre activité. Elle sait que jamais elle ne trouvera la réponse à cette question, mais…

Parfois elle se demande qui elle serait sans lui, aujourd'hui.

Flash-back

Tu pars au bloc. L'opération est prévue pour midi. On t'a administré un calmant pour apaiser ton esprit, pour oublier qu'on va te retirer quelque chose qui n'a pas vraiment de nom avec une technique qui ne suffira peut-être pas. Tu as déjà été opérée à plusieurs reprises, et il y a un peu plus de deux ans, tu as passé dix jours à la clinique après ton accouchement. Les hôpitaux, les blocs opératoires, tu connais. Tu ne penses pas vraiment à la mort ou à ce qui pourrait arriver. Mais un peu quand même. Tu penses à ton fils. Et à ton mari. Tu ne leur as pas écrit de petit mot d'au revoir, au cas où. Tu as choisi l'optimisme.

Tu te retrouves dans l'espace blanc et lumineux du bloc opératoire. On t'a placée sur le dos, les bras en croix. Tu as l'impression insolite d'être Jésus quand le docteur D. se penche sur toi, formule quelques mots rassurants («Ça va aller» ou quelque chose de ce genre) pendant qu'on glisse dans ta veine le produit anesthésiant. Tu plonges dans un espace-temps complètement vide. Tu n'es plus là. Peut-être que la mort ressemble à ça.

Au bout d'un temps indéterminé, ta conscience commence à se relever. Tu te trouves dans la salle de réveil. Tu le sais, même si tout est encore flou, vaporeux, irréel. Tu flottes dans un drôle d'état. Tu vas mettre longtemps à en sortir. Le sommeil dans lequel on t'a plongée est d'une lourdeur inédite. Tu entends des bips et les voix des infirmières. Tu es incapable d'ouvrir les yeux. Ton bras droit est étranglé par le tensiomètre, à intervalles réguliers.

« Il est 20 heures », dit une infirmière à une autre. Tu te dis que c'est impossible, qu'elle se trompe : tu devais être opérée à midi et sortir à 14 heures, passer deux heures maximum en salle de réveil et recevoir la visite de ta mère en fin d'après-midi. Dans la confusion où tu te trouves, tu n'analyses pas vraiment ce que cela signifie. Tu replonges dans des sphères où le monde est inaccessible.

Vie d'Amélie

Depuis « l'affaire du regard », dans le bar, Amélie s'interroge. C'est étrange comme une simple pensée peut envahir tout l'espace et influencer sa vision. Comme si elle prenait du recul, ou sortait de son corps pour mieux observer en toute objectivité ce qui se passe, ce qui est. Ou comme si elle avait chaussé des lunettes dotées d'un filtre lucide lui permettant d'observer sa propre vie avec une clairvoyance nouvelle.

Et ce qu'elle découvre la déçoit. La fait frémir, même. Elle voit un couple qui cohabite en bonne intelligence, englué dans des habitudes, une petite routine qui a perdu toute saveur, des gestes machinaux, un mode automatique. Un couple qui a laissé passer les années sans s'entretenir, sans prendre soin de lui. Elle voit un homme qui ne la regarde pas vraiment, ne lui parle que de maisons, de chiffres, de surface de terrain. Un homme qui est centré sur lui, qui l'oublie, qui la considère certainement comme une part de lui-même ou un élément acquis de sa vie. Elle voit leur fils qui grandit, s'épanouit dans l'amour de ses parents comme s'il avait pris toute la place, comme s'il remplaçait celui qu'ils sont censés se porter l'un à l'autre. Elle voit une famille comme il y en a sans doute beaucoup. Une famille heureuse, au moins en apparence. Une famille où rien ne dépasse, mais où rien ne vibre non plus. Une famille qui brille en surface, mais qui grise en dessous.

Finalement, c'est comme si elle avait ouvert les yeux.

*

Elle n'en parle pas à sa sœur. Elle sait trop ce qu'elle lui répondrait. Hélène a à peu près la même vie que celle qui l'étouffe aujourd'hui, sauf que pour elle elles ont des vies parfaites. Des vies rêvées. Des vies qu'aucune personne normale et sensée n'aurait envie de quitter.

Elle préfère attendre de voir Julie le mercredi. Dès qu'elles sont seules, Amélie se lance. Son amie l'écoute attentivement. Essaie de prendre la mesure des mots, d'imaginer ce qu'ils signifient vraiment, d'évaluer les conséquences.

— C'est à ce point-là ?

— Tu sais, quand on ne veut pas voir les choses, on est très doué. Enfin moi, en tout cas. Regarde, avec ma tumeur. Je savais bien, plus ou moins consciemment, qu'un truc clochait. Mais je ne voulais pas savoir. Comme si ça pouvait me protéger… alors que ça aurait pu me tuer. Là, c'est un peu pareil : avec Sylvain, j'ai tout pour être heureuse, mais je ne le suis pas. Et je n'ai pas envie de faire l'autruche parce que ça m'arrange de ne pas voir. Je suis en train de me rendre compte de plein de petites choses.

— Tu es en train de me dire que tu vas quitter Sylvain ?

Amélie tarde à répondre.

— Je suis en train de te dire que, si rien ne change et si mon intime conviction se confirme, oui, à plus ou moins long terme, je partirai.

Flash-back

Quand enfin tu te réveilles vraiment, le lendemain matin, après une nuit dérangée par des bips continus, ton bras qui est serré fort toutes les dix minutes, le passage des soignants qui se relaient pour doser les antidouleurs, les gémissements de ta voisine et les cris d'un patient dans une autre chambre, tu constates que tu n'es pas dans celle où tu te trouvais la veille et où tu aurais dû revenir.

Tu es au service des soins intensifs.

Vie d'Amélie

Après le terrible aveu d'Amélie, le silence qui s'ensuit est si empreint de gravité qu'il leur ôte toute envie : elles sortent du sauna plus tôt que d'habitude et rentrent chacune chez elle sans passer par la case restaurant.

Amélie roule vers sa maison, sans souhaiter y arriver. Elle arrête sa voiture dans une rue voisine, coupe le moteur, et laisse tomber sa tête sur le volant. Quelques larmes se précipitent au bord de ses yeux. Des larmes de tristesse et de culpabilité. D'incompréhension, aussi. Pourquoi est-elle envahie de tous ces sentiments contraires ? Pourquoi se sent-elle tout à coup ambivalente et ingrate ? Elle devrait se réjouir de repartir dans la vie avec Sylvain. Elle devrait se sentir heureuse, vivante, forte. Au lieu de cela, elle remet tout en cause. Jusqu'à son mariage ! A-t-elle perdu la raison ? Elle a bien conscience que tout va très vite dans son esprit, en même temps, elle craint d'être dans le vrai. Une forme d'intuition la guide. Comme si elle savait qu'elle devait trouver son propre chemin. Sauter du train, changer de voie, choisir sa propre destination pour se laisser porter par la vie, voir où elle la mènera. Quitter le train pour une planche de surf. Espérer un beau voyage avec escales, craindre les tempêtes.

Elle éprouve une sorte de vertige. Osera-t-elle vraiment partir ? Quitter sa maison, son mari, son cocon familial, sa sécurité, son confort, même ? Prendre un nouveau départ ? En aura-t-elle le courage, la force ? Ou bien se résignera-t-elle à rester dans sa vie si rassurante, la seule qu'elle connaisse ?

Et Victor, dans tout ça ?

*

Parce qu'il faut bien continuer, parce qu'elle veut essayer, parce qu'elle ne veut pas tout détruire pour un regard, parce qu'elle a envie d'y croire encore, Amélie ne ménage pas ses efforts. Elle cherche à revenir à la normale. Alors elle se noie dans le travail, la vie de famille, les activités, les sorties entre amis avec la volonté d'endormir son esprit. Pour qu'il se taise, pour qu'elle ne l'entende plus. Elle sait faire : quand la maladie avait entamé son travail de gangrène, elle n'avait pas écouté son corps, à présent elle ne veut plus écouter son esprit. Elle préfère jouer à faire comme si. « Tout va bien », récite-t-elle comme un mantra. Après tout, ce qu'elle vit n'est pas différent de ce qu'elle vivait *avant*. Et avant, elle était heureuse.

Et puis ça serait tellement plus simple pour tout le monde, si rien ne changeait. Pas de drame, pas de cris, pas de besoin de se justifier.

Flash-back

Tu es sous surveillance étroite.

Et sous morphine. D'ailleurs, quand on autorise enfin ton mari à passer te voir, quelques petites minutes, il a les cheveux violets. La morphine, tu ne la supportes pas bien. Les nausées, tout ça. Tu préférerais d'autres antalgiques. On t'écoute, on change la perfusion.

Tu es clouée au lit, branchée de partout. Tu comprends vite que le chirurgien a dû procéder à une laparotomie (tu auras une cicatrice de femme qui a eu une césarienne). On t'a ouvert le ventre, mais pas pour donner la vie, pour extraire un corps étranger. On t'a mis une sonde urinaire. Tu es incapable de te lever. De manger. De lire.

Mais tu es en vie.

Vie d'Amélie

Parfois le bonheur des autres vous éclate à la figure. Beau, mais violent. Enviable, mais insupportable.

Julie et Mathieu ont organisé une pendaison de crémaillère pour leur nouvelle maison. Ils y sont locataires, parce que Mathieu a toujours cette peur de l'engagement qui le bride et qui fait chaque jour un peu plus souffrir Julie. Mais cette maison avec trois chambres lui fait penser que, cette fois, ils auront la place pour accueillir un petit bout.

Sylvain est là, avec Victor. Cela fait longtemps qu'ils n'ont pas participé à une petite fête entre amis, comme ça. Amélie est pleine de vie, radieuse, mais Sylvain est fatigué de sa semaine, surtout avec le rythme auquel il s'astreint, entre les deux agences. Elle le comprend, mais elle espère quand même qu'il parviendra à faire bonne figure, lui qui a traîné des pieds pour venir.

Il y a surtout des couples. Et surtout, un. Des amis de Mathieu qu'ils ne connaissent pas. Et qui, durant le dîner, leur racontent leur rencontre (digne d'un film), et les grandes lignes de leur histoire d'amour. On s'étonne, on s'extasie, on les félicite. Tant d'amour, c'est trop. Amélie pense à ses parents. Ces deux-là sous ses yeux se sont trouvés. Comme eux. Il y a parfois des évidences éclatantes. Plus que le récit, ce qui le prouve, c'est tout le reste, le non-verbal, les gestes, les regards brillants, tout ce qui émane d'eux, et les mots qu'ils ont l'un pour l'autre, leur façon de s'interpeller, de se parler. Deux âmes sœurs, un rayonnement. Et des couples autour qui ne peuvent rivaliser ; peut-être plus anciens, peut-être moins romantiques, sans doute moins chanceux. Ainsi que deux-trois célibataires que cette histoire doit faire rêver.

Amélie passe le reste de la soirée dans ses pensées, observant à la dérobée ce couple de comédie romantique. Elle n'a jamais été jalouse, ce n'est pas dans son caractère, mais elle ne peut s'empêcher de les envier. Elle aurait voulu connaître ça, l'amour à son paroxysme. Elle regarde Sylvain qui sirote son verre de vin rouge, au loin, et elle ne peut s'empêcher de se dire qu'elle s'est trompée. Que son âme sœur, si elle existe, doit être ailleurs.

*

Quand elle y repense, avec Sylvain, ils n'ont jamais connu la passion, l'effervescence, le manque aigu, l'amour céleste. Ils ont commencé comme n'importe quels lycéens qui se plaisent. Ils sont sortis ensemble. Ils ont *appris* à s'aimer. Ils ont surtout grandi l'un avec l'autre. Mais leur amour n'a pas vraiment grandi. Il est resté simple et petit. Sans grandes ambitions. « On est bien, ensemble », (se) disaient-ils souvent.

Et tout à coup, là, après cette soirée d'octobre qui se voulait festive, Amélie retombe dans ses affres de femme insatisfaite. Elle qui, plus jeune, pensait en voyant ses parents que l'amour serait la grande affaire de sa vie, elle se rend compte qu'elle est passée à côté. Que l'amour qui la lie à son homme est avant tout de l'affection, et qu'elle aimerait connaître autre chose, l'amour avec un grand A. Celui des grands romans et des plus belles chansons…

Et que pour le connaître elle va devoir sauter du train.

Flash-back

Le chirurgien passe te voir. Il te rassure en te disant : « J'ai tout enlevé. » Il a fallu quatre heures. Il te parle d'une capsule bien délimitée qu'il a dû découper en morceaux. Tu visualises la capsule, les morceaux. Disparus, réduits à néant. Il n'y a plus rien. C'est presque trop beau. Ou trop facile. Un peu magique. Tu perçois la certitude du médecin. Sa satisfaction du devoir accompli. Tu le crois, évidemment.

Il t'explique, ou bien c'est plus tard, tu ne sais plus, qu'il a fait appel à un chirurgien orthopédique pendant l'opération, car la tumeur avait entamé l'os de ta hanche gauche. Il t'apprend que tu as été transfusée. Sur le compte rendu opératoire, tu liras plus tard : 2,4 litres de perdus. Tu ressens une gratitude immense pour les personnes qui ont donné ce sang qui t'a sauvée. (Quand tu souhaiteras donner le tien, on te l'interdira… parce que tu as été transfusée.)

Tu comprends que c'était une opération lourde. Et encore, à ce stade, tu ne sais pas tout.

Vie d'Amélie

Cela s'est infiltré dans son esprit. Après le regard et la crémaillère. Sournoisement, puis de plus en plus clairement. Une forme d'intuition qui perd peu à peu de son opacité jusqu'à devenir certitude, au gré des courants et des dents-de-scie. Se poser des questions, se poser LA question, connaître la réponse sans vouloir l'admettre, décider, avoir peur, se refuser, espérer changer la réalité, reculer, biaiser, mesurer les risques, remettre à plus tard, imaginer la scène de l'aveu, et la suite. Se poser mille questions sur l'après. Sylvain, Victor, la maison, le travail. Et les autres. Où aller, comment vivre, devoir s'expliquer.

Amélie sait qu'elle va quitter Sylvain. Mais elle ignore encore quand, et comment. Seule certitude : la vie qui l'attend est ailleurs. Un ailleurs flou, vertigineux. Ce qu'elle veut, c'est que tout soit possible. Ce qui l'attend, c'est une feuille blanche à écrire. Une contrée vierge, pleine de surprises et peut-être d'embûches. Sa deuxième vie tout entière à conquérir et à construire.

À cette pensée, Amélie a le cœur qui se gonfle d'adrénaline et de joie. Mais ce serait trop facile si ça n'était que sa vie à elle qui allait se trouver changée. Elle pense à Sylvain et à leur petit Victor. À leur réaction, à leur façon d'intégrer ce qui sera leur nouveau mode de fonctionnement. Ils lui en voudront certainement. Amélie ose être confiante dans la capacité d'adaptation de Victor (les enfants sont tellement surprenants en la matière). Elle sait qu'ils sauront l'entourer de leur amour, qu'il n'en manquera jamais. Elle pense que Sylvain, une fois le choc passé, saura faire ce qu'il faut pour son bien-être et pour garder sa place. Au fond, elle s'interroge plus sur la réaction de Sylvain vis-à-vis d'elle quand elle parviendra à lui annoncer sa décision. Sa réaction immédiate et à plus long terme. Quelle relation pourront-ils garder ? Elle ne veut pas qu'ils deviennent des ennemis, qu'ils se déchirent. Dans l'idéal, elle voudrait qu'ils sachent encore s'entendre, se parler sereinement, prendre les décisions pour Victor avec calme, dans le dialogue, qu'ils se côtoient en paix. Deviennent *amis*, ça n'est pas sûr ni peut-être souhaitable. Mais qu'ils gardent une considération commune, l'estime, le respect, un reste d'affection. Et des souvenirs heureux de leur histoire. Qu'elle ne devienne pas moche tout à coup (puisque aucune fin ne justifierait de la ternir). Qu'elle reste belle et sans regrets. Qu'ils n'oublient pas les jours heureux et qu'un jour ils puissent en reparler sans douleur.

Voilà ce qu'elle souhaite. Voilà ce qu'elle confie à Julie.

À Loïc, elle a simplement expliqué qu'« en ce moment, à la maison, c'est pas la joie ». C'est la première fois que sans trop s'expliquer pourquoi elle lui cache quelque chose. Peut-être parce que cette fois c'est vraiment trop personnel ? Parce qu'il voit régulièrement Sylvain ? Parce qu'elle s'imagine que seule Julie peut la comprendre, ou au moins essayer ?

Julie ne cherche plus à la dissuader. Elle a tenté… Elle a surtout mis en avant le fait qu'elle allait priver Victor de son père. Amélie a rétorqué que c'était faux, que, même si ça ne serait pas facile en raison de son travail, ils pourraient essayer de mettre en place une garde alternée.

— Une garde alternée, ce n'est pas le quotidien. Cela veut dire qu'au mieux il ne le verra que la moitié du temps… Et toi aussi, d'ailleurs !

— Je sais… Ça sera très dur pour moi aussi.

Une larme vient se faufiler au coin de l'œil d'Amélie.

— Si tu crois que c'est facile, de prendre cette décision…

Julie pose sa main sur celle d'Amélie en signe d'empathie.

— Je n'ai pas dit ça, corrige-t-elle. Je sais que tu y as longuement réfléchi, que tu en baves, que tu as beaucoup de mal à dormir… Je sais tout ça.

— Oui. J'essaie de m'accrocher à la conviction que c'est le mieux pour moi, à long terme. Alors oui, c'est peut-être égoïste, mais je n'ai pas envie de finir malheureuse et aigrie. Et je ne crois pas que les enfants puissent être heureux avec des parents malheureux. Ceux qui ne veulent pas quitter l'autre « pour les enfants » croient faire leur bonheur, mais je n'en suis pas si sûre. Surtout chez ceux qui se disputent au quotidien. Les enfants ne sont pas dupes ! Et ils ne peuvent pas s'épanouir dans le conflit. Enfin, tu le sais mieux que moi…

Julie acquiesce. Elle fait partie de ces enfants qui ont dû attendre leurs dix-huit ans pour assister au divorce de leurs parents dont la décision avait été suspendue au « quand les enfants seront grands », alors qu'ils vivaient l'enfer de la mésentente. Ces enfants qui ont grandi dans les mots durs, le dénigrement, le silence, ou pire… Ces enfants spectateurs d'un couple bancal ou toxique. Ces enfants dont la maison tenait plus du champ de bataille que du cocon. Ces enfants qui auront du mal à aimer et à vivre avec l'autre, plus tard, parce qu'ils ne savent pas vraiment ce que c'est.

Flash-back

Le surlendemain de l'opération, tu demandes quand tu pourras regagner ta chambre. Tu voudrais recevoir des visites qui sont interdites ici. Surtout celle de ton fils. Tu as envie, besoin, de le prendre dans tes bras. On te répond que c'est trop tôt. Qu'il va d'abord falloir être capable de te lever. Tu as la tête qui tourne dès que tu te redresses. Ce n'est pas pour tout de suite.

On te propose un premier *repas*. Pour voir s'il passe. Une compote en pot. Tu la dégustes. Elle a le goût d'une merveille. Tu te rappelleras longtemps la magie de ce moment si simple.

Tu es en vie.

Vie d'Amélie

Noël et son cortège approchent à grands pas. Son cortège de joies plus ou moins fabriquées, de réunions de famille, de cadeaux à amasser et à offrir. Sa magie dans les yeux des enfants. Amélie ne pense qu'à ça, les yeux de Victor. Qui pétillent déjà en regardant les illuminations dans les rues ou le sapin de la maison qui clignote, ou les cadeaux qu'il a listés dans sa lettre au Père Noël. Les yeux qu'il aura au moment de les déballer. Amélie l'a décidé : elle ne gâchera pas Noël. Ni celui de son fils, ni celui de son mari, ni celui de ses proches. Elle attendra encore un peu.

Cela fait plusieurs semaines qu'elle attend *le bon moment*. Elle ne sait pas à quoi elle le reconnaîtra. Elle a failli, un soir. Les mots étaient prêts à sortir de sa bouche. Quels mots, d'ailleurs ? Combien de fois a-t-elle joué la scène dans sa tête ? Quels mots seraient les bons ? Quels mots faut-il choisir ? Quels seraient ceux qui feraient le moins mal ? « Je ne t'aime plus » serait partiellement faux : Amélie aime toujours Sylvain, mais comme quelqu'un de sa famille, avec affection, pas de l'amour des amoureux, pas de l'amour auquel elle tend. « Je vais partir » tient trop de l'euphémisme. « Je veux divorcer » est trop tranchant. « J'ai besoin d'un break » serait mensonger. Alors quels mots ? Elle ne sait plus, ne prévoit rien, elle verra bien. Les circonstances du moment déploieront les mots et, à défaut que ce soient les bons, ce seront ceux qui auront surgi dans la vérité de ce moment-là.

Elle s'interroge sur le caractère adéquat de quitter son mari en début d'année, en pleine période de vœux. « Bonne année » vraiment ? Quelle ironie. Parfois elle se déteste pour le mal qu'elle n'a pas encore fait. Mais elle sait. La conviction a grandi, c'est ainsi. Tout est clair. Et elle préférera les remords aux regrets. Elle ne veut pas passer à côté de sa vie. Elle souhaite tracer sa propre route, librement. Elle ne veut pas savoir ce qu'elle lui réserve, mais elle la souhaite pleine de richesses et d'imprévus.

Et elle espère qu'un jour Sylvain et les autres comprendront. Elle est tombée sur un texte de Julos Beaucarne qui lui a parlé très fort et qu'elle voudrait un jour leur dire, leur crier :

Est-ce aimer que de vouloir que l'autre quitte sa propre route et son propre voyage ?

Est-ce aimer que d'enfermer l'autre dans la prison de son propre rêve ? (...)

Ne vous laissez pas rêver par quelqu'un d'autre que vous-même

Chacun a son chemin qu'il est seul parfois à comprendre. (...)

Moi seul connais le chemin qui conduit au bout de mon chemin.

Chacun est dans sa vie et dans sa peau...

À chacun sa texture, son message et ses mots.

Flash-back

Tu regagnes ta chambre, à l'étage. Tu es heureuse. Tu n'es pas près de rentrer chez toi, mais c'est une jolie étape : tu vas pouvoir recevoir des visites et, petit à petit, être capable de faire de plus en plus de choses. Te lever, prendre une douche, aller aux toilettes, lire…

Tu reçois la visite de ton fils, avec son papa. C'était important qu'il te voie là, qu'il ne s'imagine pas que tu avais disparu, qu'il vérifie que ce qu'on lui avait dit était vrai. Tu as planqué ta sonde urinaire sous les draps et tes douleurs derrière un sourire que tu veux rassurant. Ce n'est pas un lieu pour les petits, tu sais que vous éviterez qu'il revienne, mais au moins il t'a vue et tu as pu lui faire un câlin. Même si c'était plus compliqué, car tu ne pouvais pas le prendre contre toi à cause de la plaie qui te barre le ventre.

Vie d'Amélie

Loïc a fini par deviner. À force de se montrer évasive, à force d'éviter le sujet, Amélie a éveillé ses soupçons. Un midi, entre deux bouchées d'un buddha bowl, il lâche :

— Vous allez vous séparer, c'est ça ?

Amélie se tend sous l'effet de la question. Le dévisage avec de grands yeux étonnés. Comment a-t-il deviné ? Elle murmure un *oui*, mélange de tristesse et de détermination.

— C'est toi ?

— Oui…

— Tu as rencontré quelqu'un ?

Sa question la heurte même si elle suppose, à raison, qu'on la lui posera encore.

— Tout de suite… Parce que je décide de quitter Sylvain, il faut que ce soit parce que j'ai rencontré quelqu'un ?

— Ne m'en veux pas de poser la question, avoue que c'est un classique…

— Eh bien non, je n'ai rencontré personne. Mais un jour, j'aimerais, évidemment… et je serai libre.

Loïc la regarde avec circonspection. Comme s'il ne la croyait pas. Amélie se vexe intérieurement. Depuis quand ment-elle ?

— Alors pourquoi ? demande-t-il comme s'il fallait une raison à tout.

— Parce qu'on ne s'aime plus comme je voudrais qu'on s'aime, parce que je veux vivre autre chose, parce que j'aime ma vie, mais que je la trouve fade et trop prévisible, parce que je veux vibrer, je veux savoir quelles surprises vont me tomber dessus, connaître la solitude, l'indépendance, la liberté, même si ça paraît bizarre, dit comme ça… Et puis parce que je veux savoir qui je suis. Qui je suis en dehors de Sylvain.

La perplexité de son ami engendre un silence.

— Et ça t'a pris d'un coup ?

— Non, évidemment. C'est venu petit à petit. Depuis l'IRM, en gros. Depuis que j'ai pris conscience qu'il n'y a pas de temps à perdre pour vivre sa vraie vie.

Loïc ne semble pas comprendre, comme s'il avait plusieurs chapitres de retard.

— La vie m'offre une deuxième chance. Et j'ai envie qu'elle soit différente de la première. Je dirais même que la maladie est, peut-être, venue me dire que je faisais fausse route. Que je m'étais engagée sur un chemin qui n'était pas vraiment le mien…

— Enfin, tu as quand même choisi Sylvain, et choisi de te marier avec lui… Personne ne t'a forcé la main.

— Certes. Mais enfin est-on assez adulte, a-t-on assez vécu quand on choisit son futur à dix-sept ans ? A-t-on assez de recul et d'expérience pour décider de se marier à vingt-deux ? Avoue… Tu n'aurais jamais fait ça !

Loïc en convient avec un demi-sourire, lui qui papillonne, qui n'arrive jamais à se fixer plus de trois mois avec quelqu'un. Amélie poursuit :

— Et puis, tu sais, je crois que, sans vouloir incriminer qui que ce soit, on a aussi tendance, quand on est jeune et qu'on manque de personnalité, à vouloir répondre à une attente inconsciente de l'entourage… ou à vouloir faire comme… Moi, avec mes parents heureux en ménage et ma sœur déjà mariée, je voulais faire pareil et prouver à la terre entière que j'avais trouvé le bon.

— Et ça ne l'était pas…

— Si, bien sûr. À ce moment-là, j'y croyais. Et nous avons été heureux. Mais maintenant, j'ai grandi. J'ai même l'impression d'avoir pris dix ans d'un coup… Je sens un décalage entre nous, des visions différentes. Je me rends compte que nos chemins doivent se séparer ici et que je dois poursuivre ma route seule. C'est tout…

Loïc hoche la tête. Il entend les mots d'Amélie. Il veut bien comprendre son point de vue. Essayer. Mais il pense à Sylvain. Et il se sent affreusement gêné d'être au courant avant lui de ce qui est sur le point de lui tomber dessus.

Flash-back

Tu reçois la visite du chirurgien. Il vient s'assurer que tout va bien. Il te redit qu'il a tout enlevé. Il te dit aussi que la tumeur va être analysée « pour savoir ce que c'était ».

Il pose la main sur ta jambe et te demande, l'air soucieux : « Vous sentez ma main ? » Tu réponds par l'affirmative. Il semble rassuré. Tu supposes qu'il craignait d'avoir sectionné un nerf.

Il te parle de la nécessité d'un examen visant à vérifier l'intégrité de ton système urinaire, examen programmé pour le lendemain.

Tu comprends que tu aurais pu perdre bien plus qu'une tumeur au cours de l'opération.

Vie d'Amélie

Noël est là. Gris, venteux, mais doux. Un Noël breton. Animé, joyeux, triste pourtant. Un dernier Noël en famille. Amélie oscille entre de nombreux sentiments contradictoires. Mais avant tout elle ressent une infinie tristesse. Le genre de tristesse qui affleure, qui s'échappe des profondeurs, qui est trop puissant pour rester contenu. Elle regarde Sylvain, elle pense : « Mon Sylvain, je suis désolée de ce qui va arriver. » Elle regarde Victor, elle pense : « Mon petit amour… pardon, pardon, pour ce que je vais te faire vivre. » Et elle ressasse, et elle s'afflige. Pourtant elle s'accroche à ses certitudes, au fait de plus que jamais savoir ce qui est le meilleur pour elle, à son espoir que ça ne se révélera pas le pire pour les deux hommes de sa vie, que c'est pour du mieux, qu'ils pourront tous être heureux. Des séparations réussies, cela existe. Elle en a déjà vu.

Et puis elle n'a plus le choix. Son cœur a déjà fait ses bagages. Il a mis dans ses valises une histoire de plus de treize ans, les grands événements, les jolis souvenirs, les quelques épreuves, et se prépare à un nouveau voyage. Il a pris son billet en aller simple, le retour en arrière est impossible. Tout dans son être le lui a dit. C'est fini, fini. Au fond d'elle, elle est déjà partie. Son cœur a déjà décroché les amarres. Il reste à trouver le moment et les mots.

*

Ils sont tous là, chez Nadine, pour le repas de Noël. Le réveillon, c'était hier, chez les parents de Sylvain. Aujourd'hui, il y a Hélène, Jocelyn, les deux filles et eux trois. C'est leur dernier Noël ainsi et tous l'ignorent. Sauf elle.

Les trois petits-enfants ouvrent leurs cadeaux dans la liesse et le bruit. On pourrait croire qu'ils sont dix. Les cinq adultes les regardent déchirer les papiers, arracher les bolducs, se battre avec les cartons, porter les jouets à bout de bras pour les présenter à leur public, comme les sportifs la coupe du monde. Et on sourit de les voir heureux. Puis c'est au tour des adultes. Chacun découvre ses cadeaux. Sylvain a offert à Amélie des boucles d'oreilles. Elle se dit que c'est bien, que c'est mieux qu'une bague, elle ne l'aurait pas supporté. Mais elle a l'émotion au bord des yeux qui ne demande qu'à jaillir. Ce n'est pas une bague, mais c'est son dernier cadeau. Elle se met soudain à pleurer. Sans que personne ne comprenne pourquoi. Elle essuie ses larmes en prétextant sa fatigue. Elle est désolée, pardon… « Tout va bien, chérie ? » demande Sylvain avec sollicitude. Elle aimerait qu'il ne l'appelle plus *chérie*. Cela provoque un regain de sanglots. Il la prend dans ses bras. Elle s'y cache. Elle y blottit sa honte. Elle voudrait lui crier : « Mais lâche-moi, ne vois-tu pas que je ne mérite rien de tout ça, que je vais te faire du mal ? » Mais elle reste ainsi sans rien dire, attendant que le flot s'arrête et qu'elle reprenne consistance.

Quand elle se détache de lui, elle reçoit les regards interrogateurs de sa mère et de sa sœur. Elle élude d'un geste de la main qui signifie « Ce n'est rien ». Puis elle tend à Sylvain son cadeau. Trois disques vinyles pour sa discothèque. Dont un collector qu'il espérait depuis longtemps. Il la remercie, il l'embrasse. Elle a envie de détourner la tête. Elle ne mérite pas plus ce baiser que le reste. Elle se demande ce qu'elle fait là, si ce Noël n'était pas celui de trop. Mais elle voit son Victor qui s'amuse avec ses cousines en toute insouciance et, rien que pour cela, elle se dit qu'elle a eu raison.

De toute façon, depuis qu'elle a décidé de quitter Sylvain, elle vit dans cette conscience aiguë des dernières fois. Elles ont un goût doux-amer, une odeur de mélancolie. Elles sont un vivier d'émotions, un terreau fertile pour la nostalgie. C'est dur, mais elle les vit toutes avec cette intensité qu'exacerbe la lucidité.

Flash-back

Cinq jours après l'opération, tu passes donc cet examen, du nom d'urographie intraveineuse. On te descend assise sur un fauteuil roulant. On doit t'administrer un liquide phosphorescent dans les veines, de façon à en suivre le trajet dans ton corps. D'abord on cherche où te piquer. Tu l'as tellement été au cours de ces derniers jours, qu'on évoque un risque d'éclatement de la veine.

On s'intéresse à ton uretère gauche, on suspecte une sténose entre ton rein et ta vessie. La tumeur l'a tellement comprimé qu'à un endroit le liquide luminescent n'est pas visible. Heureusement, pas d'épanchement dans ton corps : on le retrouve bien juste après, dans la vessie. Ton urètre est intègre. Compressé, presque invisible, mais intègre.

Tu remontes dans ta chambre en te disant que tu l'as échappé belle… qu'en effet il était moins une, que cette opération était urgente, que tu as perdu beaucoup de temps à vouloir ignorer ce problème majeur, que tu aurais dû écouter ton corps, que tu as pris des risques, que tu aurais pu avoir de multiples séquelles. Que tu as joué avec ta vie.

Vie d'Amélie

Est-ce la tristesse qui déborde, l'inquiétude qui exhale par tous ses pores, le stress envahissant ? Les jours qui suivent Noël, Amélie est à fleur de peau. Sur le fil de l'irritabilité. Tout est prétexte, conscient ou pas, à s'agacer. Elle relève tout, houspille Sylvain pour un détail, gronde Victor pour une broutille. Elle ne supporte plus rien, ne supporte plus cette fausse vie paisible, sa comédie, ne se supporte plus elle-même. Elle se mettrait des claques pour sa lâcheté, pour sa faiblesse. Quel manque de courage. Jusqu'à quand durera ce jeu de dupe ? Quand osera-t-elle enfin lâcher ses mots ? Quand Sylvain se rendra-t-il compte que quelque chose se trame ?

*

Évidemment qu'il s'en rend compte. Sylvain n'est pas naïf. Il ne comprend pas la raison, le fond, mais il constate. Et il observe. Il voit bien depuis des semaines que l'attitude d'Amélie a changé. En général et surtout avec lui. Elle sourit moins, lui parle moins. Elle va moins vers lui, elle est moins dans la tendresse, plus dans les reproches. Elle s'éloigne. Parfois elle a les nerfs à vif. Il sent bien, oui, que quelque chose couve. Et puis il y a des signes qui ne trompent pas. Ses pleurs soudains, à Noël, son regard dans le vague, fréquent, son manque d'enthousiasme pour tout. Et les quelques nuits où elle a migré dans la chambre d'amis. Jamais elle ne se l'était permis. Soi-disant parce qu'il ronfle, alors qu'elle a toujours fait avec. Comme si tout chez lui l'agaçait tout à coup. Ses petites manies, sa tendance à ranger la vaisselle encore mouillée, ses goûts en matière de films, sa façon de prendre toute la place dans le lit ou de se racler la gorge au moment du brossage des dents.

Sylvain a eu besoin d'en parler. À Mathieu, à Loïc. Le premier lui a posé des questions qui laissaient supposer qu'elle le trompait peut-être, le second a dit qu'il n'était au courant de rien, mais qu'il doutait d'une infidélité. Pas le genre d'Amélie… Mais c'est quoi le genre d'Amélie ? Elle a tellement changé, finalement, ces derniers temps. Il ne sait plus bien qui elle est, ce qu'il faut croire, de quoi elle serait capable.

Sylvain voudrait en avoir le cœur net, mais il a peur et ne trouve pas les mots. À vrai dire, il est complètement perdu.

Flash-back

Le même jour, en fin d'après-midi. Ton mari est avec toi. Tu lui racontes l'examen du matin, tu te réjouis de cette bonne nouvelle. Mais lui ne se réjouit pas. Tu t'en étonnes. Tu le devines soucieux malgré tout. Tu t'en étonnes à voix haute. Tu le sens hésitant. Tu cherches à comprendre. Il ne tarde pas à te dire en substance, lâchant ses mots comme un fardeau trop lourd à porter : « Tu ne sais pas tout. Le chirurgien ne voulait pas te mettre au courant trop tôt, il voulait que tu te remettes d'abord de ton opération, mais… Ce qu'il a enlevé était cancéreux. »

Tu te prends une claque dans la figure. Tu ne sais pas si tu aurais aimé l'apprendre tout de suite. En effet, tu n'étais pas en état de recevoir cette nouvelle. Et puis, ça aurait servi à quoi ?

Tu essaies d'imaginer le choc que cela a été pour ta mère et ton mari, quand le chirurgien est venu les trouver après l'opération leur annoncer presque de but en blanc :

« Ce que j'ai retiré était cancéreux. »

Tu te rassures très vite en te rappelant ses mots : « J'ai tout enlevé. » « C'était dans une capsule. » Mais tu comprends vite que tu n'en resteras pas là, qu'il y aura des conséquences. Que la biopsie mettra un nom sur « ce truc » dont tu as été opérée. Que ça n'était pas une simple *masse*. Que ça n'était pas bénin, contrairement à ce qu'avait évalué le radiologue lors de l'IRM.

Tout à coup, même si la tumeur n'est plus là, ce mot *cancer* fait partie de toi. Il frappe ton esprit, il cogne dans ta tête, il te stupéfie. Il te foudroie.

Tu as du mal à intégrer la nouvelle. Tu sens monter des angoisses. Tu décides d'appeler Mme B. Ta psychologue te propose une séance par téléphone le lendemain.

Tu ne trouves pas le sommeil. Trop de pensées, de peurs, de flash-back se répandent en toi et t'inondent. On te propose un somnifère. Le premier de ta vie. Tu ne dis pas non.

Vie d'Amélie

La soirée du 31 bat son plein. Moins par envie cette fois-ci que par habitude, Amélie et Sylvain ont réuni leurs amis les plus proches. Il y a Julie, Mathieu, Loïc, son mec du moment, et quelques autres. Ils se sont habillés élégamment pour l'occasion et ont festoyé autour des agapes traditionnelles : huîtres, foie gras, saumon fumé, une volaille à la sauce morilles avec des pommes dauphines et des fagots de haricots verts au lard, un plateau de fromages loin d'être indispensable, une bûche glacée pour une touche finale de légèreté et de bonne conscience. Ils ont mis de la musique, installé le spot et la boule à facettes, dansé un peu sur les grands classiques.

À minuit, ils se sont souhaité bonne année. Amélie n'a pu s'empêcher de se demander ce que celle-ci lui réservait. C'est la première fois qu'une année se présente à elle de façon si obscure. Même ces deux dernières années, en dépit du spectre de la tumeur et de l'angoisse qu'elle générait, il lui restait de quoi s'accrocher, des certitudes, ses piliers. Aussi étrange que cela puisse paraître, Amélie y voyait plus clair. Là, la tornade s'approche, la frôle, s'apprête à l'aspirer, l'absorber tout entière. Dans quel état sera-t-elle quand elle en sortira ? Sylvain aussi lui a souhaité une bonne année. Elle a trouvé cela décalé, ironique. Il n'a pas ajouté « je t'aime ». À vrai dire, il n'emploie plus ces mots depuis un moment. Et comme elle non plus… Parfois, elle croit sentir qu'il a compris.

*

Cette journée du 1er janvier commence comme les autres. On est fatigué par la soirée, la nuit trop courte. Il faut ranger, laver les verres, les coupes qui ne vont pas au lave-vaisselle, passer l'aspirateur, la serpillière. Et aller chez Nadine, où ils retrouveront Hélène, Jocelyn et les filles. Encore un repas trop copieux. On se remet à peine de celui de la veille. Mais tradition oblige : le 1er janvier, on se retrouve en famille pour les vœux.

Cela se passe ni bien ni mal. Cela se passe… Amélie fait comme si tout était comme d'habitude, Sylvain s'efforce de sourire. Mais c'est comme si tous les deux savaient qu'une grande discussion allait avoir lieu. La seule question qui se pose serait plutôt : qui va dégainer le premier ? Qui fera le dernier pas, comme dans la chanson de Calogero, dont le refrain parle à Amélie :

On se sépare, on se sait par cœur
On se hait comme un frère aime une sœur
Et si l'un part, est-ce que l'autre en meurt ?
Lequel de nous deux osera ?
Qui fera le dernier pas ?
On se sépare, on se sait par cœur
Et si l'on reste encore quelques heures
Est-ce que c'est par, est-ce que c'est par peur ?
Et si c'était mieux comme ça ?
Est-ce qu'un jour on le saura ?

Flash-back

On t'enlève ta sonde urinaire. C'est bien.

Ce qui l'est moins, c'est que tu ne sens pas vraiment ta vessie et que tu te fais pipi dessus avant d'atteindre les toilettes.

Vie d'Amélie

— Je ne te reconnais plus.

Sylvain a lâché ces mots comme on s'effondre. Amélie se fige. Est-ce le dernier pas, la perche qu'elle attendait, le signal pour sauter dans le vide ? Elle s'assoit dans le canapé, ni trop près ni trop loin de lui, à une distance raisonnée, entre celle qui dit *couple* et celle qui dit *étrangers.* Mais reste silencieuse, car ignore comment commencer.

— Je vois bien que ça ne va pas.

Amélie opine gravement, mais ne trouve toujours pas les mots.

— Qu'est-ce qui se passe, Lilie ?

Elle se tourne vers lui, il y a déjà des larmes à ses yeux.

— Tu m'aimes, Sylvain ? Je veux dire : tu m'aimes toujours, vraiment, aussi fort qu'avant ?

Il sent la question piège. Interroge sa femme des yeux sur le sens de celle-ci. Que veut-elle lui prouver ? Qu'ils ne s'aiment plus comme au premier jour ? Évidemment qu'ils ne s'aiment plus comme au premier jour. Mais ils s'aiment différemment. Et ils forment une bonne équipe. Voilà ce qu'il voudrait lui dire, mais il tarde à répondre, alors elle enchaîne :

— Moi je ne t'aime plus vraiment. Plus autant qu'avant. Plus comme avant. Plus assez, surtout. Et puis, j'ai envie d'autre chose…

— Tu as rencontré quelqu'un ?

Il pose la question avec calme et dignité. Cette question qu'elle déteste, mais qu'il est en droit de poser.

— Non. J'ai rencontré… la maladie.

Il pose sur elle un regard interrogateur. Mais il semble comprendre puisqu'il dit :

— J'ai bien vu que tu as changé, depuis… en effet.

— Sylvain, on ne sort pas indemne d'un truc comme ça. Peut-être qu'il y en a qui reviennent à l'identique dans leur vie d'avant. Moi je sens que j'ai des aspirations nouvelles, qui m'étonnent d'ailleurs moi-même. J'ai envie de redémarrer de zéro, ou presque, de me retrouver seule, de savoir qui je suis, de voir où la vie va me mener. Avec toi, pardon, mais notre vie est devenue trop plan-plan et je connais trop notre avenir.

— *Je, je, je…* et Victor, dans tout ça ? Que fais-tu de lui ? Tu veux briser notre famille par envie de liberté ?

Sa voix s'est durcie. Son regard aussi.

— Je veux bien admettre que ma décision part d'une démarche égoïste…

— Parce que ça y est, en fait, tu l'as déjà prise ? demande-t-il avec ironie. Tu t'en vas ? Et quand comptais-tu me l'annoncer ?

— Si tu crois que c'est facile… Si tu crois que je n'ai pas conscience de détruire une part de notre vie. J'ai beaucoup mûri cette décision. J'y ai réfléchi des nuits entières… mais je n'arrivais pas à trouver le bon moment.

— Et puis j'imagine que tu ne voulais pas gâcher les fêtes… Donc, là, on est le 1er janvier, on a fait les vœux chez ta mère, c'est bon ! raille-t-il.

Amélie baisse la tête.

— C'est toi qui as provoqué cette discussion aujourd'hui, lui rappelle-t-elle.

— Parce que tu aurais voulu attendre encore ? Franchement, quel intérêt ? Si tu crois que ça me plaît de te voir comme tu es en ce moment, de constater que tu désertes notre lit toutes les nuits à présent, d'entendre tes reproches… Tu voulais quoi, me faire craquer ? Me faire deviner ? Mais moi, je vais te dire, jusqu'à tout à l'heure, je pensais qu'on traversait une crise de couple. Une simple crise, une mauvaise passe, comme on en a déjà vécu, comme on devait en vivre d'autres.

— Oui, ça aurait pu être ça. Les crises, ça se traverse. À condition qu'il y ait toujours beaucoup d'amour. Mais pour moi, il n'y en a plus. Je t'aime, mais d'un amour… fraternel, en quelque sorte. Et peut-être que toi aussi, sans t'en rendre compte. Rien dans la façon dont tu es avec moi ne me prouve le contraire. Les sentiments, ça ne se maîtrise pas. Et quand il n'y en a plus, je crois qu'il faut l'admettre. Alors oui, certains se contentent d'une bonne entente, d'un amour plat. Mais pas moi. Je veux plus.

Sylvain laisse passer un long silence, le temps d'absorber tous les mots d'Amélie, ce qu'elle dit et tout ce qu'il devine entre les lignes.

Flash-back

Les infirmières et les aides-soignantes sont formidables de gentillesse. Tu te sens bien entourée, aux petits soins. Cela compte, lors d'un séjour à l'hôpital… surtout quand il dure dix jours.

Vie d'Amélie

Amélie a fui la maison, mue par un besoin de solitude et de réflexion. De faire le point. Elle marche sur les bords de la rivière Odet, sans bien prêter attention au cadre, plongée dans ses pensées. Elle a encore du mal à y croire. « C'est fait », se répète-t-elle pour s'en convaincre. L'essentiel a été dit. Sans cris, sans larmes. Posément. Elle ne sait plus quel chanteur ou poète a écrit, en substance, qu'à aimer sans passion on se quitte sans heurts… Cette phrase pourrait bien résumer leur séparation. Oh, il y aura sans doute des moments difficiles, des incompréhensions et des désaccords entre eux, mais dans l'ensemble elle a confiance : ils peuvent se séparer en bonne intelligence. Comme les gens réfléchis, soucieux de ne pas ajouter du mal au mal, de rester dans le respect, de faire au mieux. Ne serait-ce que pour Victor. Il ne sera pas un objet de négociation ou un enjeu de bataille. Encore moins un paquet qu'on se refile sans échanger un mot. Ils seront toujours les parents de Victor. Cela ne changera pas : c'est pour toute la vie.

*

Lorsqu'elle rentre à la maison, Sylvain lui annonce qu'il passe la soirée dehors. Il l'attendait pour qu'elle garde Victor. Ils se croisent tout juste sur le pas de la porte. Elle n'a pas le temps de lui demander comment ça va ou de l'observer pour avoir un début de réponse. Il est déjà parti, la laissant hébétée sur le seuil. Victor veut jouer avec elle. Elle n'en a pas envie, se sent si lasse tout à coup. Mais elle ne veut pas le montrer à son fils. Elle doit être une mère solide. Ils n'ont pas encore décidé du moment ni de la façon de lui annoncer la séparation. Ils n'ont pas décidé de grand-chose. Elle a simplement dit que c'est elle qui quitterait la maison. Logique : c'est elle qui a décidé, c'est elle qui part. Ils n'ont pas évoqué de date, il n'a pas posé d'ultimatum. Pour l'instant, elle reste ici. Mais pour combien de temps ?

Victor a sorti le jeu des Sardines et a disposé les cartes sur la table. Elle s'assoit. Pousse malgré elle un soupir. La fatigue, les nerfs qui se relâchent…

— Ça va, maman ?

Amélie sourit, lui passe une main dans les cheveux avec tendresse et murmure :

— Mais oui.

Il n'y avait pas d'autre réponse possible.

Flash-back

Tu reçois des visites. Famille, amis proches.

Sur la fin de ton séjour, tu as même pu lire et travailler.

Dix jours après l'opération, tu peux rentrer chez toi. La biopsie a parlé, mais pas complètement : sarcome de bas grade, lis-tu sur la feuille qu'on te tend. Il faut poursuivre les analyses pour savoir comment nommer plus précisément *ce truc* dont on t'a opérée.

Quelques jours plus tard, tu as rendez-vous avec le chirurgien. Le verdict est tombé : le truc s'appelle « tumeur desmoïde », autrement nommée « fibromatose agressive ». Une tumeur maligne qui aime se développer dans les tissus mous, entre les organes où elle s'infiltre, et qui a la prodigieuse qualité de ne pas engendrer de métastases. C'est cancéreux, mais ce n'est pas un cancer. Inconvénient : elle fait partie des maladies orphelines sur lesquelles la recherche n'a pas le temps, l'argent ou l'envie de se pencher. Il n'existe pas de protocole.

Le docteur D. te rappelle qu'il a tout enlevé, comme on pourra le vérifier lors d'une IRM de contrôle dans trois petits mois.

Il envisage tout de même de te faire suivre au centre anticancer de ta ville par le docteur É. qui, semble-t-il, s'est déjà occupé de patients atteints de desmoïde. Au cas où.

Tu n'as plus qu'à attendre l'IRM.

Vie d'Amélie

Sylvain a convoqué séance tenante ses deux amis, Mathieu et Loïc. « Faut que je vous parle, vous êtes dispos ce soir ? » leur a-t-il demandé sur leur groupe de discussion. Un soir de 1er janvier, alors qu'on est tous fatigués et prêts à se coucher à l'heure des poules, ils ont forcément été étonnés. Enfin, Loïc pas plus que ça. Il a subodoré que la discussion devait avoir eu lieu. A trouvé le choix du jour insolite. A supposé qu'on ne choisit pas toujours le moment des grandes annonces. Mathieu a eu l'étonnement sincère des gens à des kilomètres de la réalité. Julie a été une tombe, il n'est au courant de rien. Soir du 1er janvier ou pas, ils répondent présent. Les vrais amis savent toujours se rendre disponibles quand il y a besoin. Loïc a proposé que ce soit chez lui, puisque tous les bars seront fermés et qu'il vit seul. Ils s'y retrouvent donc à 20 heures. Sylvain arrive le dernier. Son visage crispé ne trompe aucun des deux. Il s'est passé quelque chose, constate Mathieu. Loïc est gêné. Il sait déjà… Doit-il assumer ou faire comme s'il ignorait tout ? Il penche rapidement pour un entre-deux.

Ils se sont déjà souhaité une bonne année à minuit, mais se saluent avec la bise habituelle. Puis s'installent dans le salon. Loïc a sorti des bières et des cacahuètes.

— Alors, raconte ! Qu'est-ce qui se passe ? Tu tires une tête…

Mathieu a mis les pieds dans le plat. C'est direct, c'est tout lui.

Sylvain pousse un soupir.

— Je ne vais pas y aller par quatre chemins… Amélie veut qu'on divorce.

Mathieu écarquille les yeux. Il est bouche bée. Loïc, lui, ne feint pas la surprise.

— Tu savais, toi ? Elle te l'avait dit ?

Le ton de Sylvain n'est pas dénué d'ironie, sa question ressemble à une attaque. Loïc déglutit.

— Amélie m'a dit qu'elle se posait des questions. Je ne pensais pas qu'elle en arriverait là.

La voie du milieu, en effet.

— Eh bien si, on en est là. Un premier janvier. *Bonne année !* qu'ils m'ont tous souhaité hier… même elle ! Pfff… Elle commence drôlement bien.

Il rit jaune.

— C'est clair que c'est raide…, convient Mathieu. Mais comment c'est arrivé, je veux dire : pourquoi aujourd'hui ?

— Grande question… Cela faisait un moment que ça n'allait plus entre nous, je vous en avais parlé, mais je mettais ça sur le compte d'une phase de moins bien, comme ça arrive à tous les couples, vous voyez. Mais cet aprèm, je lui ai fait une remarque, du genre… Ah oui : « Je ne te reconnais plus. » Juste cette phrase. Un conseil, les gars, ne dites jamais ça à votre nana ou à votre mec, ça peut avoir des effets dévastateurs. On peut vous quitter dans la foulée.

S'ensuivent quelques questions. Ses interlocuteurs souhaitent en savoir plus, avoir des détails de la scène, de la discussion, essayer de comprendre, si c'est possible, les motivations de fond d'Amélie.

— Tu crois qu'elle a rencontré quelqu'un ? demande Mathieu.

Sylvain jette un coup d'œil à Loïc, comme si celui-ci pouvait détenir un élément de réponse.

— Elle dit que non. À l'entendre, c'est un effet secondaire de sa maladie. Ou de sa guérison, plutôt. Pendant sa maladie, j'étais là. Apparemment, elle n'a plus besoin de moi.

— Oh, c'est raide…

Mathieu accuse le coup. Si même un couple qui allait bien comme celui que formaient Sylvain et Amélie se sépare, alors où va-t-on ?

Vie d'Amélie

Amélie n'a pas attendu le retour de Sylvain. Fatiguée, elle s'est glissée dans le lit de la chambre d'amis. Sa chambre, maintenant. Ils sont officiellement des colocataires. Mais pour combien de temps ? Cela ne pourra pas trop durer. Elle pense à son futur chez-elle, au lieu où elle atterrira. Se demande où ce sera. Elle pense à cette maison-cube qu'elle va quitter et qu'elle aime profondément. Elle pense à Victor, au moment où ils lui annonceront la nouvelle. Elle pense à son travail, à sa mère, à sa sœur, à ses amis, à tous ceux qui vont l'apprendre et à leurs réactions, à l'école, à l'organisation future, à une potentielle garde alternée, à la répartition des meubles, à sa nouvelle vie… mais surtout à Victor.

*

Le 2 janvier est un dimanche. Il fait un temps sec. Quand Amélie se lève, Sylvain est déjà en tenue de VTT, prêt à partir. Victor regarde un dessin animé dans le canapé.

Premier matin gênant. Comment se saluer, quoi se dire ? Elle n'ose pas aller vers lui, lui demander s'il a passé une bonne soirée, encore moins une bonne nuit. Son visage chiffonné parle pour lui. Elle l'a entendu rentrer, il était tard, et puis il a dû avoir du mal à trouver le sommeil. Elle ne sait pas où il est allé, ce qu'il a fait, qui il a vu. Elle suppose qu'il a retrouvé ses deux meilleurs amis, mais n'ose pas le lui demander non plus. Alors… que se dit-on un matin de lendemain de séparation ?

— Salut, fait-il avec un semblant de sourire gêné.

Alors on se dit ça : salut. Elle lui répond en écho. Avec la même gêne, la culpabilité de tout ce qui arrive en plus.

— Je l'ai dit aux gars.

Il y a tant dans ces petits mots qui tiennent en une petite phrase. Il y a trop peu pour que Victor comprenne, mais il y a tout ce qu'elle devine : une soirée entre potes autour de celui qui va mal, la stupeur, les explications, les mots durs, et quelques silences.

— Ah, se contente-t-elle de répondre.

Elle trouverait déplacé de lui demander comment ils ont réagi. Elle le saura vite, de toute façon. Et Sylvain prend déjà la direction de l'arrière-cuisine. Avant de quitter son champ de vision, il dit simplement :

— Faudra qu'on parle de… enfin, tu vois.

Et il s'éclipse avant qu'elle n'ait le temps d'acquiescer. Il est parti. Avant, il aurait déposé un baiser sur sa bouche. Il lui aurait souhaité une *bonne matinée, ma chérie.* Il lui aurait dit à quelle heure il comptait revenir. Là, il part comme s'il fuyait. Il est libre. Il n'a plus ni tendresse à lui offrir ni comptes à lui rendre. Elle reste les bras ballants dans sa cuisine, abandonnée.

Une larme s'invite sur sa joue.

Flash-back

Quelques semaines après l'opération, mesurant *a posteriori* sa dangerosité et le professionnalisme du docteur D., tu décides de lui écrire une lettre. Tu ne sais pas s'il l'aura entre ses mains, s'il la lira, s'il la gardera… Tu ne recevras pas de réponse. Mais tu voulais lui dire merci, exprimer toute ta gratitude.

Des mots bien différents de ceux que tu aurais jetés sur le papier à l'attention du docteur M.

Vie d'Amélie

Inertie est le mot qui caractérise le mieux l'état d'Amélie, ce dimanche matin. Elle se sent vide. Lasse. Dans une sorte d'attente. D'attente de quoi ? De Sylvain ce midi, de l'avenir ?

Elle s'est posée à côté de Victor dans le canapé. Elle l'a pris dans ses bras, il est venu sur ses genoux. Lui est absorbé par ses dessins animés. Elle par ses pensées qui partent un peu dans tous les sens. Elle pense à Loïc et à Mathieu qui sont au courant. Ce sont les premiers. La nouvelle est susceptible de se répandre. Elle va devoir annoncer la séparation elle-même avant que celle-ci ne vienne à certaines oreilles. Il y en a qui l'apprendront de façon indirecte, et ce ne sera pas grave. Mais elle se doit de prévenir les plus proches. Même si cela lui répugne, même si elle voudrait sauter cette étape. Elle n'ose pas envoyer un message à Loïc ni lui demander comment il a trouvé Sylvain, hier soir. De toute façon, il fait la grasse matinée. Du moins le croit-elle, mais elle reçoit un SMS, comme s'il lisait dans ses pensées : *Comment vas-tu, Lilie ? Pas trop dur, ce matin ?* Un sourire lui échappe. Loïc est son ami et le sera toujours, elle le sait. Néanmoins il est aussi et restera celui de Sylvain. Saura-t-il gérer cette appartenance aux deux camps ? Elle sourit parce qu'il y aurait dans cette idée la notion de guerre et elle ne croit pas qu'ils seront jamais en guerre, tous les deux,

Sylvain et elle. Néanmoins, ce ne sera peut-être pas toujours facile pour Loïc de se trouver au centre de confidences croisées et peut-être de secrets à ne pas divulguer.

Elle répond : *Bof… j'ai connu mieux. Mais c'était nécessaire. On en parlera demain.*

Elle n'a pas la force d'appeler et de se lancer dans une grande discussion. Et puis, il y a Victor. Elle ne veut pas prendre le risque qu'il entende et comprenne. Elle veut le laisser encore dans l'insouciance de son ignorance.

Amélie s'imagine que Julie est au courant par Mathieu. Mais cela n'est pas si sûr : il a pu vouloir garder pour lui les confidences de Sylvain. L'absence de message de Julie le laisse supposer. Alors elle attrape son téléphone, rédige un message, s'y reprend à trois fois, pour finalement écrire : *Voilà… hier, j'ai annoncé à Sylvain que c'était fini.*

C'est fini… une phrase qu'elle se répète souvent depuis hier. Comme si elle n'y croyait pas encore. Comme si elle devait s'interroger sur le vaste contenu de ces quelques mots. Qu'est-ce qui est fini, au juste ? Le couple Sylvain-Amélie, leur histoire, leur vie commune, leur mariage, leur quotidien, leurs projets d'avenir. Tout s'effondre et c'est comme un bateau qui coule, emportant au fond de l'eau les piliers de sa vie.

Que lui reste-t-il, finalement ? Son travail, son fils, sa famille, ses amis dont elle est certaine déjà qu'elle en perdra en cours de route… Tout n'est pas fini, mais il reste tant à reconstruire, un jour…

Amélie est lucide. Le chemin risque d'être long avant de trouver un nouvel équilibre.

Vie d'Amélie

En sonnant chez sa mère en début d'après-midi, Amélie n'en mène pas large. Mais elle ne souhaite pas attendre davantage. Il ne sert à rien de reculer. À présent que c'est décidé et officiel, autant l'annoncer à ses proches. Nadine ouvre la porte, étonnée. Elles se sont vues la veille pour les vœux en famille. Sa fille n'a pas prévenu de sa visite. Alors pourquoi Amélie est-elle là, sur le perron, le visage grave ? Instinctivement, la mère prend sa fille dans ses bras. Puis la laisse se rendre dans la véranda, son salon d'hiver, où elle aime à tricoter en observant les oiseaux et les fleurs de son jardin.

— Tu veux un thé ?

Amélie accepte. Nadine passe à la cuisine, s'affaire à la préparation des boissons chaudes. Revient prestement avec les tasses fumantes sur un plateau. Il y a aussi des bâtonnets de sucre candi blanc et roux, et des palets bretons dans une assiette. Amélie attrape sa tasse, fait tournoyer pensivement son sachet de thé pour qu'il infuse plus vite. Agite le bâtonnet de sucre pour en diluer juste ce qu'il faut, un rituel familial en forme de péché mignon. Mais elle reste silencieuse, sous les yeux de sa mère qui l'observe.

— Chérie, je ne sais pas ce qui t'amène ainsi, un dimanche après-midi, sans ton fils ni ton mari, mais… quelque chose me dit qu'il y a une raison et que ce n'est pas improvisé.

Amélie regarde sa mère, puis baisse les yeux.

— Maman, j'aurais aimé ne jamais t'annoncer cela, mais… Sylvain et moi allons nous séparer.

Nadine accueille la nouvelle avec gravité, mais sans catastrophisme. Elle tente de sonder l'esprit de sa fille, de mesurer les dégâts, de deviner si c'est elle ou lui. Puis finit par réagir :

— Je mentirais si je te disais que je suis étonnée. Pas plus que ça, en fait.

— Ah bon, vraiment ?

— J'ai des yeux… J'ai bien vu que ça n'allait plus trop entre vous. Et que cela venait de toi. Je me trompe ?

La clairvoyance de sa mère plonge Amélie dans le silence. Elle qui croyait être une bonne comédienne… Apparemment, elle ne jouait pas si bien que cela l'épouse heureuse.

— Tu veux savoir pourquoi ? demande Amélie.

— J'écouterai tout ce que tu voudras me dire, mais ne te sens obligée de rien. Ce qui compte pour moi, ce n'est pas de savoir ce qui s'est passé, pourquoi ça n'a pas marché, car j'imagine que cela ne me regarde pas ; ce qui compte pour moi, c'est de t'entendre dire que tu vas bien, que tu as fait le bon choix… même si c'est sans doute trop tôt pour ce genre de conclusion.

Amélie n'en revient pas du calme de sa mère. Elle craignait qu'elle ne s'effondre. Elle a toujours beaucoup aimé Sylvain. Et elle est sans doute déjà inquiète pour son petit-fils. Mais elle accueille la nouvelle avec une philosophie dont sa fille ne l'aurait pas crue capable.

— Je voulais vivre autre chose.

Est-ce que tout peut se résumer en cette seule phrase ? Amélie a l'impression que oui. D'autant qu'elle contient ce verbe qu'elle aime plus que tous les autres, surtout depuis quelques mois : vivre. Être en vie, mais pas simplement : chérir l'existence, se laisser porter par elle, la croquer à pleines dents. Vivre, oui. Qu'y a-t-il de plus beau que d'embrasser la vie ?

Vie d'Amélie

Ils ont dîné presque comme si de rien n'était. Pour que tout paraisse normal à Victor. Alors que c'est très étrange, au fond, ce décalage entre la pièce qu'ils jouent sans trop se forcer et la réalité. L'habitude, peut-être. Un œil averti repérerait le manque d'appétit, le détachement, la fausse indifférence, une certaine crispation, et la tristesse au fond des regards. Mais Victor n'a pas cet œil qui perçoit la complexité des adultes. Il voit ses deux parents à table, à leur place habituelle, qui parlent de la reprise du travail le lendemain et de son retour à l'école à lui. Sa maman l'invite à dresser le bilan de ces vacances. Il est content. Le Père Noël a été génial. Et il a hâte de retrouver ses copains pour leur raconter tout ça, les batailles qu'il peut maintenant orchestrer entre ses deux châteaux forts, ses nouveaux jeux de société, son livre sur les chevaliers.

Voilà… C'est un dîner qui ressemble à tous les autres. À ceci près que quand Victor aura rejoint les bras de Morphée, ses parents se parleront de choses importantes.

*

— Je l'ai annoncé à ma mère, tout à l'heure.

Ils se sont assis dans le salon, sitôt Victor couché et la vaisselle achevée.

— Je m'en suis douté, quand tu es partie après le déjeuner. Et puis Nadine m'a envoyé un message. Un message de *soutien*.

Amélie prononce un « Ah » qui ne dénote aucun étonnement. Sa mère lui a dit, avant qu'elle ne parte de chez elle, tout à l'heure, que Sylvain serait toujours son gendre, d'une certaine manière. Elle sait l'affection et l'estime qu'elle lui porte.

Ils se sont donné rendez-vous ce soir au salon pour une discussion au sujet de Victor. Quand vont-ils le lui annoncer ? Qui des deux parlera ? Avec quels mots ? Des mots qui diront la vérité, mais dans la douceur. Des mots qui cherchent à rassurer. Des mots qui pourraient lui faire croire que sa vie ne sera pas complètement bouleversée, qu'il restera le principal. Sylvain commence.

— Je veux qu'on lui dise que c'est une décision commune. Ce serait mieux un : « Tes parents ne s'aiment plus et ont décidé de se séparer », non ? Plutôt que « Maman a décidé de quitter papa ».

Amélie ouvre de grands yeux étonnés. Sylvain ajoute :

— Je ne veux pas que tu endosses la responsabilité de celle qui part, qu'il pense que c'est de ta faute. Pour lui, pour toi, pour votre lien, c'est sans doute mieux.

— C'est généreux de ta part, mais… pourquoi ?

Sylvain marque un silence.

— Dans une séparation, les torts sont souvent partagés… J'imagine que j'ai mes responsabilités aussi. Sinon, tu n'aurais pas envie de partir.

Amélie prend sa main, il la prend dans ses bras. Quelques larmes coulent en silence. Ils se demandent certainement comment ils en sont arrivés là. Et ils se disent peut-être aussi que, d'une certaine manière, ils s'aimeront toujours.

Flash-back

Par deux fois, à quelques années d'intervalle, tu as demandé à lire et à conserver le compte rendu opératoire.

La première fois, juste après ton opération, apparaissait le docteur D., ce qui était normal et logique puisque c'était le chirurgien qui t'avait accompagnée dans ton parcours de soins. Celui qui était là la veille de l'opération, celui qui t'a parlé au moment où l'anesthésie t'a endormie, celui qui était là après, pour les rendez-vous post-op. Ton chirurgien officiel.

La deuxième fois, comme tu pensais avoir égaré le premier, tu l'as demandé à ton généraliste. Il l'avait bien au chaud dans son ordinateur. Mais cette fois, stupeur : l'opérateur indiqué était le docteur M. Le gynécologue qui t'a accouchée, le boucher. Tu as cru à une hallucination. Ressenti une bouffée d'angoisse. Bien au-delà de l'incompréhension. L'indignation, la colère. Est-ce que, par un habile tour de passe-passe, pendant que tu étais endormie, et absente à toi-même, les médecins ont procédé à un arrangement entre eux ? Avec la complicité de la clinique ? Elle n'était pas sans savoir tes griefs contre le docteur M. Elle savait que tu aurais refusé de passer sur le billard en remettant ta vie, et le reste, entre les mains de cet homme.

Qui t'a vraiment opérée ? Tu ne le sauras jamais.

Vie d'Amélie

Quand Amélie se couche, ce dimanche soir, le sommeil éprouve un malin plaisir à ne pas se laisser attraper. Trop de choses tournoient dans son esprit. C'est fou, parfois, tout ce qui se joue en quelques heures. Il y a encore deux jours, elle était dans sa vie d'avant, la femme de Sylvain, tout ça… Maintenant, elle est sur un fil entre ses deux vies. Toujours officiellement, et sans doute pour encore quelques mois, la femme de Sylvain, mais seulement sur le papier. Ils ne sont plus ensemble. Ils ne sont plus une entité.

Quand elle repense à ses mots de tout à l'heure, l'émotion la saisit encore. Peut-être qu'au fond de lui il admet qu'ils étaient ensemble par habitude plus que par amour. Il a dû beaucoup réfléchir, lui aussi…

Ils ont décidé de le dire à Victor d'ici une semaine. Quand ils se sentiront prêts tous les deux et qu'ils le sentiront disponible, à l'écoute.

*

L'accolade entre Amélie et Loïc est plus longue et plus forte que d'habitude lorsqu'ils se retrouvent à l'agence, ce lundi matin 3 janvier.

Ils ne se mettent pas au travail. Naturellement, ils se dirigent vers l'arrière-boutique pour un café, s'assoient à la table de leur petit coin repas pour une discussion pas comme les autres. Samedi soir, Loïc a eu la version de Sylvain. Version à chaud, version *encore sous le choc*. Dimanche matin, pendant la séance de VTT, le mari d'Amélie lui a semblé déjà plus calme, comme s'il avait pris du recul. Amélie confirme, lui relate leur étrange week-end, le moment de l'annonce, la discussion d'hier soir, son choix, comment ils voient les choses pour Victor, leur lien qui existera toujours.

— Et comment tu te sens, toi, du coup ? demande Loïc à la fin de son récit.

— Soulagée, dans un sens. Je n'en pouvais plus d'attendre de trouver le bon moment, et du stress… Au moins, c'est fait. Sylvain a plutôt bien réagi. Je n'ai jamais pensé qu'il ferait un scandale, mais je n'avais pas imaginé qu'il resterait si calme. Je le trouve… *compréhensif*.

— C'est Sylvain…

— Oui.

Amélie sourit. Celui qui est encore son mari a beaucoup de qualités. Même si, ces derniers temps, elle a eu tendance à ne voir que ses défauts.

— Ma mère aussi m'a étonnée.

— Ah oui ? Nadine a bien réagi ?

— Très bien. Je suppose qu'elle s'inquiète pour moi, pour Sylvain et pour Victor. Mais elle ne m'a rien reproché. Elle ne m'a pas balancé un truc du genre : « Tu fais la plus grosse connerie de ta vie ! »

Loïc sourit. Il est content pour son amie. Le plus dur est passé, pense-t-il.

— En revanche je m'attends à tout, avec ma sœur…

— Tu la vois ce midi ?

Amélie opine avec gravité.

— Peut-être qu'elle est déjà au courant par ta mère…

— Non, je lui ai demandé de me laisser le lui annoncer. C'est à moi de le faire.

Loïc acquiesce. Il lit dans ses gestes et sur son visage toute l'appréhension d'Amélie.

Vie d'Amélie

Quand Amélie entre dans la crêperie, à midi et demi, Hélène s'y trouve déjà. Dans un coin de la pièce, occupée à regarder le menu. Amélie prend une grande inspiration, le temps de la rejoindre. Elle craint que sa nervosité ne soit palpable.

— Salut, sœurette ! lance Hélène, qui se lève et l'embrasse.

Son accueil habituel. Son côté chaleureux. Amélie s'assoit en face d'elle, s'enquiert de son heure d'arrivée. Serait-elle en retard ? Hélène la rassure, c'est elle qui est en avance. Amélie parcourt des yeux le menu, choisit vite. De toute façon, elle a l'estomac noué.

— Comment ça va depuis samedi, chez maman ?

C'est une question anodine et banale. La question passe-partout, l'entrée en matière. Mais cette fois, elle lui paraît brutale. Doit-elle vraiment tout déballer, là, tout de suite ?

— Tu as choisi quoi ? demande Amélie pour faire diversion.

— Une Popeye : épinard, œuf, chèvre. Tu hésites ? Comme d'habitude…, taquine Hélène.

Il est vrai que la perplexité d'Amélie devant une carte de restaurant est légendaire. La serveuse arrive juste à ce moment-là. Elles passent commande. Amélie reste sur son idée première : une galette tomates provençales. Le temps que chacune regarde son portable, la bouteille de cidre arrive, avec ses deux bolées. Hélène verse le liquide pétillant et lève son verre.

— À cette nouvelle année ! s'écrie-t-elle, enthousiaste.

Amélie trinque sans entrain.

— Ça n'a pas l'air de te réjouir… Pourtant, l'année achevée t'a offert une belle victoire et celle qui s'annonce ne peut qu'être plus facile que les précédentes…

Amélie voudrait bien tacler Hélène pour sa philosophie à deux sous. On n'est jamais sûr de rien, de toute façon. Qui connaît l'avenir ?

— En l'occurrence, non, elle ne va pas être plus facile.

Le ton est légèrement sarcastique. Hélène repose sa bolée et contemple Amélie. Attend la suite. Elle a dû rater un épisode…

— Pourquoi dis-tu ça ?

Amélie soupire malgré elle. Hélène voit bien qu'elle bute sur quelque chose. Les mots à trouver ? Pour dire quoi ? Amélie prend une inspiration plus longue que les autres, comme si elle allait tout balancer d'une traite, en apnée. Elle lâche :

— Nous sommes en train de nous séparer, Sylvain et moi.

La bouche d'Hélène s'ouvre de stupeur.

— C'est une blague ?

— Elle serait de mauvais goût.

— C'est lui ? Il a rencontré quelqu'un ?

Hélène a la curiosité des amateurs de potins qui veulent tout savoir, et si possible que ce soit croustillant. Néanmoins, ses yeux tremblent de colère.

— C'est moi, dit simplement Amélie.

— Ne me dis pas que tu as trompé Sylvain…

— Pourquoi, parce que ça *ne cadrerait pas* avec moi ?

— Tu ne vas pas recommencer…

— Je ne l'ai pas trompé, je n'ai rencontré personne, et il n'y a personne qui m'attend, si tu veux tout savoir.

Hélène semble mieux respirer. Les galettes arrivent, ce qui suspend leur conversation quelques secondes.

— C'est quand même drôle : selon toi, et beaucoup de gens d'ailleurs, il y a toujours une histoire d'adultère pour mettre fin à un couple. Parce qu'on ne peut pas se quitter, sinon ?

L'ironie d'Amélie n'est pas dénuée d'amertume.

— Ce n'est pas la peine de m'agresser ni de me parler sur ce ton, s'il te plaît. Tu peux m'expliquer pourquoi, alors ? Parce que, là, comme ça, je ne comprends pas du tout.

Amélie hésite entre se répandre en longues justifications argumentées et condenser le principal dans cette phrase de cinq mots qui résume à elle seule toute l'étendue de sa pensée et qu'elle a déjà servie à sa mère. Opte pour la seconde option, concise et moins fatigante :

— Je veux vivre autre chose.

— Autre chose ? Mais tu as la vie rêvée, avec Sylvain ! Tu as tout. De quoi te plains-tu ? Qu'est-ce que tu veux de plus ? Explique-moi !

— Je n'ai pas dit *de plus*… J'ai dit *autre chose.*

Amélie tente de lui expliquer ce qu'elle entend par là. Hélène a beau l'écouter sans la couper, tout en elle exprime le rejet, la tension, une incompréhension totale. Celle à laquelle Amélie s'attendait et qu'elle redoutait.

— Donc, si je résume : tu veux vivre sur une planche de surf plutôt que dans un train ? Tu as complètement pété un câble…

Amélie serre les dents. Hélène enchaîne sur Victor, elle n'est qu'une égoïste qui va faire le malheur de son fils, une mère *normale* n'agit pas comme ça. C'en est trop. Amélie se lève, jette sa serviette sur la table et tourne les talons sans un mot.

Elle savait que cela se terminerait comme ça. Sa sœur est si prévisible.

Flash-back

Quelques semaines après ton accouchement, tu avais demandé à consulter ton dossier médical. C'est un droit. Tu voulais comprendre. Tu étais persuadée que le docteur M. n'avait hâté les choses que pour inscrire ton accouchement sur sa journée de garde et gagner ainsi l'argent correspondant (tu as accouché dans une clinique privée). Il finissait à 19 heures. Ton fils est né à 18 h 50. Il serait né plus tard sans son intervention (et tu aurais eu une deuxième dose de péridurale, mais passons). Tout aurait été différent.

Dans le dossier médical, il manquait toutes les informations du monitoring. Le long papier avec sa courbe si parlante était absent. Envolé ! Comme par hasard. Il aurait prouvé que le cœur du bébé allait bien et qu'il n'y avait aucune raison de procéder à l'extraction du bébé. Ta gynécologue n'était pas très à l'aise. Tu as senti qu'elle ne pouvait pas critiquer les agissements de son collègue.

Tu as eu un peu plus tard un entretien avec des responsables de la clinique. Ton but ? Demander une césarienne *de convenance* pour la deuxième grossesse que tu osais envisager, ou AU MOINS la certitude que jamais plus tu n'aurais affaire au docteur M. Ils ont écouté tes reproches, admis que le docteur M. avait peut-être manqué de tact… l'ont défendu comme ils pouvaient, ont supposé qu'il avait paniqué face à la situation. Le bébé se présentait mal et peinait à descendre. Et puis son cœur… bla bla bla.

Tu n'y crois pas.

Tu n'as décelé aucune once d'humanité chez ce médecin.

Tu as vu cet homme te découper comme si tu étais un morceau de viande. Il a nié ta douleur, il t'a niée en tant que femme. Il a abusé de son autorité. Il a abusé de toi.

Vie d'Amélie

Amélie revient à l'agence plus tôt que d'habitude le lundi. Loïc n'y est pas encore. Tant mieux. Elle a besoin de décompresser et de réfléchir. La colère l'oppresse.

Sa grande sœur a tendance à vouloir toujours avoir raison. Elle sait tout mieux que les autres. Elle a meilleur goût. Elle prodigue d'excellents conseils. *Tu devrais faire ceci, tu devrais faire comme ça…* Elle sait. De son point de vue, évidemment. Alors bien sûr, elle n'a pas tout à fait tort sur certains points. D'ailleurs, elle a su toucher Amélie là où ça fait mal : Victor. Elle a su l'atteindre et lui envoyer en pleine face l'égoïsme qu'elle craint de développer et sa culpabilité de mère. Sa culpabilité tout court, d'ailleurs. Tout ce qui arrive, à présent, c'est de sa faute. C'est elle qui a choisi et impose son choix aux autres. C'est sur elle que cela retombera. Et cela ne manquera pas de faire parler. Tant pis.

Le jugement des autres… Si Amélie s'en est souciée à une époque, elle a décidé que c'était terminé. Qu'ils ne comprennent pas n'est pas son problème, qu'ils sachent mieux qu'elle ce qui est bien et jugent ses actions ne l'est pas non plus. Elle a décidé de vivre sa vie comme elle l'entend. Parce qu'elle sait où commence son chemin. Ceux à qui ça ne plaît pas, elle s'en fiche. Elle n'a pas besoin des aigris, des hargneux, des intolérants. Ceux-là, elle le sait, sont souvent malheureux. Ils ne lui ôteront pas son courage.

Elle ira là où la vie doit la mener, sans peur ni souci du qu'en-dira-t-on.

*

Le mercredi soir, elle retrouve Julie. Elles ont choisi de ne pas nager. À circonstances exceptionnelles, soirée exceptionnelle. Il y a tant de choses à se dire. Elles se sont retrouvées dans un pub et attaquent leur premier verre. Un spritz pour Amélie, un mojito à la framboise pour Julie.

Julie veut tout savoir. Avec les détails dont seules les meilleures amies bénéficient. Amélie raconte, elle l'écoute. Parfois elle grimace. Parfois elle écarquille grand les yeux.

— Je n'en reviens pas, finit par dire Julie.

— Tu trouves aussi que j'ai *pété un câble*, comme le pense Hélène ?

— Non, parce que je trouve cela très sensé, au fond. Et puis je sais que tu as mûrement réfléchi.

— Mais tu me trouves égoïste…

— Forcément un peu… J'imagine que celui qui part est toujours taxé d'égoïsme, ce doit être normal. Et, bon, je sais que tu vas faire les choses bien, du mieux possible. Je ne suis pas spécialement inquiète. Même pour ton petit loup… Mais… Je ne sais pas. C'est juste que ça fait bizarre que « Sylvain et Amélie », le couple, n'existe plus. Je n'arrive pas encore à me rendre compte. Et, tu vois, je suis triste à l'idée de ne plus pouvoir envisager nos dîners à quatre, nos week-ends… C'est la fin d'une époque, quand même.

— Je comprends.

— Et puis ce qui est triste, c'est de voir un couple

comme le vôtre, qui semblait épanoui, se séparer… Pour moi « Sylvain et Amélie », ça tenait de l'inébranlable. Vous étiez solides ! Et puis non. C'est dommage, et… ça fait peur, en fait. On se demande qui sera épargné.

— Désolée… Mais tu as dit un mot important. Tu as dit *sembler*… « un couple qui semblait épanoui ». Tu sais, il y a ce qu'on montre, ce que les autres croient voir, et la vérité. Il peut arriver qu'il y ait un décalage.

— En l'occurrence, pas plus que ça : vous paraissiez *bien* ensemble, et vous l'étiez.

— Oui, on était bien… Mais est-ce que ça suffit, d'être *bien* ?

Vie d'Amélie

Après le dîner du jeudi, Sylvain a envoyé une sorte de signal à Amélie, jugeant sans doute que le moment était venu. Il a interpellé Victor : « Tu viens, on va au salon. Maman et moi avons quelque chose à te dire. » Victor est allé vers le canapé, s'y est installé. Amélie a senti l'adrénaline monter, la peur l'envahir, l'envie de pleurer. Elle s'est exhortée à la force. Ce n'était pas le moment de craquer.

Comme s'il pressentait la gravité de l'annonce, Victor a pris une posture sérieuse et posée. Ses deux parents se sont assis de chaque côté de lui. Sylvain a pris la parole et dit les mots prévus qu'il avait beaucoup répétés depuis : « Maman et papa ne s'aiment plus assez pour rester ensemble et vont se séparer. » Les yeux de Victor sont allés de l'un à l'autre comme pour les sonder. Il savait ce que cela voulait dire. Il a des copains de classe qui ont deux maisons. Sylvain a précisé que dans un premier temps ils resteraient un peu tous les trois ici. « Le temps que maman trouve un logement. » Et qu'ensuite ils s'organiseraient pour une garde alternée, car il était hors de question que lui, le papa, ne voie son fils qu'un week-end sur deux. Sylvain n'a pas évoqué les nécessaires aménagements de son temps de travail, l'obligation de trouver des solutions pour le soir, après l'école. Ces questions viendront plus tard. L'important, c'était de poser les bases du futur.

Les yeux de Sylvain ont croisé ceux d'Amélie. Victor avait-il vraiment compris ? Il a dit : « D'accord », comme s'il l'était. Comme si ce n'était pas grave. Ils l'ont assuré de tout leur amour et de faire tout leur possible pour qu'il soit heureux. Il a répété : « D'accord. » Et il s'est levé pour aller se coucher. Comme ça.

Amélie l'a regardé s'avancer vers l'escalier en se demandant si c'était normal, ce genre de non-réaction, s'il avait bien compris. S'il ne jouait pas à l'enfant parfait qui ne veut pas décevoir ses parents (ils ne l'ont pourtant jamais incité à réprimer ses émotions). Peut-être qu'il était au contraire sonné et que ses « d'accord » tenaient de la réponse automatique. Il *ne pouvait pas* être d'accord avec la séparation. Amélie était prise dans un flot d'inquiétudes et de questionnements.

Mais quand il a été au lit, ils ont échangé des « je t'aime » et c'est comme si rien n'avait changé.

*

Quand Amélie se couche, elle se dit que ça y est, tous les gens importants dans sa vie sont au courant. Il a suffi de quelques jours. Cela lui semble incroyable. Tout s'est précipité. À présent, elle va pouvoir se calmer un peu et réfléchir à la suite. Y réfléchir vraiment. Bizarrement, ces dernières semaines, son esprit s'était surtout focalisé sur ses sentiments, sur sa décision, sur l'aveu, l'annonce, la séparation. Elle ne s'est pas projetée beaucoup plus loin dans l'avenir. Comme s'il fallait passer ces étapes et cette porte de la décision pour voir ce qu'il y a de l'autre côté. Elle est sur le seuil, à présent. Elle va pouvoir commencer à envisager son départ, son installation ailleurs. Même si cette idée n'est pas si facile à admettre, car elle aime sa maison et sa vie ici. Partir, oui. Mais pour aller où ? Et puis cela dépend aussi de Victor, de Sylvain. Il faut qu'ils trouvent la meilleure organisation possible. Cela dépendra aussi de l'endroit où elle va atterrir.

Elle raconte tout cela à Mme B., le lendemain. Elle évoque les réactions et la fameuse question : « Tu as rencontré quelqu'un ? » qui l'agace tellement. Mme B. lui demande comment va Sylvain et lui explique ce qu'Amélie trouve d'emblée insolite :

— Parfois, inconsciemment, les gens préfèrent être quittés pour quelqu'un d'autre… parce que cela les dédouane de leurs responsabilités, parce que c'est facile de se dire que c'est de la faute d'un tiers ou de celui qui a fauté. Quand on est quitté sans qu'il y ait quelqu'un d'autre, cela ramène à soi, à son caractère, à ses erreurs, à ses lacunes… On est quitté *à cause de soi*, et ce n'est pas forcément plus facile à porter. Dans les deux cas, il y a une réelle blessure narcissique. Qui parfois se confond avec une blessure d'amour. A-t-on mal parce que l'autre ne veut plus de nous ou parce que l'autre nous manque vraiment ? La frontière est parfois difficile à définir.

Amélie ressort du cabinet de Mme B. pensive. Si Sylvain est blessé, il ne le montre pas. Elle trouve cela étrange, peut-être louche. Est-il réellement si détaché ? Ou bien veut-il le lui faire croire ? Se pourrait-il qu'il souffre bien plus qu'il le laisse paraître ?

*

Amélie passe voir mémé Corentine. Elle lui apporte un bouquet et des chocolats pour les vœux. Sa grand-mère parle bien français, cette fois. Elles évoquent les fêtes de Noël et le reste de la famille. Mais quand

Amélie lui annonce sa séparation, la vieille Bretonne fronce les sourcils et demande, soupçonneuse et fâchée :

— C'est qui, ce Sylvain ? Je ne connais pas de Sylvain !

Flash-back

Environ cinq jours après ton accouchement, la sage-femme qui y avait assisté est venue te trouver dans ta chambre. Pour savoir comment tu allais, pour s'assurer que tu surmontais ce que tu avais vécu. Parce qu'elle-même avait du mal à s'en remettre. Elle te l'a dit en ces termes : « J'ai trouvé votre accouchement violent et traumatisant. »

Tu t'es sentie comprise. Tu as surtout pris conscience que tu n'avais pas vécu un accouchement *difficile.* Tu avais vécu quelque chose d'anormal.

Combien de fois tu as revu la scène de ton accouchement, combien de fois tu as eu du mal à trouver le sommeil, combien de fois tu as ressenti cette impression bizarre d'avoir vécu un accouchement qui… tenait du viol.

Vie d'Amélie

À quoi vont ressembler leurs vendredis soir, à présent ? Avant, ils allaient chez des amis ou des amis venaient chez eux. Parfois ils restaient tranquilles devant un film. Et aujourd'hui ? Qu'en sera-t-il ? Amélie l'ignore. Elle a récupéré Victor à l'école après le passage à l'EHPAD. Ils sont arrivés à la maison. Lui s'est mis à jouer aux chevaliers. Elle s'est assise dans un fauteuil du salon.

L'inertie la reprend. Une sorte de lassitude. Une forme d'attente. Sylvain va-t-il rentrer directement après le travail ? Vont-ils dîner ensemble ? Va-t-il plutôt aller chez ses parents, chez des amis ? Ou sortir ? Elle n'a eu aucune nouvelle dans la journée. Avant, ils s'envoyaient des petits mots. Ne serait-ce que pour se tenir au courant, un aspect pratique, une pensée. Là, rien. Et c'est normal. Ils ne sont plus dans l'avant. Ils sont dans un espace-temps de transition somme toute assez inconfortable. Ils n'ont plus d'habitudes. Ils marchent sur des œufs, doivent inventer et construire à la va-vite un modèle de cohabitation éphémère. Un brouillon. Un origami de vie à trois. Dont on fera une boule de papier qui finira à la poubelle.

Amélie est mal... C'est le genre d'instants où elle pourrait regretter sa décision. Et pourtant, non, au fond. Mais c'est si douloureux, si difficile. De quoi renoncer à renoncer ? Non. Elle n'est pas allée jusque-là pour rien. Il faut avancer.

Il est 20 heures et Sylvain n'est toujours pas là. Amélie se résigne à préparer le dîner. Mais pour combien ? Elle n'a pas de nouvelles. Peut-elle lui envoyer un message pour s'enquérir de sa soirée, pour pouvoir prévoir la sienne et celle de Victor ? Ou cela sera-t-il mal reçu, car à présent il est libre de faire ce qu'il veut et qu'il n'a aucun compte à lui rendre. Oui, mais… En tant que père : ne peut-il pas supposer que Victor aimerait savoir s'il va le voir ce soir, passer du temps avec lui ? Amélie tergiverse… Elle n'a pas le mode d'emploi de leur nouvelle relation. Ne sait pas ce qui est admis, ce qui est interdit, ce qui est souhaitable, ce qui est déplacé. Alors elle prend le parti de préparer un repas pour trois, et elle verra bien… Et quand Victor lui demande quand arrive son papa, elle répond : « Je ne sais pas. » Et elle a envie de pleurer.

*

Lorsque Sylvain rentre, elle est dans le canapé. À regarder une émission débile. Victor est couché depuis longtemps.

— Tu m'attendais ? demande-t-il, étonné.

— Je ne sais pas.

Sa réponse imprime sur la bouche de Sylvain un vague sourire. Il se dirige vers le frigo, en sort une bière, qu'il décapsule, lui en propose une et vient s'asseoir près d'elle.

— Tu aurais peut-être aimé que je te prévienne de mon absence… On a improvisé un truc, avec Mathieu.

Un truc… Tout sera plus flou, à présent.

— Je suppose que tu n'as plus de comptes à me rendre. Mais si tu pouvais penser à Victor… Il était très déçu de ne pas avoir son bisou avant de dormir. Le coucher a été compliqué.

— Il va bien falloir qu'il s'habitue, lance Sylvain, cassant. Puisqu'il aura son père la moitié du temps…

— Si tu avais prévenu, j'aurais pu le rassurer. Tu aurais même pu échanger quelques mots au téléphone avec lui. Là, au lendemain de l'annonce, j'ai senti qu'il se sentait un peu abandonné.

— La faute à qui ?

Sylvain la défie du regard. Amélie n'a aucune envie de se lancer dans une dispute à cette heure tardive, elle se lève et prend le chemin de l'escalier.

Flash-back

Ce que tu as subi porte un nom. Tu as été victime de violence obstétricale.

Tu ne réfutes pas le recours à l'épisiotomie et aux forceps (un bébé de plus de quatre kilos qui se présentait mal nécessitait certainement cela, quoiqu'on aurait pu aussi se poser la question d'une césarienne). Le problème n'est pas là. Le problème est la non-prise en compte de ta douleur. Le problème est l'inhumanité du médecin. Le problème est l'absence d'explication, de mots autres que « Vous avez mal dans votre tête ». Le problème est l'impression de n'avoir pas été plus considérée qu'un morceau de viande entre les mains d'un boucher. Le problème a été son regard. Le problème a été qu'il avait le dessus et que tu n'avais qu'à te laisser faire, même si tu criais non, même si tu te débattais.

Le problème a été qu'en plus il t'a prise pour une folle. Quand tu lui as demandé pourquoi il t'avait recousue à droite et pas à gauche, il t'a répondu : « Je ne vous ai pas coupée à gauche. » Tu savais que c'était faux. Et tu en as eu l'amère confirmation quelques années plus tard.

Tu ressens de la haine.

Vie d'Amélie

Amélie se couche en se reprochant d'avoir attendu Sylvain. Elle n'aurait pas dû. Qu'espérait-elle, au juste ? De vagues bribes de leurs anciens vendredis soir ? C'était idiot. Elle prend conscience qu'elle est pétrie de leurs habitudes. Elles lui collent à la peau. Elle les a intégrées depuis si longtemps. Quand il sortait sans elle, elle l'attendait toujours. Sauf si le sommeil venait la prendre trop tôt. Il lui arrivait de la retrouver endormie sur le canapé. Souvent il la réveillait d'une caresse sur la joue et l'aidait à monter jusqu'à leur lit.

Tout ce qui appartient au passé doit y rester. Il faut aller de l'avant, inventer l'avenir. Partir d'ici.

Demain, elle cherchera un logement.

*

Elle s'est levée tôt, après une nuit agitée pleine de rêves. Elle a pris une douche pour mieux se réveiller. Est en train de se sécher avec sa serviette. Soudain Sylvain surgit dans la salle de bains. Sans doute mal réveillé, il n'a pas prêté attention aux bruits dans la maison. Elle n'avait pas fermé la porte. Les habitudes, encore… Il la découvre à moitié nue et c'est comme s'il la voyait ainsi pour la première fois depuis très longtemps. Il marque un temps d'arrêt dans les yeux d'Amélie, s'excuse, sort. Mais revient. Saisit sa tête entre ses mains, la fixe ainsi un instant, puis l'embrasse à pleine bouche. Dans sa surprise, Amélie a laissé choir sa serviette sur le sol. Elle est totalement nue. Et lui, pris d'un désir soudain qui la contamine. Il n'a pas envie de la prendre ainsi, dans la salle de bains. Lui attrape la main, l'entraîne vers la chambre conjugale.

Ils font l'amour comme cela n'était pas arrivé depuis une éternité. Avec passion, fougue, et beaucoup de plaisir. Pendant leur étreinte, les cerveaux se sont déconnectés. Ils ne sont que deux corps en manque. Deux corps qui soupirent, qui gémissent. Deux corps qui découvrent qu'ils s'aiment encore.

*

Amélie a quitté la chambre juste après. Victor s'est levé, il est en bas. Une bonne raison de ne pas faire durer la gêne qui s'est emparée d'eux. Elle descend, retrouve son petit, lui fait le câlin du début de journée, pensive et agitée en son for intérieur. Elle se repasse la scène. La perte de contrôle. Le désir qui oublie tout le reste. Elle s'en veut. Elle aurait dû l'arrêter dans son élan, au moins lui dire « Ce n'est pas une bonne idée ». Parce que cela ne changera rien. C'était un appel des corps, du désir, un reste d'amour, oui. Mais cela ne remettait pas en question sa décision ni leur nouvel avenir. Il ne faut pas tout confondre. Amélie craint très fort que Sylvain ne tente de la convaincre par une formule du type : « Tu vois bien qu'on s'aime toujours… On ne peut pas se séparer. »

Au lieu de ça, lorsqu'il descend, une petite demi-heure plus tard, il lui assène :

— J'ai pris mon samedi. Je voudrais passer le week-end avec Victor. Pour une fois… Et seul avec lui, pour être clair. Surtout après ce qui vient de se passer. Je crois qu'il vaut mieux que tu t'éloignes un peu de la maison.

— Ah ? Je...

— Je n'ai pas envie de t'avoir sous les yeux. J'ai besoin de me retrouver avec Victor. Tu peux essayer de comprendre ?

Amélie se lève, rive des yeux pleins de larmes à ceux de Sylvain, puis monte préparer un sac avec quelques affaires.

Elle partira quelques minutes plus tard sans un mot à Sylvain, chassée de sa maison. Et se sentant salie.

Vie d'Amélie

Infiniment triste et rageuse, Amélie fait démarrer sa voiture sans savoir où aller. Il est 9 h 40, un samedi matin. Le premier samedi matin de son célibat. Et elle vient d'être mise à la porte de chez elle.

Le problème n'est pas le souhait de Sylvain de prendre son samedi et de se consacrer à son fils pour leur premier week-end en duo… Non, le problème n'est pas là. Tout aurait pu, ou dû, se passer différemment. Ils auraient pu en parler ensemble, posément. Elle aurait compris. Au lieu de ça, il l'attaque au tout petit matin, à son retour de soirée, il l'attaque au déjeuner. Entre ces deux moments virulents ? Il lui a fait l'amour. Était-ce cela, d'ailleurs ? Était-ce la bonne expression ? Quand on voit comment il l'a traitée dans la foulée. Est-ce qu'il ne l'a pas traitée comme une fille d'un soir, soumise à son désir ? N'a-t-elle été qu'un objet, pratique, puisque sous la main ? Amélie frémit de rage. Elle se sent sale. Alors que sur le moment c'était beau. Et fort. Et bon. Est-ce que, justement, c'est parce que cela a été beau, et fort, et bon pour lui aussi qu'il a réagi ainsi, après ? Pour se protéger ? Parce qu'il a senti son mouvement de recul et sa gêne, ensuite, son envie de partir en courant ? Parce que leur proximité subite n'avait plus lieu d'être et que ce constat était violent ?

Amélie essaie de se rappeler la dernière fois qu'ils ont fait l'amour. Plusieurs semaines, *a priori.* Et rien d'exaltant. À l'époque, ils étaient dans leur routine. Lui ne se posait pas de question et était loin d'imaginer que ce serait leur dernière fois en tant que couple marié. Rien à voir avec ce matin. Ce matin, c'était la fièvre. La fièvre et la gravité en même temps. L'intensité lucide. La conscience d'une dernière fois. Comme un bonus troublant. Pourquoi n'étaient-ils plus capables de s'aimer ainsi, depuis des années ? Pourquoi a-t-il fallu une séparation pour retrouver des sensations perdues ? Pourquoi cela vient-il la perturber ?

*

Amélie a trouvé son refuge. Elle ne voulait pas s'imposer chez sa mère, s'incruster chez Julie et Mathieu ou chez Loïc. Et puis elle a besoin d'être seule. Pour se replier sur elle, et réfléchir.

C'est sa mère qui lui a dit : « Pourquoi ne vas-tu pas dans la maison de mémé ? »

Tout à coup, une évidence : elle ne pourrait pas être mieux ailleurs.

Après environ une heure de route, elle a éteint le moteur de sa voiture, observé la petite maison de pierres. Un instant elle a cru voir mémé Corentine sur le pas de la porte, avec sa coiffe sur la tête, prête à aller danser. Puis la vision s'est évanouie.

Elle contemple la maison, se rend compte qu'elle n'est jamais venue seule ici. Même depuis que sa mémé est partie à l'EHPAD. Elle a toujours été accompagnée. Une tristesse s'empare d'elle. Et puis, elle se tance : elle voulait expérimenter la solitude. Elle en a l'occasion, et va devoir s'y habituer. Alors ?

Elle se botterait volontiers les fesses, là, tout de suite. Le problème, c'est qu'elle a déjà l'intuition forte que tout ne sera pas si facile.

Et si elle détestait ça, être seule ?

Flash-back

Trois mois après ton opération, l'IRM ne donne rien de très probant : les tissus sont encore cicatriciels et l'image s'en trouve dégradée. Une renaissance de la tumeur passerait inaperçue.

Rendez-vous dans trois mois. On y verra plus clair. Tu te forces à rester confiante, mais ton optimisme flanche un peu.

D'ici là, tu vas avoir droit à un nouvel examen. Au chapitre des bonnes nouvelles, il s'avère que la tumeur desmoïde peut être associée à et révélatrice d'une maladie génétique reconnaissable à la présence de polypes dans les intestins, le syndrome de Gardner.

À toi la coloscopie !

Vie d'Amélie

La maison de mémé Corentine est une petite maison typiquement bretonne, comme sa propriétaire. Tout en granit, avec son toit en ardoise qui a bien vécu, sa cheminée, sa porte d'entrée basse, de petites fenêtres peintes en bleu clair aux rideaux brodés blancs. Et à l'angle de la façade, à droite, un magnifique hortensia mauve. Le jardin est entouré d'un muret en pierres plus profond que large, et s'étend presque jusqu'à la mer : jusqu'au sentier côtier. Il n'est plus guère entretenu. La pelouse est simplement tondue de temps en temps. Le reste de la végétation pousse comme elle peut. Au fond, un vieux bateau de pêche semble s'être échoué. Celui de pépé Gaël. Personne n'y a touché depuis sa mort.

À l'intérieur, tout est à l'ancienne. Le sol est de guingois, le vieux buffet côtoie la vieille armoire, tous deux en bois foncé, dans la plus pure tradition bretonne. Au centre, la table est dans le même ton. Une table rectangulaire avec deux bancs de chaque côté. Il y a aussi deux vieux fauteuils qui regardent une vieille télé. Tout est vieux. Mémé Corentine est née ici. Sa maison appartenait déjà à ses grands-parents. Tant de souvenirs vivent dans ces murs, toute une histoire familiale.

Amélie dépose son sac et contemple la pièce. Va dans la cuisine pour se préparer un thé, tente de prendre ses marques, est prise d'une sensation d'étouffement, d'un besoin d'ouvrir les volets, les fenêtres en grand, malgré le froid. Il y a la mer, au loin. Cette vue qui l'apaise autant qu'elle la saisit. Le ciel est d'un bleu pur. Un beau ciel d'hiver. Amélie s'adonne à de grandes respirations profondes pour essayer de se calmer, d'amener un peu de sérénité dans son esprit chamboulé.

Elle sait d'avance ce qui lui fera du bien.

*

Amélie respire enfin.

Elle a enfilé ses chaussures de rando, sa polaire, et elle a pris le chemin côtier derrière la maison, vers la droite. Vers la plage de Morgat. Elle a prévu de se rendre au-delà, jusqu'au fort du Kador. Un endroit qu'elle aime bien. C'est là, sur la pointe, qu'elle venait, petite, avec mémé Corentine. Elles observaient la valse des bateaux, entre ceux qui partaient du port et ceux qui y rentraient. De là aussi, elles pouvaient voir la baie de Morgat, essayer de deviner la maison, et embrasser des yeux toute la baie de Douarnenez. C'était leur endroit à toutes les deux. Et même si, de la presqu'île de Crozon, d'autres sites ont sa préférence, celui-ci a son petit côté unique. Il symbolisait le partage. C'est ici que mémé Corentine lui racontait des histoires. Des vraies, des sans doute inventées. Des histoires de mer et de marins. Des histoires de tempêtes et des histoires de famille. Des histoires de famille tempétueuses. Avec des rivalités, des disparitions, des enfants illégitimes, des mariages arrangés, des affaires d'héritage, sur fond de mer, toujours. Quand elle voulait jouer à se faire peur, Amélie entrait dans le fortin, et plongeait dans son obscurité humide. L'endroit n'était pas rassurant. Surtout quand elle croisait une chauve-souris. Elle regardait le ciel par les percées dans le plafond. Elle lisait les inscriptions, les graffitis. Parfois, elle s'amusait à crier ou à chanter fort. Cela résonnait. Elle se croyait alors forte et courageuse. Mais elle avait la trouille au ventre. Heureusement que mamie n'était pas loin. Adolescente, elle était revenue là, avec des copains. Même la nuit, une fois. Elle avait détesté.

En marchant, Amélie repense à tout cela et se demande quelle sera la suite de son histoire. Elle regarde vers Douarnenez, à des kilomètres à vol d'oiseau, comme si elle pouvait y distinguer sa sœur dans sa boutique. Un instant, elle sourit de cette pensée stupide, mais se fige bientôt.

Elle se repasse en boucle la conversation à la crêperie. Elle espère que l'avenir ne donnera pas raison à Hélène.

Mais plus que tout, ce qui lui troue le cœur, là, c'est Sylvain. Sylvain et Victor. Le manque de son petit. Elle ne sait rien de leur programme du week-end en duo. Elle imagine des choses, un repas chez ses beaux-parents, une virée à la plage, un petit tour à vélo. Mais elle ne sait pas, à ce moment précis, où est son fils, ce qu'il fait, ni avec qui. Elle découvre tout un ensemble de ressentis qu'elle ignorait jusqu'alors, la violence de la coupure, le déchirement, la morsure de l'absence, le sentiment inouï, mais terrible, d'être seule. Comme seule au monde.

Vie d'Amélie

Quelle que soit la balade qu'effectue Amélie depuis la maison de mémé Corentine, elle se termine souvent par une halte sur un banc qu'elle aime particulièrement, non loin du jardin, sur la pointe du Menhir, en face de celle du Kador. Là aussi, la vue est belle. Là aussi, elle venait se poser avec son aïeule. C'est d'ici que celle-ci tentait d'apercevoir le bateau de pêche de son mari quand il rentrait au port. Le poste d'observation qui est resté le sien, même quand le bateau n'est plus rentré au port.

À côté du menhir, il y a une grande pierre plate. Une sorte de dolmen minimaliste auquel une légende conférait des vertus magiques. On l'appelait dans le coin *la pierre au mariage* : il se disait que si une jeune fille restait longuement assise sur cette pierre, elle pourrait espérer un bon mari dans l'année. Mémé Corentine n'avait pas dérogé à cette tradition. Une photo d'elle en costume et sabots de bois en atteste quelque part, au fond d'un vieil album.

Mémé avait bien essayé de convaincre Amélie de l'imiter, mais cette dernière avait refusé de se laisser berner par cette légende d'un autre temps.

Le banc est libre. Amélie sourit. C'est *son* banc, à présent.

Elle s'assoit. Sort un livre qu'elle a pris avec elle, un roman de Balzac. Se met à lire. Depuis quand ne s'était-elle plus octroyé ce plaisir ? Dans sa vie à cent à l'heure, elle ne lit plus depuis longtemps, à part deux-trois pages juste avant de s'endormir. Mais elle a trouvé ce livre posé sur le buffet de Corentine et elle s'est dit que la lecture serait peut-être la compagne idéale de sa solitude.

Au bout d'un moment, quelqu'un s'approche du banc et s'installe à côté d'elle, sans un bonjour, sans s'excuser de venir troubler sa quiétude. Elle jette un coup d'œil furtif sur le nouveau venu. Un homme d'une cinquantaine d'années qui fixe la mer dans une immobilité parfaite. Son regard revient à son livre, mais c'est comme si le charme était rompu. Cet homme la déconcentre. Elle était tranquille. N'aurait-il pas pu aller se poser ailleurs ? Il y a d'autres bancs pas loin. Elle se lève, un peu vexée, replace son livre dans son sac à dos, s'engage dans le sentier qui passe par le parking et lui permettra de revenir chez Corentine.

L'homme n'a pas bougé, n'a pas dit un mot.

*

Amélie a entrepris de se lancer dans un feu de cheminée. Le bois, bien sec, crépite dans l'âtre. Pour son premier dîner en solo, elle a prévu une galette. Elle en a acheté une au marché, en passant, le matin. A opté pour une complète, jambon-œuf-fromage. La base. Elle est délicieuse, mais le poids qu'elle a sur l'estomac l'empêche de la savourer pleinement.

Loïc et Julie ont pris des nouvelles sur leur groupe de discussion, et même proposé de venir pour la soirée et le dimanche. Elle leur a dit que ça allait, qu'elle avait passé une journée pas si mauvaise, qu'elle persistait dans sa volonté de rester seule, qu'elle allait se coucher tôt. Après, elle a réfléchi… Se coucher tôt ?

Projet idiot étant donné le tapage de ses pensées dans sa tête. Si déjà elle parvient à dormir trois heures dans sa nuit, elle aura de la chance.

Elle reprend Balzac. Lire les mots d'un autre apaise et bloque tous ceux qui se heurtent dans son esprit. Et puis lire devant la cheminée, c'était le plaisir de mémé Corentine. Lire quand elle était seule, ou tricoter quand elle était accompagnée.

Au coin du feu, ainsi, dans cette vieille maison, à lire un livre d'un autre siècle, Amélie a tout à coup l'impression d'avoir quitté le sien.

Flash-back

La coloscopie sous anesthésie générale (cette impression désagréable quand tu t'es retrouvée au même endroit que quelques mois auparavant…) a révélé que tes intestins sont lisses comme une peau de bébé.

Pas de polypes, pas de lien avec une quelconque maladie génétique.

Le lien, de toute façon, tu l'as fait toute seule. Tu sais bien au fond de toi comment ta tumeur est arrivée là.

Vie d'Amélie

La nuit a été mauvaise. Plus encore que ce qu'elle avait imaginé. Amélie se réveille ce dimanche matin avec une boule dans le ventre. Une petite boule d'amour, son petit Victor qui lui serre le cœur. Non qu'elle ait jamais passé une nuit sans lui. Il a déjà dormi chez Nadine ou chez les parents de Sylvain. Et même chez Hélène. Mais là, c'est différent. C'est différent parce qu'elle n'est pas avec Sylvain, parce qu'elle n'a pas de nouvelles, parce qu'elle n'a pas pu l'appeler, parce qu'elle est seule et que le vide qu'elle ressent ressemble à un abîme.

Amélie sort de son lit avec l'impression d'y rester. Elle n'y a pas laissé sa tristesse en tout cas. Elle la descend avec elle à la cuisine, elle la traîne dans toute la lenteur de ses gestes, en se préparant un thé et deux biscottes d'un paquet périmé. Ce matin, elle n'a de goût pour rien. Et une seule obsession : parler à Victor. Avoir des nouvelles, au moins. Et elle en veut à Sylvain pour le silence dans lequel il la laisse. Est-ce une façon de la punir pour la douleur qu'elle lui cause ? Elle n'a pas osé envoyer de message. Se dit tout à coup qu'il pourrait prendre cela pour de l'indifférence et s'en servir contre elle. Se décide donc à envoyer celui-ci, à 9 h 02 : *Bonjour Sylvain. J'espère que votre week-end se passe bien. Je n'ai pas osé vous déranger, hier… mais j'aimerais beaucoup avoir Victor au téléphone. S'il te plaît...* Elle a utilisé des mots volontairement neutres, qui ne disent pas tout, mais sous-entendent assez. Et puis, il la connaît. Il sait l'amour qu'elle a pour leur fils et doit deviner qu'elle vit mal la situation. S'il choisit de ne pas donner suite à son message, cela signifiera qu'il souhaite lui faire payer sa décision... quitte à passer outre les sentiments et les souhaits de Victor. Car elle ne peut pas croire qu'elle ne manque pas à son fils et qu'il ne serait pas heureux de lui parler. Peut-être même qu'il ne comprend pas pourquoi elle est partie comme ça et qu'il se sent abandonné. Dans son *s'il te plaît*, dans les points de suspension, elle a mis son espoir suppliant. C'est comme si elle se mettait à genoux devant Sylvain, par écrit.

Amélie s'installe à la petite table de la cuisine, face à la fenêtre, songeuse. Son téléphone retentit. C'est Sylvain.

— Coucou maman !

C'est Victor. Son cœur de maman se gonfle d'un coup, prêt à exploser.

— Coucou, mon ange ! Tu as bien dormi ?

S'ensuit une conversation enlevée, au cours de laquelle elle apprend qu'ils sont chez les parents de Sylvain, à Pont-Aven, qu'ils ont fait du bateau la veille et ont mangé au restaurant, qu'aujourd'hui ils vont aller se balader. Amélie se réveille enfin, au son de la voix du fils tant aimé. Enfin un peu de joie s'infiltre dans son cœur. Même s'il n'est pas avec elle, l'essentiel est de le savoir heureux. Elle espère qu'elle ne sera jamais jalouse des moments qu'il passera avec son père.

— Tu reviens quand, maman ? demande soudain Victor.

La question lui serre le cœur.

— Je vais voir avec papa. Il faut que nous en discutions.

— D'accord. Papa ? Maman veut te parler !

— Pas forcément maintenant, tente Amélie. Cela peut att…

La communication est soudainement rompue. Sylvain ne devait pas avoir envie de lui parler. Elle n'a pas pu dire au revoir et « je t'aime » à Victor. Oscille entre frustration et douleur. Dans quelques minutes, néanmoins, elle saura voir le bon côté des choses et cela sera suffisant pour illuminer son début de journée, lui donner l'énergie dont elle manquait et l'envie de s'activer un peu.

Vie d'Amélie

Amélie a pris sa voiture et roule vers Camaret. Mémé Corentine l'emmenait souvent là-bas. Elles se baladaient sur le port, puis mangeaient des crêpes ou une glace. Ce qu'Amélie préfère, à Camaret, c'est ce qu'on appelle le cimetière des bateaux. Un endroit du port, près de la chapelle Notre-Dame-de-Rocamadour, sur le sillon, où pourrissent de vieilles carcasses. Des bateaux un peu déglingués, usés par la houle et le sel, à la peinture qui s'écaille. Des bateaux curieusement esthétiques. Des bateaux propices à l'imagination, qui donnent envie d'inventer leur histoire. Des bateaux sur lesquels des hommes ont vécu, travaillé, lutté avec les éléments et peut-être prié.

Les pas d'Amélie la mènent donc logiquement là. Il y a bien longtemps qu'elle n'y est pas venue. Elle prend quelques photos, se dit que la prochaine fois ce sera avec Victor. Il aimera ces gros bateaux.

Elle entre ensuite dans la chapelle. Elle a toujours aimé les églises sans bien s'expliquer pourquoi. Surtout celles de sa région, à l'architecture si particulière. Le plafond de celle-ci, en bois, en forme de coque de bateau renversée, est l'élément qu'elle préfère.

Une fois dehors, elle poursuit jusqu'à la tour Vauban, au bout du sillon, en effectue le tour, regarde la mer, les bateaux sur le port.

Après, elle ira dans une crêperie.
Comme pour achever son pèlerinage.

*

En début d'après-midi, le temps s'est radouci, le ciel s'est éclairci avec la marée. Elle retrouve la maison de mémé. A envie de marcher. Prend son livre, le glisse dans son sac à dos, enfile ses chaussures de randonnée et s'en va vers Raguénez. Le dimanche, il y a pas mal de promeneurs sur le chemin côtier. Arrivée à la plage de l'Aber, elle se pose un moment sur une pierre, en surplomb. Contemple la mer, respire. Essaie de faire entrer la quiétude alentour en elle, parce qu'après quelques heures plus légères son esprit est retombé dans les affres des questionnements. Elle se demande avant tout quand elle est supposée rentrer. Sylvain s'est montré flou, quand il lui a dit de partir et, depuis, aucune nouvelle. Elle se demande aussi si elle doit attendre un message, en envoyer un pour provoquer une réponse, ou imposer sa loi. Après réflexion, elle penche pour la dernière solution : ne pas donner le choix. Après tout, la maison-cube est encore sa maison. Elle a tous les droits d'y retourner. Sans compter qu'elle n'a pris des affaires que pour le week-end. En outre, elle ne se résout pas à l'idée de laisser repartir Victor à l'école sans l'avoir embrassé. N'y tenant plus, elle sort son téléphone de sa poche et tape son texte. Quatre phrases déterminées : *J'arriverai demain matin pour 8 heures. J'emmènerai Victor à l'école comme d'habitude. Dis-le-lui, s'il te plaît, et fais-lui un gros bisou de ma part ce soir, à son coucher. Je compte sur toi.* Satisfaite, elle envoie le message. Ne sait si elle doit s'attendre à une réponse. En reçoit une, au bout de quelques minutes : *OK*. Concision, efficacité. Au moins, le message est passé.

Amélie reprend sa marche, un peu plus sereine. Demain elle pourra serrer Victor dans ses bras.

*

Finalement, elle n'a pas lu. Quand elle a interrompu sa marche, c'était pour regarder la mer et réfléchir.

Elle a failli s'arrêter à son banc, sur le retour, juste avant la maison. Mais un homme y était déjà assis. Le même qui l'avait dérangée, la veille, elle en est à peu près sûre.

Alors, ce soir, après un dîner léger, elle reprend sa lecture au coin du feu.

Flash-back

L'IRM à J+6 mois se résume à un noyau de cerise. La radiologue, celle qui te suivra jusqu'à sa retraite, te montre le bout de son auriculaire pour illustrer ce que tu craignais plus que tout : la tumeur est revenue, voilà ce qu'elle représente. Ce n'est plus un pamplemousse, ce n'est même pas une cerise… c'est un noyau. Un p* de noyau de cerise qui veut dire que le chirurgien *a cru* avoir tout enlevé… mais qu'en fait non. Tu ne lui en veux pas pour autant : à l'œil nu, il n'y avait plus rien ; il te l'a dit et tu le crois.

Tu apprendras très vite qu'il suffit d'une poussière de cellule oubliée quelque part pour que la tumeur se reforme. Il aurait fallu enlever plus large, mais la localisation l'empêchait. Des spécialistes de la maladie, plus tard, t'expliqueront qu'eux n'auraient pas cherché à la retirer. Parce qu'ils savaient que ce serait vain. Tu te sentiras chanceuse : au moins, tu n'as plus ton pamplemousse.

Tu sors de là anéantie. Tu as peur. Et la désagréable impression que tu repars à zéro, que tout va recommencer.

Un noyau de cerise au bout de six mois, ça donnera quoi dans quelques mois ?

Vie d'Amélie

Une heure de route sépare la maison de mémé Corentine de celle qui est encore la sienne et qui restera celle de Victor. Pendant le trajet, elle réfléchit. Encore. Elle ne fait que ça, réfléchir. Son esprit est fatigué de n'avoir jamais de repos. C'est comme si d'effroyables machines à penser s'activaient dans son cerveau jour et nuit.

Amélie réfléchit à la possibilité de s'installer provisoirement dans la maison de Morgat. Inconvénient majeur : c'est tout de même loin de Quimper, et un peu loin de tout, d'ailleurs. Loin de son travail, de Victor et de son école. Trop loin pour que cela soit envisageable d'y installer son fils une semaine sur deux. Mais bon… Elle s'y sent tellement bien. Elle éprouve le besoin de se rapprocher de la mer, de pouvoir la regarder par la fenêtre, de se balader sur le sentier côtier. L'idéal pour se ressourcer en ces temps agités. Et puis, niveau travail, *L&A Déco* a des clients sur la presqu'île de Crozon. Amélie serait plus près pour aller les voir et suivre les chantiers. Loïc, qui s'en occupe habituellement, pourrait lui céder ce secteur. Elle pourrait télétravailler certains jours, ne se rendre à Quimper que trois fois par semaine, par exemple… Amélie se prend à rêver. Mais c'est de courte durée. Trop d'obstacles se dressent devant elle : l'acceptation de sa mémé et de la famille (les oncles et tantes, les cousins), l'impossibilité d'habiter à Morgat une semaine sur deux pour Victor, la nécessité de trouver une autre solution, au moins pour les semaines où elle aura son fils.

Amélie ne tarde pas à se sermonner: tout cela tient de l'utopie. Et puis pourquoi se précipiter? Cela ne fait qu'une semaine qu'ils sont séparés. Pour autant, elle sait bien pourquoi elle pense à son installation ailleurs si vite: parce que Sylvain souhaite visiblement qu'elle s'en aille, parce qu'une cohabitation amiable, depuis leur dérapage, semble compromise, parce qu'elle s'attend à ce qu'il lui dise cela très vite.

Amélie se gare devant la maison. Les fenêtres du rez-de-chaussée sont éclairées. Elle sort de sa voiture, entre par le garage, traverse l'arrière-cuisine, ouvre la porte.

— Mamaaaan! s'écrie un petit bonhomme en pyjama qui accourt vers elle.

Il saute dans ses bras, elle le serre très fort. Comme c'est bon de le retrouver. Leur étreinte dure longtemps. Puis Victor regagne sa place, à la table de la cuisine.

— Salut, lance-t-elle, puisqu'elle a compris que c'était leur nouvelle façon de se dire bonjour.

— Salut. Tu veux un thé?

Amélie marque la surprise, mais accepte volontiers. C'est un thé en forme de hache de guerre qu'on enterre. Elle s'approche de l'îlot central où ils sont attablés. Pose son sac et s'assoit sur sa chaise habituelle. Regarde Sylvain qui sort une tasse, fait bouillir de l'eau, lui apporte la boîte avec les sachets de thé.

— Merci, se contente-t-elle de dire.

C'est en dessous de ce qu'elle aimerait exprimer. Elle est agréablement surprise de l'accueil de Sylvain. Se demande ce qu'il signifie, s'il va être suivi d'une pique ou d'une demande qui va la froisser, s'attend à tout. Victor est concentré sur la dégustation de ses tartines.

— Je vais y aller, dit Sylvain. Pour ce soir, on fait comme d'habitude ?

— Euh… Oui.

— OK, fait-il en déposant un baiser sur le front de Victor. Alors à ce soir.

— À ce soir, murmure-t-elle.

Elle le regarde partir avec son costume et sa sacoche.

— À ce soir, papa ! crie Victor qui s'anime soudain.

Amélie sourit. Regarde sa montre. Ils ne sont pas en avance. Mais elle n'a pas envie de le brusquer. C'est un moment trop précieux. Elle l'aidera à s'habiller, si besoin. Là, elle souhaite simplement profiter. Prendre le temps. L'écouter. Admirer ses moustaches de lait, son sourire chocolaté. Rire avec lui. Sentir son cœur de mère se regonfler d'amour.

Vie d'Amélie

— Alors, ce premier week-end ? demande Loïc tandis qu'ils s'installent devant une boisson chaude pour démarrer leur semaine.

— Je dirais… *surprenant.*

Loïc trouve le mot étrange, lève un sourcil.

— Ah oui, en quoi ?

— Je ne sais pas si c'est le bon terme. J'aurais pu tout aussi bien dire *mitigé.*

Une fraction de seconde, Amélie se demande si Loïc a eu des nouvelles de Sylvain et a pu être mis au courant de certaines choses…

— Disons que Sylvain a des sautes d'humeur et qu'il peut être parfois cinglant. Puis sympa… Pas facile à suivre, en tout cas.

— C'est normal qu'il soit un peu perdu.

Amélie en convient.

— Il m'a quand même mise à la porte de la maison et m'a laissée sans nouvelles de Victor pendant vingt-quatre heures.

Loïc hoche la tête, en signe d'empathie pour son amie. Il imagine bien comme cela a dû être difficile à vivre pour elle. Mais il pense aussi à Sylvain. C'est quand même lui, le quitté. C'est par définition lui qui souffre le plus. Normalement. Il connaît bien Sylvain : s'il a réagi ainsi, c'est que la présence d'Amélie était au-dessus de ses forces, quelles qu'en soient les raisons. Et puis, il va bien falloir s'habituer à l'absence… Voilà ce que Loïc pense, alors qu'Amélie lui raconte son week-end à Morgat.

— Tu n'as pas oublié de manger ? demande-t-il tout à coup. Parce que j'ai comme l'impression que tu as perdu.

— Tu crois ? Je ne me suis pas pesée. Et si je pouvais perdre les quelques kilos que j'ai en trop, je ne dirais pas non.

— Arrête… tu es mince.

Amélie hausse les épaules. Elle a une silhouette normale, mais elle se trouve quelques rondeurs qu'elle aimerait bien dégommer.

— Et toi, ton week-end ?

— Rien de dingue. J'ai croisé Étienne au Galway. On a passé la nuit chez lui, mais je crois que ça n'était pas une bonne idée.

— Évidemment que ça n'était pas une bonne idée. Donc, j'imagine : après tu es rentré et tu t'en es voulu toute la journée d'être si faible avec lui… Ce mec t'a fait du mal, mais tu y retournes à chaque fois.

— Je sais, je suis un cas désespéré. J'y peux rien, je l'avais dans la peau.

— Tu l'avais ou tu l'*as* ? J'ai comme l'impression que si tu as tant de mal à te poser dans un couple, c'est parce que c'est lui que tu cherches en tous les autres. Et que tu ne le retrouves pas. Et j'ai envie de dire tant mieux, parce qu'il t'a fait souffrir. Tu mérites mieux, mon Lolo. Tu mérites un mec bien.

— Genre Sylvain ? s'esclaffe-t-il.

— Hey, pas touche à mon Sylvain !

— Ton Sylvain, très chère, est revenu sur le marché…

— Certes, mais il n'est pas dans ton rayon !

Ils rient. Ils n'oublient pas comment leur histoire d'amitié à tous les deux a commencé.

— N’empêche que tu feras peut-être moins la maligne, le jour où il va rencontrer quelqu’un…

Amélie sourit. Cette idée ne lui avait pas encore traversé l’esprit. Tout à coup, elle se demande si Sylvain cherchera une histoire sérieuse ou s’il enchaînera des relations éphémères. Après tout, comme elle, il n’a eu personne d’autre depuis leurs dix-sept ans. Peut-être aura-t-il envie de profiter de la jeunesse qu’il n’a pas vraiment eue ? Sylvain ne manque pas d’atouts pour séduire, elle en a bien conscience. Il n’en a jamais abusé auprès de la gent féminine, mais il pourrait bien se rattraper… Soudain elle se demande quels célibataires ils vont être, tous les deux.

*

C’est l’heure du déjeuner. Amélie n’a pas eu de nouvelles de sa sœur, n’en a pas donné non plus. Hélène doit bouder. Elle n’est pas mieux. De toute façon, cela ne sert à rien de se voir dans l’immédiat : tout est trop récent, cela finirait par s’envenimer. Le dialogue est impossible. Chacune campe sur ses positions. Amélie aura beau mettre dans ses mots toute sa foi et toute sa conviction, elle restera inaudible : Hélène n’est pas prête. De même qu’Amélie n’a sans doute aucune envie d’écouter son avis ou ses conseils. Elle ne reviendra pas sur sa décision. Donc c’est inutile. Et les conseils, en matière de vie de couple, sont aussi absurdes que ceux en matière d’éducation de la part de personnes qui n’ont pas d’enfants mais beaucoup de certitudes : trop faciles, trop utopistes.

Il faudra du temps pour que leur différend s’apaise et soit oublié.

Flash-back

Tu exprimes auprès du docteur É. ton souhait que soit mis en place un traitement, pour éviter que le noyau de cerise devienne un pamplemousse.

L'oncologue trouve cela prématuré : il faut attendre de voir comment la masse évolue. Il te prescrit une IRM dans trois mois.

Tu es déçue.

Et la peur se niche à nouveau dans ton cerveau.

Vie d'Amélie

La semaine a été plutôt paisible. Amélie ne peut s'empêcher de trouver cela étrange et de se demander ce que cela pourrait cacher. Sylvain a l'air de s'habituer, de prendre son parti de la situation. Apprend-il à voir le bon côté des choses ? Essaie-t-il de se convaincre lui-même ? Y aura-t-il d'autres crises ou cela s'aplanira-t-il tranquillement ? Ils vivent sous le même toit, se croisent, se parlent comme deux colocataires, mangent ensemble si cela est compatible avec leurs emplois du temps respectifs, s'évitent le reste du temps. Ferment à clé la porte de la salle de bains, ne s'approchent pas trop l'un de l'autre, ne se touchent plus du tout. S'occupent de Victor à tour de rôle.

À défaut de mettre en place une garde alternée dans l'immédiat, ils se sont mis d'accord pour se partager les week-ends. Ce qui veut dire que Sylvain quittera la maison du vendredi soir au lundi, comme elle le week-end précédent. Ils ont décidé cela « pour habituer Victor ». Officiellement. Une idée de Sylvain. Amélie le soupçonne d'avoir envie de profiter dès à présent de sa liberté toute neuve. Après tout, ils sont séparés. Tout est très clair, ils se le sont dit : ils ont le droit *d'aller voir ailleurs*, puisqu'ils ne sont plus ensemble. En aucun cas cela ne serait considéré comme une infidélité. Ils sont donc totalement libres.

Alors ce vendredi soir, Amélie ne peut s'empêcher d'imaginer son ex-mari allant tenter sa chance ailleurs. Et ça lui paraît fou…

*

Pour ne pas rater un deuxième cours de couture d'affilée, Amélie a demandé à sa mère de venir garder Victor ce samedi matin. Celle-ci est à la fois heureuse de retrouver son petit-fils qu'elle n'a pas vu depuis deux semaines, et curieuse de revoir sa fille, de s'assurer qu'elle va bien.

Plus de quatre mois qu'Amélie s'est mise à la couture, mais ça ne prend pas. Elle pensait qu'elle aimerait cela, qu'elle aurait plaisir à créer de ses mains, à fabriquer des petits objets et des vêtements. L'ennui c'est qu'elle n'a pas de temps à y consacrer dans la semaine. L'ennui, c'est que ça l'ennuie profondément. Amélie sort de son cours avec la conviction que ce n'est pas pour elle, qu'elle va arrêter. Et avec une envie subite : passer chez son coiffeur.

Lorsqu'elle arrive chez elle, sa mère pousse un cri.

— Mais qu'as-tu fait à tes cheveux ? Mon Dieu, Amélie…

Victor accourt pour découvrir sa mère. Il ouvre de grands yeux ronds comme des billes. Amélie sourit, surprise et pas peu fière de l'effet de sa nouvelle coupe.

— Je vous présente la nouvelle Amélie !

Elle qui a toujours eu les cheveux longs, voire très longs, arbore une coupe à la garçonne. Jamais elle n'avait osé un truc pareil. Sylvain aurait détesté. Ceci expliquant peut-être cela. Un vent de liberté souffle dans ses cheveux.

— On dit toujours qu'en période de moins bien ou

de transition une séance chez le coiffeur ne peut faire que du bien. Je confirme !

Nadine tourne autour de sa fille, encore ébahie. Amélie rit.

— T'es trop belle, maman ! s'écrie Victor.

— J'avoue que cela te va bien. Je ne l'aurais pas parié, mais tu as bien fait. Oh là là, c'est fou comme ça te change !

— Que dirais-tu d'un petit apéritif, maman, pour te remettre de tes émotions ?

Nadine accepte volontiers. Victor exulte. Un apéro ! Cela veut dire du jus de fruit et des petits biscuits.

Flash-back

Ton médecin généraliste est formidable. Humain. Tellement à l'écoute.

Un jour, au plus fort de tes angoisses, il te garde plus d'une heure dans son cabinet. Quand tu t'excuses et as une pensée pour ceux qui attendent dans la pièce à côté, il te dit qu'ils seront bien contents, le jour où ils en auront besoin, qu'il leur consacre autant de temps. Chacun son tour… et si cela ne leur convient pas, ils peuvent changer de médecin.

Vie d'Amélie

Après le départ de sa mère, Amélie a emmené Victor au parc. Il adore ça. Retrouver des copains du quartier, dévaler le toboggan, escalader l'araignée, s'amuser à inventer des histoires. Tout en gardant un œil sur lui, Amélie repense au déjeuner. Une fois remise de ses émotions (Amélie en sourit encore), Nadine n'a pas manqué d'aborder un sujet qui la contrarie : la « rupture » entre ses deux filles. Amélie a trouvé l'expression inutilement dramatique.

— Je n'ai que deux filles. Je n'ai pas envie qu'elles deviennent des ennemies. Ni pour elles, ni pour moi, ni pour les enfants.

— Quand je dis que tu dramatises, maman, c'est parce que tu vois déjà une scission définitive entre nous. Ce n'est qu'une dispute. Hélène a mal réagi lorsque je lui ai dit que je quittais Sylvain, contrairement à toi, d'ailleurs. Mais elle s'y fera…

— Mais que lui as-tu donc dit pour qu'elle soit en colère comme ça ?

— Ah, parce que c'est forcément moi qui suis en faute ? C'est elle qui me juge, me prend de haut et me parle comme à une idiote inconséquente, et c'est moi la responsable ? Pardon, mais c'était à moi d'être en colère ! D'ailleurs, je suis partie avant de m'énerver. Je n'ai rien dit contre elle. Sa colère lui appartient. D'ailleurs, vu sa réaction, je serais curieuse de savoir ce qui la met dans cet état. Qu'est-ce qui lui fait si peur, au juste ? Quoi qu'il en soit, c'est ma décision. Et elle pourra dire tout ce qu'elle veut, je ne reviendrai pas dessus.

Nadine l'a écoutée, lui a fait promettre de ne pas tarder à tendre la main à sa sœur, puis elles ont changé de sujet, car Victor arrivait.

Depuis, Amélie se demande quelles circonstances seraient les plus propices à des retrouvailles sereines avec sa sœur. Un déjeuner du lundi ? Une invitation surprise à la maison ? Au moins Hélène verrait que Victor va bien. Et puis un apéro dînatoire en famille formaliserait moins les choses qu'un tête-à-tête « officiel » dans un restaurant. Prenant son courage à deux mains et laissant sa fierté au placard, Amélie envoie un message à sa sœur.

*

Victor trépigne, derrière la porte. Ses cousines ne vont plus tarder, il est surexcité.

La sonnette retentit, il ouvre grand la porte. Les deux filles s'engouffrent dans le salon, Victor fait des bonds. Amélie sourit devant cette scène de joie. On a tant à apprendre des enfants. Pourquoi les relations entre adultes sont-elles si compliquées ?

Hélène et Jocelyn arrivent à leur tour. Elle, visiblement crispée, lui vaguement sur ses gardes. Sylvain va lui manquer, c'est certain. Et puis il n'a aucune envie de se retrouver au milieu d'une embrouille de sœurs, dans un rôle d'arbitre dont il se passerait bien.

Hélène s'approche de sa sœur, ouvre des yeux ahuris, s'exclame. Nouvelle coupe ! Quelle surprise ! Cela lui va bien. Un compliment comme entrée en matière, Amélie valide. La soirée pourrait bien se passer.

En effet, tout se déroule parfaitement. On oublie les désaccords, on n'aborde pas les sujets qui pourraient fâcher, on se réjouit de voir les enfants toujours aussi heureux de jouer ensemble, c'est presque une soirée ordinaire. Est-ce naturel ou font-ils tous des efforts ? Après tout peu importe, la soirée est agréable, c'est bien le principal.

Flash-back

À l'IRM J+9 mois, la tumeur mesure environ quatre centimètres. Si l'on restait dans le registre fruitier, tu en serais au stade de prune. Une prune dure et blanche à la forme bizarre. Tu dis *elle*, mais tu devrais dire *ils*… Finalement, la tumeur s'est réveillée en trois endroits proches, il y a trois noyaux. L'un des nodules se développe non loin de ton nerf sciatique. S'il grossissait, tu pourrais avoir des maux de dos jusqu'à la fin de ta vie. Mais tu t'en fiches.

Tu ne te préoccupes que de la tumeur principale, celle que tu ne veux pas voir grossir, celle que tu ne veux pas voir s'épanouir au creux de ton intimité.

Vie d'Amélie

Encore un lundi. Encore un café débriefing avant d'ouvrir l'agence. Amélie et Loïc se racontent leurs week-ends respectifs. La vague réconciliation avec la sœur de l'une, la force de l'autre pour avoir résisté aux nouvelles avances de l'ex dangereux. Leur dimanche tranquille pour l'une, sportif pour l'autre. Loïc a fait du VTT avec Sylvain. En parlant de Sylvain, Amélie l'a trouvé inexistant. Elle verra bien comment il sera ce soir, mais elle s'est demandé tout le week-end s'il avait encore un fils. Pour ne pas l'imiter dans son silence à lui du week-end précédent, elle a proposé à Victor de l'appeler. L'échange a été bref. Il avait l'air occupé. Loïc esquisse un sourire. Elle pense avoir compris. En tout cas, elle a bien senti que ce n'était pas une histoire de ne pas *oser* appeler. Sylvain semble avoir passé un week-end de vrai célibataire. De célibataire prêt à faire des rencontres. Avide de découvertes, peut-être, après toutes ces années avec la même femme, la seule qu'il ait connue. À tous les coups, il était en bonne compagnie quand Victor l'a appelé. D'où sa gêne et son souhait de couper court à la discussion. Le petit sourire de Loïc la conforte dans cette hypothèse. Et c'est étrange, tout à coup, d'imaginer Sylvain avec une autre. Dans un lit, avec une autre. C'est étrange et c'est un peu piquant. Comme si elle éprouvait une sorte de jalousie mal placée. Alors qu'il en a le droit, alors que c'est elle qui l'a rendu libre. Ce n'est pas qu'elle envie cette fille (ou ces filles, d'ailleurs, peut-être que Sylvain les collectionne déjà)… c'est plutôt qu'elle se trouve un peu trop vite *remplacée*. Peut-être aussi envie-t-elle sa capacité à rebondir si vite, sexuellement parlant, quand elle sait que pour elle ce sera beaucoup plus long. Bref, c'est le fouillis dans sa tête. Loïc interrompt ses pensées fort à propos :

— J'adore vraiment ta coupe. Tu aurais dû faire ça plus tôt.

— Je ne crois pas, non. Imagine Sylvain… Il aime les cheveux longs. Pour lui, c'est cela, la féminité.

Sylvain n'a jamais aimé les coupes courtes. *À la garçonne*, ça veut tout dire. Il a toujours balayé l'idée quand Amélie évoquait son envie de tenter ne serait-ce qu'un carré. Pour elle, la féminité ne se résumait pas à des cheveux. Ni même à des vêtements ou à du maquillage. C'était surtout une manière d'être, une attitude. Un tout.

— Moi je te trouve très sexy, comme ça.

Amélie sourit, le remercie. Son téléphone retentit à ce moment-là. Un message d'Hélène lui demandant si elles déjeunent ensemble ce midi. *Je ne pense pas. C'est sans doute trop tôt.* Hélène ne répond pas. Peut-être est-elle vexée. *La semaine prochaine*, ajoute alors Amélie. Elle reçoit en retour un sourire.

*

Les rendez-vous se sont enchaînés toute la journée, Amélie n'a pas vu le temps passer et est arrivée *in extremis* avant la fermeture de l'accueil périscolaire. Lorsqu'ils regagnent leur maison, Sylvain prépare le dîner. Un instant, cette vision, c'est comme si rien n'avait changé. Sauf qu'elle ne s'approche plus de lui, ne l'embrasse plus, reste à distance et que ce soir elle a les cheveux courts comme jamais. Sylvain exprime sa surprise, mais sans plus. Ni compliment ni remarque. Ce qu'Amélie fait de ses cheveux comme de sa vie l'indiffère à présent. Comme s'il était passé à autre chose. Comme ça, en deux semaines, d'un coup de balai. Amélie réprime une sensation étrange, à mi-chemin entre la vexation et l'approbation. Au fond, cela l'arrange qu'il le prenne comme ça. Mais quand même. Il est si détaché ! On dirait qu'il a pris très vite son parti de cette nouvelle vie… Son « Je sors demain soir, tu pourras garder Victor ? » le prouve l'instant d'après. Il ne sortait jamais en semaine ! Il accusait toujours le travail, la fatigue, le besoin de se poser. Amélie hésite entre un sourire et une grimace. Opte pour le taquiner en mode complice : « Ah, ah… tu sors ? ! » Il rétorque d'un ton un peu acerbe :

— Je profite de ma liberté toute neuve, j'en ai le droit, non ?

— Mais tout à fait. Juste : n'oublie pas que tu as un fils…

— Pardon ?

Il a avancé le menton et tendu l'oreille, d'un air menaçant, semblant dire « Répète un peu ce que tu viens de dire ». Amélie ne compte pas se démonter.

— Je trouve ça super que tu aies envie de vivre ta vie et de profiter de ton célibat, je serais mal placée pour y trouver à redire. Néanmoins, je pense que tu pourrais appeler ton fils tous les jours. Surtout en ce moment. On vient à peine de se séparer. Je ne voudrais pas qu'il soit déconcerté par ton attitude ou tes absences.

— Je n'ai pas envie d'entendre ce genre de leçon de morale, Amélie.

Son prénom entier dans sa bouche la heurte. Il ne le prononçait jamais. Sylvain continue :

— Si ça devient lourd de partager le même toit parce que tu as vue sur ce que je fais et que tu te permets de juger, alors je crois qu'il serait peut-être judicieux que tu envisages de partir au plus vite. Tu as cherché un logement ?

La question assomme Amélie qui s'affaisse dans un fauteuil.

— J'y réfléchis, se contente-t-elle de répondre.

Ce n'est pas faux, en soi. Mais hormis la vague perspective de s'installer chez mémé Corentine, elle n'a creusé aucune autre piste et n'a consulté aucune annonce. Elle ne pensait pas que tout irait aussi vite. Bien des couples mettent plusieurs semaines, voire plusieurs mois, avant de se séparer tout à fait, quelles qu'en soient les raisons. Elle pensait qu'ils pourraient partager le même toit le temps qu'elle trouve le sien, un endroit à son goût, pas un temporaire qu'elle aurait envie de quitter rapidement parce qu'elle ne s'y sentirait pas bien. Mais l'attitude de Sylvain, ce soir, lui donnerait presque envie de prendre ses cliques et ses claques et de quitter la maison sur-le-champ. Mais il y a Victor… et elle ne se sent pas prête à l'abandonner. Pas déjà. Pas comme ça.

Vie d'Amélie

Le dîner a tourné court. Tension palpable, remarques désobligeantes ou plus subtiles, cela s'apparentait davantage à une épreuve. Le message est clair : tu n'es plus la bienvenue ici, le mieux est que tu t'en ailles.

Blessée, Amélie a couché Victor et s'est enfermée dans sa chambre. Après avoir pleuré un bon coup, elle a ouvert son ordinateur portable pour regarder les annonces de location de maison. Sylvain lui a glissé pendant le dîner qu'il en avait plusieurs qui pourraient lui convenir. Elle n'a pas apprécié l'ironie de la remarque et de la situation. Elle ne louera certainement pas un logement en passant par l'une de ses agences. Elle en a profité, en retour, pour lui parler de l'estimation de leur maison. Souhaite qu'elle soit effectuée par un notaire, gage de neutralité selon elle. Elle sait que Sylvain ne vendra pas, qu'il veut rester dans le cube, qu'il tient trop à ce bébé qu'il a construit à son goût, avec une technologie dernier cri, dans un quartier qu'il adore, mais elle aura la part qui lui revient. Là aussi, il n'a pas manqué d'ironiser sur cette part du gâteau qu'elle attend avec impatience. Elle n'a pas relevé. De toute façon, elle n'a pas besoin de cet argent dans l'immédiat.

Elle parcourt les annonces de particuliers et de professionnels, regarde les photos, essaie de se projeter, de transposer sa vie ailleurs, mais elle a du mal.

Il y a pourtant de très jolis logements, apparemment bien situés. Elle n'est sans doute pas prête. Ce qui est certain, c'est que dans ce domaine comme dans les autres elle a décidé de s'en remettre à une alliée : son intuition. Elle sera son guide, elle saura lui dire « vas-y » le moment venu. Et pour l'instant, rien ne l'inspire. Rien d'autre que la maison de sa mémé Corentine, du moins.

*

Amélie a tourné le problème dans tous les sens, pendant la nuit. Elle devra voir avec Loïc, aussi, mais au petit déjeuner elle suggère la mise en place d'une garde alternée dans la maison-cube : une semaine l'un, une semaine l'autre, Victor resterait dans ses murs. Certains couples s'organisent ainsi. L'enfant garde ses repères. Mais cela suppose que les deux parents trouvent un logement pour la semaine où ils ne l'ont pas. Cela pourrait être transitoire, le temps que la séparation soit totale. Mais puisqu'ils ne peuvent plus vivre ensemble…

— Tu me proposes de quitter MA maison, une semaine sur deux ?

— C'est aussi, et encore, la mienne, rétorque Amélie à juste titre.

Sylvain se met à réfléchir. S'il trouvait où aller une semaine sur deux, pourrait-il dire oui ?

— Disons que cela mérite réflexion. En tout cas, si oui, ce serait provisoire, le temps que tu achètes une maison et que tu aies les clés, par exemple. On en reparle. N'oublie pas que je ne suis pas là, ce soir. Salut.

Sylvain monte à l'étage embrasser son fils et redescend au pas de course. Il va être en retard. La porte claque. Amélie replonge dans ses pensées. Se sent un peu perdue. Où tout cela va-t-il les mener ? Certes, elle a voulu cette séparation. Elle était prête à en subir les conséquences, toutes les conséquences. Mais elle n'a jamais souhaité que cela tourne au conflit ouvert avec Sylvain. Qu'ils deviennent deux étrangers ou, pire, deux ennemis. Elle pensait (naïvement ?) que cela pourrait se passer au mieux, en bonne intelligence, dans l'entente et le respect. Mais l'attitude et les mots de son futur ex-mari la font douter, là. De quoi la tourmenter, plus que jamais.

Flash-back

Tu paniques. Tu notes la croissance de ta tumeur, tu visualises une courbe exponentielle et tu paniques. Le docteur É. n'a pas l'air de s'affoler, lui. Il te semble aussi peu soucieux que si la masse se trouvait à un endroit neutre de ton corps, dans un mollet, par exemple. Mais ça n'est pas un endroit *neutre*. Et tu penses à ta future vie de femme.

Il te dit qu'il a envoyé ton dossier à l'Institut Gustave-Roussy, à Villejuif, le plus grand centre anticancer européen, où se trouve tout un comité de médecins qui connaissent bien la tumeur desmoïde. L'IGR est un des centres de référence de ta maladie orpheline. Le docteur É. est donc en contact avec l'équipe de là-bas.

Tu évoques une nouvelle opération. Tu souhaites repasser sur le billard, qu'on t'enlève la prune avant qu'elle ne devienne clémentine, puis pamplemousse.

Il te dit que c'est trop tôt, qu'il faut voir comment cela évolue, que ce n'est pas encore assez *significatif*. Encore… Tu te demandes si l'on va continuer longtemps à regarder ta tumeur grossir gentiment. Mais il te propose un traitement : du Tamoxifène dosé à 20 mg et du Zoladex, un implant qu'une infirmière t'insérera une fois par mois dans l'abdomen à l'aide d'une grosse aiguille (merci au patch Emla que tu appliqueras une heure avant, à chaque fois). Ce traitement va bloquer tes œstrogènes (la desmoïde est une tumeur hormonodépendante).

Tu repars un peu rassurée : tu vas enfin entamer un traitement.

Vie d'Amélie

— Eh bien ! Tout ça ! On peut dire que ça bouge, chez vous.

Amélie pousse un soupir et se laisse tomber dans le canapé. Elle n'avait pas envisagé que Sylvain ne la supporterait plus et que tout s'accélérerait.

— Ne dramatise pas, tempère Julie, en lui servant un autre verre de vin. Tu sais bien qu'il aimait vivre avec toi. Et vous n'aviez pas de conflits tous les quatre matins. Je crois surtout qu'il veut se protéger. Mine de rien, c'est un deuil à faire, et quand tu as l'autre sous ton nez ça n'aide pas, je pense. La preuve avec votre dérapage de l'autre jour…

— Je sais bien, mais c'est assez violent. Et puis c'est sa façon de me parler… je n'aime pas.

— Tu t'attendais à quoi ? Tu l'as blessé. Tu lui as imposé un choix unilatéral, ton choix à toi, il réagit comme il peut…

— Je sais. En même temps, il n'a pas l'air de ne trouver que des inconvénients à sa nouvelle vie…

Amélie l'informe de ses soupçons.

— Tu sais ce que c'est, ton problème ? Ton problème, c'est que tu veux tout. Une séparation, mais qu'elle se passe à merveille. Pour vivre ta vie, mais contre l'idée qu'il vive la sienne. Être libre, mais avoir du mal avec la liberté de l'autre. Sois réaliste. Et objective ! Tu es dans la vraie vie, pas dans le monde des Bisounours, où tout le monde s'aime, et quand on ne s'aime plus, on s'aime quand même, et tout est merveilleux ! Réveille-toi, Lilie.

— Tu me trouves égoïste ?

— Égoïste, je ne sais pas. Vachement autocentrée, ça oui. Tu es trop dans « moi je voudrais que ». Avec ton idéalisme hors sujet. Sauf que tout ne se passera pas comme tu le souhaites. Il va bien falloir que tu te fasses à l'idée que maintenant, c'est chacun sa vie, que tu n'as plus à interférer ou chercher à tout maîtriser... Sylvain est à présent libre de mener sa vie comme il l'entend. Faut que tu t'y fasses.

Amélie sait que son amie a raison. Même si tout n'est pas facile à entendre et à admettre, Julie a l'art de la confronter à ses contradictions. Amélie a bien conscience qu'elle a des aspirations bancales, qu'elle est dans l'ambivalence. Que ses certitudes et ses espoirs ont tendance à ployer sous le poids de la réalité.

— J'ai peur que Sylvain ne prenne pas tout son rôle auprès de Victor. Qu'il ait trop la tête ailleurs. Et surtout, j'ai peur qu'on verse dans la mésentente... J'étais tellement sûre que ça ne nous arriverait pas, qu'on pourrait réussir notre séparation... Tu parles, je me suis bien plantée.

Amélie se met à pleurer. Julie vient s'asseoir près d'elle et pose sur son épaule une main réconfortante.

— Je ne suis pas inquiète, Sylvain est quelqu'un de fiable et de raisonnable, ce n'est pas un gros con. Je suis sûre que vous parviendrez à trouver un équilibre dans votre future relation. C'est normal que vous passiez par un temps de flottement et de déséquilibre, et qu'il y ait des piques envoyées. Ça va se tasser.

Julie a raison. Il faut qu'elle ne prenne pas trop ombrage des micro-événements du moment et qu'elle ait confiance en l'avenir. La vie est faite de phases, après tout.

— Et si Sylvain est d'accord pour votre garde alternée dans la maison, tu as réfléchi où tu pourrais aller ? Tu vas te chercher un appart ?

— J'ai regardé des annonces, mais sans plus. Rien de probant. J'ai ma petite idée sur ce que j'aimerais, dans un premier temps. Mais ça dépend de Loïc, et… j'appréhende un peu de lui en parler.

— Toi, avoir peur de parler à Loïc ? Loïc, ton meilleur ami, presque ton frère, le mec le plus gentil de la Terre ?

— Disons que mes envies sont incompatibles avec notre fonctionnement actuel. Il faudrait que je modifie mes horaires, ma façon de travailler, tout ça… Je ne suis pas certaine qu'il approuve. Tu le connais, au boulot, il aime ses habitudes. Pas sûr qu'il accepte d'en changer. Et surtout, de procéder à un échange de clients… Tu sais comme il aime chouchouter les siens. Ses secteurs, c'est « chasse gardée ». Alors c'est pas gagné. Et s'il me dit non, mes projets tombent à l'eau.

— Viens-en au fait. C'est quoi, l'idée que tu as derrière la tête ?

— Ce serait de pouvoir m'installer, même temporairement, chez mémé Corentine, à Morgat. Au moins le temps de trouver une autre solution. Et puis parce que mon cœur me dit que c'est dans cette maison que je veux être. J'ai regardé des annonces de logements, il y en a de super, pleins de charme et d'atouts, mais… je ne sais pas… c'est là-bas que j'ai envie de me poser dans l'immédiat, ne serait-ce que les semaines où je n'ai pas Victor.

— Ça n'est pas tout près, fait remarquer Julie, pensive.

— Voilà. C'est bien pour cela qu'il faudrait que

j'aménage mon travail et que je voie avec Loïc. Je lui en parlerai lundi.

— Pourquoi seulement lundi ? Pourquoi pas demain ? Il faut battre le fer…

— Parce que j'ai prévu de passer mon week-end en solo à Morgat. Un deuxième week-end, histoire de réfléchir sur place et d'être sûre.

— Je valide. Dis-moi, tu es quand même vachement raisonnable pour quelqu'un qui a décidé si brusquement de changer de vie !

Amélie sourit. Sa vraie deuxième vie commencera après cette drôle de période, elle en est sûre.

Vie d'Amélie

Lorsque Amélie ouvre la porte de la maison de mémé Corentine, une forme de sérénité s'engouffre en elle. Sérénité insolite au regard du manque de Victor qu'elle ressent déjà et de ses pleurs, ce matin, lorsqu'elle l'a déposé à l'école en sachant qu'elle ne le reverrait que dans une semaine.

Elle pose sur le sol la valise où elle a fourré des vêtements pour tous les temps. Ils annoncent un gros coup de vent à partir de demain soir et elle ne compte pas rester enfermée. Elle a emporté des bottes, sa veste de ski, un poncho de pluie et son appareil photo reflex avec un pied. Amélie a toujours rêvé de capturer une vague « spéciale ». Elle a toujours été admirative des clichés incroyables qu'elle découvrait sur le Net ou dans des galeries. L'hiver en Bretagne recèle des trésors. Phares fouettés par les déferlantes, pointes battues par les vents, mer écumante, ciels menaçants. Quand elle était petite, elle aurait bien aimé prendre en photo les tempêtes, comme Plisson. Mais Nadine ou Corentine disaient toujours qu'il ne fallait pas gaspiller la pellicule et que les appareils n'aimaient pas l'eau. Et puis c'était dangereux, il ne fallait pas trop s'approcher de la mer. Une seule fois, avec son père, elle avait eu le droit de se livrer à ce genre de prises de vues. C'était au début de l'ère numérique. Il lui avait offert un appareil à Noël. Les photos étaient ratées, floues, pixellisées. Mais l'expérience inoubliable. Un bon moment père-fille comme elle en a rarement vécu. Et pour cause. Yann avait toujours été plus l'amoureux de Nadine que le père de ses deux filles. Leurs parents avaient du mal à être séparés. Yann, surtout, avait besoin d'être avec sa femme, ne se trouvait jamais bien loin. Comme si elle avait été son oxygène. Le bonheur de voir ses parents heureux avait suffi à Amélie et compensait globalement le manque qu'elle aurait pu ressentir. Mais ce moment-là, rien que tous les deux, face à la mer, était resté gravé dans son esprit.

Finalement, Amélie reprend sa valise, la monte à l'étage, dans la chambre où elle a toujours dormi, avec une vue sur l'horizon marin qui enchanterait les touristes. Elle ouvre l'armoire, aussi vide que d'habitude, prête à accueillir ses vêtements. Elle les range sur les étagères, par catégories. Pousse un petit soupir satisfait. Elle a apporté le Balzac, le pose sur la table de chevet. Espère le terminer ici pendant sa semaine. Descend, va préparer un feu.

Dans la maison glaciale, il est le bienvenu. Elle reste devant un moment, le temps de réchauffer ses mains. Regarde les flammes danser, écoute les crépitements. Comme c'est agréable. Dans la maison-cube, il n'y a ni poêle ni cheminée. Un choix de Sylvain. Avec le chauffage au sol, il ne voyait pas l'intérêt. Il n'éprouve pas le bonheur simple de rester ainsi, devant le feu, d'en sentir la chaleur sur la peau, de le contempler comme si c'était un spectacle. Si Amélie dressait une liste des petits bonheurs de sa vie, il serait en bonne place. Pour tous les feux qu'elle a vécus, pour celui de ce soir, pour ceux de ses souvenirs, ici, quand elle était petite et qu'ils jouaient aux cartes et aux petits chevaux sur la table à côté.

*

Samedi matin, elle est d'abord allée au marché de Crozon faire quelques provisions. Du poulet, un peu de charcuterie, du comté 36 mois d'affinage, de beaux légumes, quelques fruits.

En début d'après-midi, elle a parcouru cinq kilomètres, puis s'est posée sur *son* banc pour poursuivre sa lecture, cheveux au vent dans la brise montante. Le temps commençait à changer, mais elle ne ressentait pas le besoin de rentrer. Le ciel grisait, quelques rafales s'invitaient, et la mer écumait juste un peu plus. Pas de pluie, pas encore de vagues intéressantes. Elle a quand même fermé son livre, car le vent fouettait les pages et la déconcentrait. C'est alors que l'homme qu'elle avait déjà remarqué à plusieurs reprises est arrivé et s'est installé près d'elle. Encore. Et sans un mot. Pour quelle raison prenait-il donc un malin plaisir à s'asseoir sur *son* banc à elle ? Elle aurait bien aimé oser lui dire : « Ceci est mon banc. » Mais cela n'était vrai que dans son esprit. Et cette phrase était sans doute également valable dans le sien à lui. Elle aurait voulu soupirer, lui signifier qu'il n'était pas le bienvenu, que la politesse veut qu'on laisse un banc à la première personne qui y pose son séant, que c'était la base du savoir-vivre. Mais elle n'a rien dit, n'a pas soupiré. Elle s'est levée.

Elle est repassée par la maison de mémé Corentine s'équiper pour sa séance photo, a pris son appareil, sa sacoche étanche et son pied, puis elle est repartie, pleine d'espoir pour sa quête de *la* vague.

*

Quand elle est remontée sur le sentier côtier, après une séance photo somme toute décevante (ce serait peut-être mieux le lendemain, le coefficient de marée allant augmentant), elle est repassée près du banc. L'homme s'y trouvait toujours. Brassé par le vent, trempé, il restait impassible face aux éléments. Un instant, elle s'est demandé s'il allait bien ou s'il était fou. Braver la tempête pour des photos extraordinaires, d'accord, mais pourquoi s'infliger cela pour rester assis sur un banc, immobile ? Sur le trajet du retour, Amélie a continué de penser à lui. Elle se demandait qui il était, à quoi il songeait, là, sous la pluie, et s'il venait tous les jours. Deux hypothèses : soit il le faisait exprès et ne venait que lorsqu'elle était là (mais dans ce cas, pourquoi ?), soit il venait tous les jours et, dans ce cas, force était d'admettre qu'il s'agissait davantage de son banc à lui…

Vie d'Amélie

Le vent a soufflé toute la nuit, faisant chanter les arbres et grincer les volets. Amélie n'a pas assez dormi, mais se lève avec entrain. Aujourd'hui, elle l'aura, sa photo de vague explosive. Elle y croit.

Elle sirote son thé en regardant au-dehors, vers la mer. Les nuages sont d'une densité exquise. La marée sera haute dans une heure. Elle ne doit pas traîner.

La baie de Morgat est trop abritée. Elle prend sa voiture pour trouver un lieu de prise de vues exposé plein ouest. Se décide pour la pointe du Toulinguet. Les rafales secouent son véhicule. Amélie s'accroche à son volant et sourit. C'est prometteur.

Parvenue au parking, elle se gare. Le vent manque d'arracher sa portière au moment où elle s'extirpe de sa voiture. C'est bon signe. Bravant les bourrasques, elle s'achemine vers les falaises dans le but de dénicher le meilleur point de vue. La mer, noire et blanche, est déjà déchaînée, la lumière superbe, avec les rayons du soleil qui traversent les nuages. Amélie mitraille. C'est le moment. La pluie ne saurait tarder.

Très vite, de grosses gouttes s'écrasent au sol autour d'elle et cinglent son ciré. Son appareil n'est pas étanche. La prise de vues est déjà terminée. Mais Amélie ne rentre pas tout de suite. Tant pis pour les photos, elle veut emplir ses yeux de cette réalité extrême et s'en souvenir toute sa vie. Le spectacle est trop beau. Comme hypnotisée, elle reste ainsi, tenant à peine debout sous l'effet des rafales, fouettée par l'averse. À sourire bêtement, à remercier le ciel, la vie, pour ce cadeau. Elle a envie d'applaudir, de danser, de crier. Elle se sent vivante.

*

Est-ce la tempête qui l'a revigorée ainsi ? La suite de sa journée se poursuit dans une sorte d'euphorie. Elle est rentrée avec la musique à fond dans sa voiture, chantant à tue-tête. Puis a dansé dans sa salle à manger comme une folle. Les éléments en furie lui ont apporté l'énergie qu'elle n'avait plus.

Oubliés les jours tristes, les soucis, les obstacles. Tout à coup elle se sent guerrière, prête à en découdre avec les difficultés. Après tout, elle a gagné contre la maladie. Maintenant, elle va bien. Sa tumeur est là, mais n'est plus au centre de ses pensées et un jour elle tiendra du détail. Elle va reprendre possession de son corps, apprendre à lui refaire confiance, elle va croquer la vie. Elle va montrer à Sylvain, à tous, qu'elle est une femme forte. Qu'elle n'a pas besoin d'un homme pour être bien dans sa vie, qu'elle fera honneur à son indépendance. Elle se voit déjà accomplir de grandes choses. C'est un peu flou, côté projets, mais l'intention est là. L'intention et la conviction. Elle y croit. Elle va y arriver. Tout va s'aligner.

Flash-back

L'IRM suivante montre que la tumeur a encore grossi. Le couple Tamoxifène-Zoladex n'est donc pas magique. Tu t'en doutais un peu… Un claquement de doigts ne suffit pas. Ce n'est pas en deux mois que ton cycle peut s'arrêter, que tes hormones peuvent s'endormir, que tout ça peut impacter l'évolution de ta tumeur et suspendre la multiplication des cellules cancéreuses. Il faut du temps. Le résultat de cette IRM n'est donc que logique. Tu avais beau t'y attendre, tu ressors anéantie. L'épée au-dessus de ta tête est toujours là. Tu es et resteras en lutte contre cette masse invasive, sournoise, invisible, que tu portes à l'insu de tous comme un fardeau.

Plus que jamais, tu as besoin de voir Mme B. Comme à chaque fois, tous les quinze jours, tu quittes son cabinet mieux que tu y es entrée.

Mme B. apaise ton esprit, ce qui est déjà énorme. Mais, même si tu le voulais, même si le moral et la confiance sont primordiaux dans la guérison, cela n'a pas d'influence sur tes cellules, sur la taille de ta tumeur.

Tu veux être opérée avant qu'il ne soit trop tard. Le docteur É. te dit qu'il est en lien avec une chirurgienne de l'IGR et que pour l'instant il n'en est pas question. Il faut attendre de voir comment ton corps réagit au traitement. Tu as envie de hurler : « Mais vous voyez bien qu'il ne réagit pas ! »

Tu te décides à appeler l'IGR. On te passe le service de la médecin dont tu as le nom. Tu donnes le tien. Non, ils ne trouvent rien. Ils ne te connaissent pas. Tu expliques que ton oncologue a transmis ton dossier médical, les IRM, les comptes rendus, qu'il est en contact direct avec eux. Non, vraiment. Il n'y a aucune trace de toi chez eux.

Tu raccroches. Le temps de mesurer l'ampleur du foutage de gueule… La colère bout en toi. Le docteur É. t'a donc menti. Mais pourquoi ? Par orgueil ? Parce qu'il croit en savoir autant que les spécialistes d'un centre de référence ? Où est le sérieux ? Où est la prise en charge du patient quand on se joue de lui ? Où est le respect ? Tu es quoi, pour lui ? Un cobaye, un pion, un numéro ? Il a misé sur son traitement avec légèreté. Il n'y a aucun enjeu pour lui. Il n'écoute pas tes craintes, tes souhaits. Il se fiche bien que ta tumeur enfle et t'envahisse. Ce n'est pas lui qui vit avec. Il ne se met pas à ta place. Peut-être qu'il ne prend pas ton cas au sérieux. Après tout, il suit des patients qui risquent de mourir. Toi, non. Toi, tu ne risques plus grand-chose. Alors il peut te faire attendre. Il peut regarder ta tumeur *évoluer.* Trouver cela encore « non significatif ».

Tu rappelles l'IGR. Tu veux un rendez-vous avec la chirurgienne.

Tu iras là où c'est le mieux pour toi.

Parce que ta guérison en dépend.

Parce que ta vie en dépend.

Vie d'Amélie

Après une heure de route, Amélie parvient dans le centre-ville de Quimper, ce lundi matin. Par réflexe et par habitude, elle a failli arriver jusque devant la maison-cube. Elle a dû rebrousser chemin et ravaler les larmes qui menaçaient.

Elle a eu Victor au téléphone plusieurs fois au cours du week-end, dont une longue conversation hier soir alors qu'il était déjà au lit. Pour son premier dimanche soir sans lui depuis la mise en place de la garde alternée, elle a eu envie et besoin de le passer avec lui quand même. D'une autre façon. À défaut de le tenir dans ses bras, de le câliner, de pouvoir le respirer, l'écouter, entendre sa voix un peu fluette, son rire contagieux, imaginer son corps tout chaud dans ses draps, fermer les yeux, et se croire avec lui, dans sa chambre. Victor était content de son week-end, et content de le lui raconter, enthousiaste à l'idée que ce soit son père qui l'emmène à l'école le lendemain. Amélie a eu un pincement au cœur. Elle a préféré ne pas le prendre *contre* elle, mais plutôt positivement : c'est parce que c'est exceptionnel que Victor se réjouit, ce n'est pas parce qu'il n'aime pas y aller avec elle ou parce qu'il préfère son père. Elle sourit. Elle en vient à se poser des questions idiotes, avec la séparation.

*

Amélie s'est décidée : c'est aujourd'hui qu'elle doit exposer son projet à Loïc.

Alors elle déballe tout. La maison, la mer, son intuition. Il doit y avoir moyen de s'organiser. Loïc paraît d'abord extrêmement surpris.

— Toi, la future déesse du célibat, tu vas aller t'enterrer là-bas ?

Amélie rit, puis acquiesce. Loïc est un urbain. Il aime le monde, le bruit de la ville, son énergie, l'effervescence, que ça bouge.

— Écoute, Loïc, je sais qu'on a trouvé notre mode de travail comme ça, notre rythme de croisière, qu'on bosse bien tous les deux… Je sais que je te demande peut-être beaucoup en voulant récupérer la presqu'île de Crozon, en souhaitant rester sur Morgat deux à trois jours par semaine en télétravail… mais je pense que c'est possible une semaine sur deux, non ?

Amélie a des yeux suppliants qui trahissent l'espoir qui la tient. Loïc réfléchit intensément, prend un air énigmatique, puis se lance :

— Tu sais ce qui m'embête le plus, dans ta proposition ?

— Non ?

— C'est que je vais me retrouver tout seul à la boutique, le midi, et ce, trois jours par semaine. Tu vas me manquer, Nounouille. Comme si j'allais te mettre des bâtons dans les roues… Mais bien sûr que je ferai tout pour t'arranger.

Profondément émue, Amélie se lève et le prend dans ses bras. Se souvient des mots si vrais de Julie : *meilleur ami, presque frère, mec le plus gentil de la Terre…*

Vie d'Amélie

Hélène lui a donné rendez-vous au jardin exotique de la Retraite, un coin de verdure en plein centre-ville où elles aiment se promener de temps en temps, quand la météo le permet. Comme l'air est doux, malgré janvier, elles ont programmé un pique-nique. Une fantaisie, en plein hiver, à laquelle elles se livrent avec plaisir chaque année. Lorsque Amélie arrive, sa sœur est déjà là, sur leur banc fétiche, au pied d'un palmier. Sentant sa présence, Hélène relève la tête et lui sourit. Elle paraît heureuse de la voir. Bien qu'un peu surprise, Amélie la salue et s'installe à côté d'elle. Elles déballent leur repas. Hélène s'est préparé une salade, Amélie a opté pour un sandwich de la boulangerie d'à côté. Dans un premier temps, elles ne se disent rien. Amélie tend son visage vers le soleil pour savourer un peu de chaleur sur sa peau. Hélène se concentre sur sa salade, examinant son contenu avec une attention excessive. La gêne entre elles est palpable. Aucune des deux n'ose se lancer. Finalement, Hélène se jette à l'eau :

— Ça va, le travail, en ce moment ?

Amélie saisit la perche et l'occasion de parler de sa nouvelle vie, l'air de rien.

— Plutôt bien, oui. On va procéder à quelques changements, pour moi.

Amélie les lui explique, lui en donne la raison,

l'éclaire sur ses projets. Feint l'assurance. Surjoue un peu l'enthousiasme. Omet certains éléments de la réalité, sa peur de l'avenir, de ne pas être à la hauteur, d'avoir du mal à vivre seule. Se met dans la peau de la femme sûre d'elle qui assume ses choix passés autant que ses perspectives. En vérité, Amélie tremble, Amélie doute. Mais jamais elle ne l'avouera devant sa sœur.

Hélène l'écoute avec attention, s'obligeant à ne pas l'interrompre, se gardant bien de réagir trop vivement, évitant certaines questions qui lui brûlent les lèvres pour ne pas risquer d'ouvrir un nouveau conflit avec sa sœur (mémé est d'accord, pour la maison ? et les autres membres de la famille ? mais tu vas faire toute cette route ? ne risques-tu pas de perdre des clients ?), préférant opter pour le positif :

— C'est bien que Victor n'ait qu'une maison, plutôt que d'être ballotté entre deux logements…

— C'est vrai. Mais ça ne durera qu'un temps : Sylvain ne tient pas à ce que je vive chez lui quand ce sera vraiment son chez-lui, ce qui peut se comprendre. Ce ne sera plus ma place.

Hélène ne peut réprimer une grimace : cette solution qu'elle trouve bonne pour son neveu ne sera donc que temporaire…

— De toute façon, pour moi aussi, ce sera nécessaire : à un moment, il me faudra aller de l'avant et tourner la page. C'est l'histoire de quelques semaines tout au plus. Le temps que je trouve un logement compatible avec mes semaines avec Victor.

Un vieux monsieur débouche sur l'allée, avec un chien en laisse. Il passe à petits pas lents devant leur banc. Un drôle de silence s'établit entre elles.

— Tu es sûre de ne pas regretter ? finit par demander Hélène, n'y tenant plus.

Amélie se tourne vers sa sœur, cherche ses mots sans la lâcher des yeux. Comment lui dire ce qu'elle veut lui dire sans la heurter et sans que ce soit mal interprété ?

— Je ne sais pas si je serai plus heureuse. Mais je me donne la possibilité de l'être un jour. Et ça, en soi, je ne le regretterai pas.

— J'envie ta certitude, avoue Hélène dont la contrariété est tout de même bien visible.

— Tu sais, il y a une différence notable entre le fait d'aimer l'autre pour ce qu'il est et d'aimer être avec quelqu'un. Ce n'est pas la même chose. Moi, j'aimais être avec Sylvain, passer des moments avec lui, notre vie, la douceur de notre foyer… mais je ne l'aimais plus lui. Ou plus assez.

— Et c'est une raison suffisante pour tout foutre en l'air ?

Hélène a chuchoté cette phrase, les yeux indignés.

— Tu n'as pas compris, résume Amélie calmement.

— Si, si, j'ai très bien compris que tu as laissé de côté la raison pour t'en remettre à la folie.

— La folie, carrément ? s'amuse Amélie. Hélène, ta façon de réagir est disproportionnée. Et ta colère, je crois savoir d'où elle vient…

Hélène prend un air à la fois supérieur et vexé pour entendre la réponse qui ne tarde pas :

— Je pense, je peux me tromper, mais je pense sincèrement que ce que je vis, ce que je te dis, te parle et te fait peur. Et tu sais pourquoi ? Parce que tu as la même vie que celle que j'avais. Et que tu n'as aucune envie de te poser les questions que je me suis posées. Alors que ce sont de vraies questions. Et là, c'est comme si j'avais semé le doute dans ton esprit. Et c'est ça que tu ne supportes pas. Parce que cela te renvoie, non pas à l'échec de ton couple ni à un quelconque malheur, mais peut-être à la prise de conscience de tes propres frustrations.

— C'est faux.

Hélène, bouche pincée, n'est pas loin de quitter le banc. Amélie sent bien qu'il faut clore avant que la conversation ne dégénère davantage.

— Écoute, Hélène, je n'ai vraiment pas envie de me fâcher avec toi. On n'est pas d'accord, et c'est peut-être la première fois que c'est à ce point, mais c'est comme ça : on ne voit pas les choses de la même façon. Tant pis. On ne va se disputer. Ça ne sert à rien.

Hélène approuve. Sa cadette deviendrait-elle la plus sage ?

Amélie, de son côté, cherche à se résigner : c'est difficile de discuter avec sa sœur depuis la séparation. Elle aurait pourtant aimé avoir son soutien, trouver en elle du réconfort, une écoute, garder la complicité qu'elles ont toujours eue. Amélie ne pensait pas que quitter Sylvain risquerait de lui faire perdre sa sœur (ou ce qui les liait) par dommage collatéral.

Flash-back

Pour ton corps et ton esprit, tu essaies toutes sortes de choses durant plusieurs mois. Avec plus ou moins de succès. Tu n'escomptes aucun effet magique, mais tu vises la détente et le mieux-être. Ostéopathie, acupuncture, médecine chinoise… Tu tentes les médecines parallèles, même si tu n'y crois qu'à moitié, tu veux mettre toutes les chances de ton côté.

Et bien sûr, tu continues les séances avec Mme B. D'une fois par semaine au tout début, tu es passée à un mercredi sur deux (question de temps, d'argent, et aussi parce que, *a priori*, le pire est passé, que vous avez eu le temps de creuser pas mal de sujets). Ces séances te font du bien. Tu ressors toujours mieux que tu y es entrée. Tu cherches à donner du sens à ce qui t'arrive. Tu essaies de comprendre. Tu cherches même du côté de la psychogénéalogie, sur ta lignée maternelle (tu te réjouis d'avoir eu un fils).

Tu lis aussi. *Anticancer*, *La solution intérieure*, *La maladie cherche à me guérir*… Ces lectures t'apportent beaucoup. Tu es persuadée que la tumeur n'est pas arrivée par hasard. Qu'elle vient te dire des choses. Qu'elle te donne une leçon… de vie.

Vie d'Amélie

Amélie partage sa semaine entre Quimper et Morgat. Le jeudi, elle tente même sa première journée en télétravail, ce qui a nécessité le déplacement d'un rendez-vous. Loïc se montre accommodant dans cette nouvelle organisation. Ils ont décidé qu'il achèverait les chantiers commencés sur la presqu'île (normal, pour assurer une continuité et la satisfaction des clients), mais qu'il lui attribuerait tous les futurs projets.

Amélie prend ses marques dans la maison. Elle s'y sent de mieux en mieux. Presque chez elle. Évidemment, la déco n'est pas vraiment à son goût. C'est vieillot. Mais ça a le charme de l'ancien et surtout la couleur de ses souvenirs.

La seule difficulté, et non des moindres, c'est l'absence de son fils. Le manque qui ressemble à un gouffre. Et qu'elle tente de combler par un appel journalier. C'est toujours une joie de l'entendre, de lui parler. Mais il manque le reste : le voir, le toucher, respirer son odeur, l'embrasser, lui faire des câlins, des chatouilles, se livrer à des batailles de bisous, jouer avec lui, partager les repas, ÊTRE avec lui. Elle sait bien que c'est le revers de la médaille, le prix à payer. Elle a bien conscience de se sacrifier en tant que mère au bénéfice de la femme qu'elle veut devenir. Le jeu en vaut-il vraiment la chandelle ? Parfois, au cœur du manque, elle en doute.

*

Parce qu'elle a besoin de calme et de sérénité, parce qu'elle tend à aligner son corps sur son esprit, parce qu'elle a toujours du mal à se mettre en route le matin et parce que cela pourrait constituer une piste pour sa future vie, Amélie décide de se mettre à la méditation.

Elle a procédé à des recherches sur Internet, a trouvé diverses façons de respirer, quelques étirements à effectuer avant même de quitter son lit, le matin. Et surtout elle a découvert le rituel des cinq Tibétains, une pratique issue des monastères bouddhistes visant bien-être, énergie vitale et longévité. Les bienfaits attendus étant multiples, elle les a intégrés à sa routine quotidienne. Bientôt le derviche tourneur, le clic-clac, le chameau, la table et le chien n'auront plus de secrets pour elle.

*

Sur le trajet entre l'agence et l'école de Victor, alors qu'elle s'apprête enfin à le retrouver après une première et interminable semaine sans lui, Amélie repense à sa conversation avec sa sœur. Elle n'a pas eu de nouvelles depuis. Elle sait bien qu'elle l'a piquée au vif. Qu'elle a mis le doigt sur une vérité. Pour autant, elle ne la juge pas. Elle était pareille, avant. Et puis chacun vit comme il veut. Elle aimerait cela : que sa sœur ne la juge pas, qu'elle la laisse vivre comme elle l'entend, en respectant ses choix, sans projeter ce qu'elle est sur elle. Elles sont différentes et l'ont toujours été.

Amélie sait très bien où en est Hélène, dans sa vie. Quand on a la tête dans le guidon sur la route de la vie à deux, on pédale et on avance. Et ça permet de ne pas tomber. Le couple, quand on s'entend bien, est un refuge, un cocon sécurisant. L'autre est là, nous soutient. C'est à la fois confortable et réconfortant. Rassurant. Sécurisant. Comme si rien ne pouvait arriver.

Rien, justement… Avec la maladie, c'est ce rien qui lui a explosé à la figure. Elle a éprouvé cette urgence de vivre que certains ont du mal à comprendre. Elle a eu envie d'autre chose. Sans bien savoir quoi. Elle a eu le sentiment, la sensation, l'intuition que sa maison était devenue une prison dorée, qu'elle allait s'y éteindre, s'y sacrifier, que la seule issue était de s'en échapper. Aujourd'hui, elle a la conviction qu'elle a bien fait. Pour autant, la peur est toujours là. La peur de la suite, la peur de faire des mauvais choix, de se tromper, la peur de ce qu'elle va découvrir d'elle-même, la peur de finir seule, la peur de ne pas connaître l'Amour… toutes ces peurs qui sont toujours là et qu'elle va devoir dépasser une à une afin de se libérer totalement.

Amélie navigue sur sa planche de surf et se laisse guider par ses intuitions, avec une devise qui ne la quitte plus : « Fais confiance à la vie. »

Flash-back

La cause de la tumeur, la cause *physique*, tu la connais depuis toujours. Tu en as eu très tôt l'intuition. Et puis un jour, tu t'es rendue à Paris à une assemblée générale de l'association SOS Desmoïde, et tu as compris ce que tu savais déjà : ta tumeur s'est nichée là où le docteur M. a coupé sans recoudre. À gauche. Les chercheurs ont en effet déterminé un lien fréquent entre une tumeur desmoïde et un traumatisme (choc, coups, lésion de tissus). Par un effet de *surcicatrisation*, les cellules s'emballent et deviennent folles. Qu'a fait ton corps, sinon tenter de cicatriser tout seul, là où il y avait une plaie qui n'avait pas été refermée ?

Tu sais depuis bien longtemps que tu dois ta tumeur et tout ce qui t'arrive au médecin qui t'a traumatisée à la naissance de ton fils. Tu ne porteras pas plainte, tu n'entameras aucune démarche. Tu n'es pas quelqu'un de procédurier. Et tu sais déjà qu'on ne te croira pas, que c'est impossible à prouver. Surtout que dans ton dossier médical il n'est sans doute pas écrit que tu as eu une double épisiotomie. Dont une *petite*, que le docteur a jugée suffisamment insignifiante pour ne pas daigner la recoudre.

Vie d'Amélie

Un mois passe, au rythme de la garde alternée. Amélie et Sylvain habitent successivement la maison-cube dont Victor est devenu le petit habitant permanent. Les deux parents ne se croisent même plus. Est-ce par stratégie d'évitement ? Elle ne saurait le dire. Mais les faits sont là : leurs vies sont désormais en parallèle. Entre elles, un mur opaque. Et un enfant, leur unique point commun.

Le divorce est en cours. Ils ont effectué toutes les démarches, se sont tout de même vus pour la séparation des biens, se sont mis d'accord sans s'écharper. La maison a été estimée par un notaire. Il n'y a plus qu'à attendre le jugement, la séparation effective, qu'Amélie Blondin redevienne Amélie Marec.

Amélie ne cherche plus du tout de logement. Bientôt, elle s'installera officiellement à Morgat, avec l'accord du reste de la famille et en premier lieu de mémé Corentine, pour quelques années si elle le désire. Pour ses semaines avec Victor, Loïc lui a apporté la solution sur un plateau : la locataire de l'appartement au-dessus de leur agence a donné son préavis. Une chance inouïe. « Tout s'aligne ! » avait résumé Loïc. Amélie lui avait sauté au cou. L'avait remercié, et avait remercié la vie pour ce cadeau. Cet appartement avait d'abord été leur showroom, quand ils s'étaient lancés dans l'aventure de *L&A Déco*. C'est Amélie qui avait pensé l'agencement, choisi les matériaux, les coloris, le mobilier. Le confort de la modernité dans un écrin ancien avec poutres apparentes et fenêtres à vitraux. Une fois leur réputation acquise, leur site Internet doté de dizaines de photos de leurs projets avant/après, ils avaient décidé de mettre le duplex en location meublée, presque à contrecœur. La locataire était la même depuis le début, mais, ayant trouvé l'amour, elle se décidait à s'installer dans une maison à la campagne. L'appartement sera libre au 1er mars, ce qui signifiera la fin de la garde alternée dans la maison-cube. Le début d'une nouvelle vie pour Amélie, qui compte y passer ses semaines avec Victor et peut-être une ou deux nuits le reste du temps, si nécessaire.

*

Dès qu'elle le peut, Amélie se réfugie dans la maison de mémé Corentine. Elle commence à penser à quelques aménagements. Auparavant, elle a demandé aux membres de la famille s'ils étaient d'accord pour un grand rafraîchissement des lieux, une remise au goût du jour. Connaissant la vétusté de l'habitation et les talents d'Amélie, ils ont tous accepté. Cela ne pourrait que valoriser la maison. Et sa tante, la sœur aînée de son père, sera heureuse de récupérer les vieux meubles bretons, la grande armoire, le buffet, la table, les bancs et les deux grands lits. Alors Amélie se projette et se met à dessiner ce que pourrait devenir la maison, en version plus moderne, plus claire, plus colorée. Elle réfléchit au futur mobilier, à un nouveau carrelage, à remplacer l'escalier, aux peintures pour les poutres et les murs. Elle a listé les artisans avec lesquels elle souhaite travailler. Dans quelques mois, sans doute cet été, Amélie se sentira vraiment chez elle.

*

Chaque fois qu'elle sort sur le sentier côtier, le week-end, Amélie croise « l'homme du banc », comme elle l'appelle dans son for intérieur. Les premiers temps, respectueuse de sa solitude, elle ne s'y arrête pas. Mais petit à petit, elle finit par s'imposer, s'asseyant à l'autre extrémité du banc, se faisant le plus discrète possible. Depuis, sans échanger aucune parole, ils partagent le banc et le silence, jusqu'à s'habituer à la présence incongrue de l'autre.

Flash-back

Du côté droit, le docteur M. t'a bien entaillée. Tu as sans doute *bénéficié* de ce qui se fait de maximum en matière d'épisio. Jusque dans la fesse. On t'a dit que la cicatrice « était belle », le lendemain de l'accouchement. Du beau travail. Félicitations au docteur M. ! On l'applaudit bien fort.

Mais c'était sans compter l'infection qui n'a pas manqué d'arriver. La suture était gonflée, provoquant des douleurs supplémentaires, des tiraillements insupportables. On a tenté de désinfecter en surface. Mais cela s'est avéré insuffisant. Le lendemain, le docteur M. lui-même vient le constater. Tu te raidis. Tu le détestes. Tu ne veux plus qu'il te touche. C'est raté. Il s'occupe de toi. Il décide de faire sauter les fils. Tu n'oses imaginer la béance de la plaie. Pour qu'elle puisse cicatriser, on y enfonce une mèche iodée d'un centimètre de large à l'aide d'une pince. Au début, on t'en met plus d'un mètre. Quand tu pourras enfin sortir de la maternité, tu recevras des soins matin et soir chez toi. Désinfection, mise en place de la mèche qui de jour en jour diminuera en longueur, jusqu'à ce que la plaie soit refermée. Quand ce sera le cas, mais tu ne le sais pas tout de suite, la plaie sera propre, mais très large. Alors tu auras droit à une reprise d'épisio. C'est ta gynécologue qui te redécoupera et te recoudra sous anesthésie locale et avec douceur. Nouveaux soins à domicile… Deux mois en tout.

Il n'empêche : malgré tous ces rebondissements à droite, ces épisios, cette cicatrisation longue, une double infection au staphylocoque doré… ta tumeur est née à gauche, là où personne ne s'est occupé de rien.

Vie d'Amélie

Peu à peu, de nouveaux projets démarrent. La motivation et la détermination d'Amélie sont visibles : la presqu'île de Crozon lui convient, casse sa routine et donne un second souffle à sa carrière. Hier lundi, Loïc a été contacté par un nouveau client potentiel, pour un projet d'ampleur sur Morgat. Une affaire à ne pas rater. Il l'a confiée à Amélie, qui a fixé un rendez-vous dès le lendemain.

Elle se présente à l'heure dite devant une villa de Morgat, une bâtisse traditionnelle du début du XXe siècle, typique des stations balnéaires en plein essor. La demeure possède un cachet certain. Néanmoins, l'état extérieur laisse augurer de gros travaux. Amélie vérifie le nom, sur la boîte à lettres. Jacques Le Gall. Un Breton pur souche ! Elle sourit et appuie sur la sonnette. Au bout de quelques instants, un homme ouvre la grande porte d'entrée et, depuis le perron, l'invite à franchir le portail. De haute stature, le cheveu gris, la silhouette plutôt avantageuse… Amélie reconnaît l'homme du banc. Surprise, ne sachant si elle doit formuler une phrase du genre « On se connaît déjà, non ? », elle gravit les quatre marches, plante ses yeux dans ceux de M. Le Gall et lui serre la main. Il esquisse un semblant de sourire qui pourrait indiquer que lui aussi la situe, mais s'en tient là. L'invite à entrer, referme la porte derrière elle, avance dans le corridor et s'engouffre dans une vaste pièce, un salon-salle à manger de belle taille, haut de plafond, avec des moulures et deux grands lustres. Il lui désigne un fauteuil, où elle prend place. Une forme de gêne s'installe entre eux, la même que sur leur banc, peut-être. Amélie n'est pas habituée à cela : en général, au travail, elle ne se départ jamais d'une certaine assurance. C'est une professionnelle, c'est important d'asseoir d'emblée sérieux et crédibilité.

— Dites-moi tout, monsieur Le Gall. Pourquoi avez-vous fait appel aux services de *L&A Déco* ?

L'homme la regarde un instant, la fixant de ses yeux d'un bleu très clair, puis entre dans le vif du sujet.

— Disons que j'ai acheté cette maison il y a quelques semaines…

Amélie ne peut s'empêcher de penser qu'il ne fréquente pas le banc depuis très longtemps non plus, *a priori*.

— … et que, comme vous allez le constater, elle nécessite d'importants travaux. Isolation, toiture, fenêtres et volets, pour l'extérieur, mais je souhaiterais aussi revoir la décoration intérieure, voire l'agencement. Tout en gardant le charme de l'ancien, attention : ce parquet en chevrons, par exemple, est en bon état, et je ne veux pas y toucher. Je voudrais aussi changer la cuisine, mais en garder l'esprit rétro, et…

— Je vous propose de faire un tour de la maison. Vous me direz ce que vous souhaitez changer et ce à quoi vous tenez dans chaque pièce, et nous verrons ensemble ce qu'il est possible d'envisager. Mais avant tout, permettez-moi une question indiscrète, mais nécessaire : qu'en est-il, en termes de budget ?

M. Le Gall semble se perdre dans ses pensées, puis en revenir aussi vite.

— Oh, pour cela, soyez tranquille : ce sera *no limit.*

Amélie tente de masquer sa surprise. Cela ne lui est pas arrivé souvent, dans sa jeune carrière, surtout pour une maison à refaire presque entièrement. Avec ce M. Le Gall, elle a peut-être décroché le gros lot. Elle se rappelle les mots de Loïc : *une affaire à ne pas manquer.* Amélie s'efforce de calmer son excitation.

Ils entament donc un tour du propriétaire, pendant lequel l'homme lui fait découvrir l'ensemble de la maison, de la cave au grenier. Amélie le suit, allant de surprise en étonnement, ne cachant rien de sa motivation, fourmillant déjà d'idées. Mais ce qui la surprend le plus, là, c'est l'attitude sérieuse et dénuée d'enthousiasme de M. Le Gall. C'est comme s'il n'était pas emballé par ce projet. Comme s'il s'y résolvait par obligation. Comme si, de même que sur le banc, c'était avant tout un homme malheureux.

Vie d'Amélie

— Alors, ce rendez-vous ?

— Pas mal.

— Pas mal ? C'est-à-dire ?

Amélie perçoit dans le ton de Loïc une certaine inquiétude. Ils sont au téléphone. Il lui a demandé de l'appeler sitôt sortie de chez M. Le Gall.

— La maison est super, il y a un énorme potentiel, j'ai plein d'idées, et puis le budget est illimité. Un truc de dingue. Mais c'est le client.

— Quoi, le client ? Tu ne le sens pas ?

— Il est bizarre. Plutôt fermé. D'habitude, les gens qui ont de tels projets sont exaltés, ou au moins… enfin, tu vois. Là, il semble à la fois concerné par les travaux, mais à distance en même temps. Comme s'il était indifférent. Quand tu vois les sommes qu'il va devoir engager et l'ampleur du chantier, c'est quand même étonnant !

— Mais comment ça s'est terminé ? Il t'a demandé un devis ?

— Oui. Mais j'espère que son manque d'enthousiasme n'avait pas de rapport avec moi… Je ne sais pas, peut-être est-ce le genre d'homme qui ne fait pas confiance aux femmes dans ce domaine… Peut-être aussi arrivons-nous trop tard.

— Pourquoi trop tard ? Tu crois qu'il a demandé d'autres devis ?

— Il ne m'a rien dit. Mais j'imagine que oui. Quoique… l'argent n'est pas un problème pour lui, visiblement. Il n'a pas l'air d'être à quelques milliers d'euros près.

Elle rit, puis ajoute :

— Et tu sais quoi ? En fait, je le connaissais. Enfin, *connaissais*… C'est l'homme du banc !

*

Les mercredis soir des semaines où Amélie a Victor, ce n'est plus piscine et restaurant avec Julie. Mais comme elles ne souhaitaient ni l'une ni l'autre renoncer à leur soirée entre filles, Julie vient passer la soirée chez elle. Pour l'instant dans la maison-cube. Très bientôt dans le duplex. Victor est déjà couché. Amélie l'a fait dîner à 19 h 30, un peu avant l'arrivée de son amie.

À présent, elles sirotent un verre de vin, dans le salon. Ensuite, ce sera repas japonais. Amélie a commandé des makis, des sushis et des brochettes chez son traiteur asiatique préféré. Elles vont se régaler.

— Tu te rappelles l'homme du banc ? Le mec un peu bizarre que je croise régulièrement et avec qui je partage *mon* banc.

— Bizarre ? Surtout silencieux, non ?

— Eh bien c'était mon rendez-vous d'hier.

Amélie lui raconte tout, la visite, les travaux envisagés, l'attitude de Jacques Le Gall.

— Et tu lui donnes quel âge ? demande Julie, soudain curieuse.

— Je dirais… cinquante-cinq ans ? Il est plutôt bien conservé.

Elles rient.

— Il pourrait t'intéresser ?

— Tu rigoles ! Il a l'âge d'être mon père…

— Certes, mais ça pourrait se tenter, les vieux, non ? Et il est riche !

Julie éclate de rire, surtout devant la mine ébahie d'Amélie. Toutes deux savent bien que le critère argent/niveau de vie n'en sera pas un.

— Je plaisante… n'empêche que tu fais quand même une sorte de fixation sur lui…

— Il m'intrigue, en fait. Il semble… malheureux, oui, je crois que c'est le mot.

— Ça risque d'être bizarre, la prochaine fois que vous vous retrouverez sur votre banc, glisse Julie, pensive.

— C'est vrai. Je me vois mal ne pas le saluer, au moins. On verra bien. Samedi, peut-être.

— Et sinon, si ce M. Le Gall ne te plaît pas, dis-moi… quand est-ce que tu pars en chasse ? Parce que j'en connais un qui ne s'en prive pas, si tu vois ce que je veux dire…

La dernière phrase de Julie pince à nouveau quelque peu l'amour-propre d'Amélie. Sans la surprendre, puisque tout le monde sait, parmi leurs amis, que Sylvain multiplie les rencontres. Mais cela la renvoie une fois de plus à la fin de leur histoire, au fait qu'il a l'air de s'en trouver très bien, et même mieux qu'elle. C'est lui qui a été quitté, c'est elle qui rame… Le paradoxe l'irrite, au fond. Peut-être est-ce simplement sa façon à lui de faire front, de surmonter cette épreuve. Mais la plupart du temps, elle n'y croit pas vraiment : elle se dit qu'il s'épanouit allègrement dans le célibat. Bien mieux qu'elle, alors qu'elle l'a choisi et pas lui. C'est comme s'il était assoiffé, en manque, qu'il voulait rattraper le temps perdu, retrouver les vingt ans qu'il n'avait jamais eus dans des bras d'à peu près cet âge-là, d'ailleurs, selon ses informations.

— Je ne sais pas. Je n'ai pas envie de partir en

chasse, comme tu dis. Et ce n'est pas une compétition ! Je ne vais pas jouer à « qui aura le plus de partenaires » avec Sylvain ! Je préfère ne rien provoquer, attendre de voir ce que la vie va me proposer. Pour l'instant, c'est bien comme ça. Je me concentre sur la séparation, ma future installation... D'ailleurs j'ai commencé mes cartons, ça fait drôle...

— J'imagine...

— Et puis n'oublie pas que je suis en quelque sorte une handicapée invisible...

— Si c'est pour ta tumeur que tu dis ça, ne t'inquiète pas. Tu trouveras bien des mecs à l'écoute et qui feront avec. Regarde, Sylvain...

— Il n'a pas vraiment eu le choix. De toute façon, je ne suis pas prête à expliquer *ça* à un partenaire potentiel...

— Peut-être que tu n'auras pas besoin de le faire.

Amélie ouvre de grands yeux étonnés. Jamais il ne lui serait venu à l'idée de cacher « ça ». De toute façon, dans ce domaine, elle repartira de zéro. Et elle n'est pas prête.

Flash-back

Tu as fait un déni de tumeur.

Tu savais bien que quelque chose d'anormal se passait dans ton corps. Tu as mis neuf mois à l'admettre. Tu n'as pas voulu écouter les signes. Tu n'as pas voulu être à nouveau confrontée à des problèmes gynécologiques. Tu en avais déjà assez bavé, tu avais déjà décroché le gros lot avec ton accouchement et ses suites longues et complexes… Alors tu as préféré l'ignorer. Comme si, en occultant cela, tu pouvais l'anéantir. Comme par magie, que le mal disparaisse. Mais il s'est installé en toi jusqu'à devenir un pamplemousse déguisé en clémentine.

Vie d'Amélie

Depuis qu'Amélie effectue le rituel des cinq Tibétains, elle a l'impression d'être plus en forme dès le matin. Plus souple, aussi. Et plus tonique.

Elle s'est mise à la course à pied. Pour qui la connaît, c'est plutôt cocasse. Elle n'a jamais aimé ça. Elle a gardé du collège une aversion totale pour l'endurance. Était nulle. N'a plus jamais couru depuis sa terminale. Mais aujourd'hui, c'est différent. Personne ne l'y a obligée. Elle en a eu envie. Comme ça, un matin. Sans raison, sans chercher à comprendre.

Lorsqu'elle court, elle a l'impression de remettre de la vie dans son corps. Ce corps qu'elle avait oublié, et peut-être malmené, elle voulait à présent prendre soin de lui, le choyer, lui témoigner sa gratitude. Ce n'était pas qu'une enveloppe. C'était son socle, son navire. Et elle aime cet effort, se mettre en mouvement, se faire mal, mais se faire du bien en même temps, oxygéner toutes ses cellules, sentir la vie se répandre en elle au rythme de ses foulées.

Le sentier côtier étant trop escarpé pour elle, elle a trouvé des routes peu passantes et des chemins, du côté de Morgat. Elle a commencé avec de petites distances. Les samedis matin où elle a Victor, elle a remplacé la couture par un footing avec Loïc. Sa mère vient garder son fils, puis elles déjeunent ensemble. Un samedi sur deux. Et un samedi sur deux, sa mère lui serine la même chose : il faut comprendre Hélène, ne pas la laisser ainsi, mettre de l'eau dans son vin. Amélie en a assez de devoir se justifier. Elle ne dit pas à sa mère qu'elle pense avoir compris où était le vrai nœud du problème. Et puis, il n'y a pas de quoi être si attristée, elles n'ont pas coupé les ponts : elles se voient en famille, avec les enfants, et Jocelyn. « Oui, mais ça n'est plus comme avant », rétorque à chaque fois Nadine, nostalgique du temps où ses deux filles s'entendaient *si bien*. Amélie l'admet, mais essaie de raisonner sa mère : la vie n'est pas linéaire, il y a des phases. C'est ainsi, « il faut laisser du temps au temps ». Amélie se moque gentiment de sa mère en réutilisant sciemment ses phrases pseudo-philosophiques fétiches.

Ce samedi, son footing solitaire s'achève à son banc. Il n'y a personne. Amélie entame ses étirements, tente de retrouver son souffle, effectue de grands cercles en marchant. C'est alors qu'elle l'aperçoit. Comme s'il l'attendait, lui dont la maison est plus loin vers le port. Comme s'il sentait qu'elle était là. Sinon pourquoi arriverait-il toujours quand elle se trouve dans les parages, quelle que soit l'heure, quelle que soit la météo ? À se demander s'il ne possède pas une horloge télépathique.

— Eh, bonjour, monsieur Le Gall ! s'exclame-t-elle, enjouée.

Il ne marque pas de surprise, s'approche d'elle pour ne pas avoir à crier et la salue.

— Bonjour, madame…

Elle sent qu'il hésite. Il a dû oublier son nom.

— Amélie Blondin, de l'agence…

— *L&A Déco*, oui, oui, je me souviens.

Amélie ne peut s'empêcher d'éprouver une étrange sensation lorsqu'elle dit son nom. Ce nom qu'elle va quitter bientôt pour retrouver celui de sa jeunesse, celui de son père.

— Je travaille sur votre devis. Je devrais pouvoir vous l'envoyer dans le courant de la semaine prochaine.

— Vous êtes une rapide, estime-t-il avec un demi-sourire inespéré.

— Je prends ça comme un compliment. Bonne journée, monsieur Le Gall !

Amélie s'engage dans le sentier qui mène à la maison. Elle n'en attendait pas plus, pour ce premier échange. Elle repense à Julie. Finalement, ça n'a pas été si bizarre que cela.

Flash-back

Tu as eu assez vite la bonne idée de consulter des sites et des forums sur Internet. Récits et témoignages de malades, littérature scientifique… Tu cherches des réponses, tu cherches à comprendre, tu cherches à évaluer ton état et ton avenir. Deviner tes perspectives. Lorsque tu lis un jour que la fibromatose agressive pelvienne a un pronostic difficile en raison de tous les organes logés à cet endroit et à l'impossibilité d'opérer largement, tu es prise d'angoisse. Tu imagines ta tumeur t'envahir. Comme avant, sauf que tu ne le savais pas. Tu l'imagines infiltrer tes organes, te priver de sexualité, t'obliger un jour à avoir une poche pour l'urine, peut-être même une autre pour les matières fécales… Tu l'imagines se répandre, te grignoter. Comme un monstre tentaculaire. Devenir un melon. Une pastèque. Tu t'imagines en mourir si rien n'est fait.

Combien de fois tu as regardé ton fils comme un futur orphelin.

Parfois tu te fais moins présente pour l'habituer à ta future absence. Tu aimerais ne pas lui être indispensable.

Vie d'Amélie

Premier mars. Déménagement.

Deux mois jour pour jour après la discussion qui avait mené à la séparation. Un signe ?

Avant le jour J, Amélie a emballé ses affaires dans des cartons, ce qu'elle veut garder de sa vie d'avant, ce qui la constitue, ce dont elle ne peut se séparer. Les choses pratiques, les choses utiles, les choses nécessaires et toutes les choses sentimentales. Elle a rassemblé tout ce qu'elle n'a pas jeté dans la pièce principale. Elle oscille entre envie de pleurer et joie d'un nouveau départ. Cette fois, ça y est, elle part pour de bon. Cette fois, c'est vraiment fini. Amélie quitte la maison-cube. Dorénavant, ce sera la maison de Sylvain. Sylvain et Victor, comme en atteste déjà la nouvelle mention sur la boîte aux lettres. Un jour, une autre femme y ajoutera sans doute son nom. Amélie réprime un frisson. Devant Loïc, Julie et Mathieu qui l'aident à charger son camion de location, elle s'efforce de sourire. Elle aimait cette maison, elle a aimé y vivre, elle y a de merveilleux souvenirs. Même si elle l'a choisi, ce n'est pas si facile de lui dire au revoir. Elle tente de se convaincre que ce n'est que du matériel, que c'est une nouvelle étape, que l'important est ailleurs, qu'elle sera heureuse entre la maison de Corentine et le duplex du centre-ville. Mais elle éprouve tout de même ce sentiment vertigineux devant l'avenir, devant cette autre vie qui l'attend.

*

Le duplex est plutôt lumineux, pour une vieille maison du centre-ville. Confortable. Joli. Victor est trop content. Il adore sa nouvelle chambre, il saute partout. Quand elle le regarde, Amélie se demande s'il éprouve de la tristesse, par rapport à la séparation. Sans doute... Mais il semble s'être acclimaté à la nouvelle situation avec facilité. Leur choix d'y aller progressivement a dû favoriser l'adaptation. Et puis, il n'a pas vu ses parents se déchirer. C'est tout juste s'il a pu sentir une certaine tension, au début, et encore... Surtout, ses parents se sont quittés en bonne intelligence et se montrent toujours respectueux de l'autre. Aucun des deux ne se permet de dénigrer ou critiquer l'autre, ne le met lui en position d'arbitre, ne cause chez lui un sentiment de malaise ou d'insécurité. Victor est bien avec son père et bien avec sa mère. L'équilibre familial a changé, mais il est toujours là.

Flash-back

Tes angoisses te provoquent des insomnies. Tu ne connaissais pas ça. Avant tu dormais bien. Tu ne le sais pas, mais plus jamais tu ne retrouveras la qualité et la longueur de ces nuits d'avant.

Aller travailler te fait penser à autre chose. Tu détesterais devoir rester à la maison, à broyer du noir. Tu es mieux à l'agence que seule chez toi. Tu te sens utile, normale. Comme tout le monde. Et comme avant.

Personne ne peut savoir ce que tu caches, ton mal est invisible. Aucun client ne peut imaginer ce que tu vis, ta lutte, tes affres. Aucun client à part, peut-être, celui qui t'a exprimé son mécontentement un jour où tu n'étais pas prête à l'entendre. Ta fragilité a débordé : tu t'es effondrée en larmes. Comme ça, sans prévenir. Dépassée par tes émotions. Tes larmes n'avaient rien à faire ici, dans cette scène. Elles étaient déplacées, insensées, incompréhensibles, hors de propos, et dénuées de professionnalisme. Tu t'es sentie idiote. Tu as eu honte. Tu as bredouillé des excuses. Le client, en face, s'est trouvé aussi bête que toi. Et désolé. Il a bien compris que tes pleurs venaient d'ailleurs. Que tu n'allais pas bien. Que ton assurance était feinte, que ta capacité à tenir debout était toute relative. Que tu pouvais vaciller à la moindre pichenette.

Vie d'Amélie

Est-ce une forme de contrecoup ? Lorsqu'elle ramène Victor à Sylvain pour sa semaine et se retrouve seule dans la maison de Morgat, Amélie se sent K-O. Rien à voir avec l'euphorie d'il y a deux semaines. Une phase étrange, d'ailleurs, quand elle y repense… à croire qu'elle avait ingéré des substances illicites sous la pluie. Son optimisme d'alors, aussi soudain qu'incompréhensible, est totalement retombé. Car la réalité est moins glorieuse, il faut bien l'admettre. Un sentiment de solitude immense s'empare d'elle et la grignote tout entière. Alors, c'est vraiment cela qu'elle voulait ? Se retrouver seule dans une vieille maison loin de tout ? Vivre en ermite avec cinq Tibétains pendant que Victor vit avec Sylvain dans *sa* maison ? Parfois elle en vient à penser qu'elle a fait fausse route, que la maladie l'a bernée, que ses envies d'autre chose étaient un appel des sirènes qui l'avaient volontairement désorientée, que sa barque est trop légère et qu'elle va couler. Qu'elle n'est pas loin de s'effondrer. Qu'elle va devoir trouver un moyen de s'accrocher. Parce qu'elle voulait se sentir plus vivante, mais qu'elle se fait l'effet d'une loque, à cet instant. Où est la vie qui l'attend ? Où la chercher ? Avait-elle des rêves trop grands pour elle ? N'a-t-elle été qu'une utopiste écervelée ? Tant de questions pour son esprit impuissant.

Pas de footing, ce samedi matin. Elle n'en a ni l'envie, ni le courage, ni la force. Tout au plus ressent-elle le besoin d'aller marcher sur le sentier côtier, du côté du Kador.

Après sa marche qui, à défaut d'avoir ralenti la course folle de ses pensées, a fait du bien à son corps, elle opère un détour vers le banc, dans l'espoir de tomber sur Jacques Le Gall. C'est la seule personne qu'elle connaisse, ici. Par chance, il s'y trouve. Peut-être même qu'il l'attendait. Lorsqu'il la voit, il la salue d'un petit geste de la main. Pas surpris et presque content.

— Bonjour, monsieur Le Gall. Je peux m'asseoir avec vous ?

Elle se sent autorisée à lui poser la question à présent qu'elle le connaît. Ils se sont revus quand elle lui a apporté le devis qu'il a signé sans même l'étudier ni prendre le temps d'y réfléchir. Il lui a dit qu'il a reçu d'autres devis, mais difficilement comparables tant la nature des aménagements proposés différait, mais que de toute façon c'est avec elle qu'il souhaite travailler. Il n'a pas expliqué son choix, elle n'a pas voulu montrer sa surprise. Loïc l'a félicitée et ils ont sabré le champagne pour ce contrat en or.

— Bien sûr, dit-il en se décalant un peu pour lui laisser de la place.

Amélie s'assoit. Regarde la mer, comme lui. Se demande, comme d'habitude, à quoi il pense, pourquoi il vient toujours sur ce banc, pourquoi il fixe l'océan loin devant. La mer est grise et calme, aujourd'hui. Comme le ciel. Il fait doux.

— Vous allez bien ? ose-t-elle demander.

— Ça va, et vous ?

Amélie entend le mensonge dans les mots qu'il vient de prononcer. Peut-être qu'il a des motifs de satisfaction, mais elle sent bien qu'au fond, non, il ne va pas bien. Quant à elle…

— J'ai connu mieux, avoue-t-elle, se décidant à se montrer sans fard.

Jacques Le Gall ne réagit pas tout de suite, laisse passer un silence. Peut-être ne sait-il pas quoi choisir entre curiosité et indifférence, fût-elle feinte ?

— Ah bon… Ce n'est pas l'apparence que vous donnez, d'habitude.

Amélie sourit. Ce *d'habitude* dit quelque chose de leur relation silencieuse qui dure depuis deux mois.

— Je suis en plein divorce, pour tout vous dire.

Elle s'étonne d'avoir prononcé ces mots à la fois directs et vrais.

— Ah.

Il semble vouloir s'arrêter là, mais poursuit, comme mû par la même envie qu'elle de se dévoiler un peu.

— J'ai connu ça.

Amélie se tourne vers lui, surprise, mais pas trop. Elle a bien vu que la maison n'était pas habitée par une femme et s'était d'ailleurs demandé pourquoi un homme visiblement seul avait décidé d'acheter une si vaste demeure. Pour autant, elle ne se voit pas l'entreprendre sur le sujet. Préfère parler d'elle plutôt que lui poser des questions qu'il pourrait trouver indiscrètes.

— Je viens de quitter définitivement la maison que nous avions, avec mon mari, et… c'est dur. Ce matin, surtout. Nous avons un fils de bientôt cinq ans, et nous nous partageons sa garde une semaine sur deux. Les semaines sans lui sont difficiles. J'ai repris la maison de ma grand-mère, celle qu'on voit là, au premier plan.

Il tourne la tête, en suivant du regard le bras qu'elle a tendu. Mais il sait bien qu'elle vit là une partie du temps. Il a repéré sa voiture et il passe devant la maison pour regagner la sienne quand il vient ici sans emprunter le chemin côtier.

— Et vous vous y plaisez ?

— En général, oui. Mais la solitude n'est pas toujours facile à supporter. Tout dépend si je suis bien avec moi-même, rit-elle.

Il sourit légèrement. Elle ne l'a jamais vu sourire plus grand. Peut-être est-il à son maximum.

— Vous devriez écrire.

Il a lâché cette phrase comme si elle ne contenait rien de spécial. Elle se tourne vers lui, le regard plein d'interrogations.

— Pourquoi dites-vous ça ? demande-t-elle, les sourcils froncés.

— Cela fait du bien d'écrire. De déposer des mots sur le papier.

— Vous voulez dire, par *souci thérapeutique* ?

— Pourquoi pas, oui. Et puis ça occupe. Vous aimez lire, j'ai vu… Ce sont deux activités assez proches.

Elle acquiesce. Se demande s'il écrit son mal-être, lui, dans la solitude de sa villa.

— C'était une idée comme ça, dit-il finalement, comme pour s'excuser.

Flash-back

Tu n'auras pas d'autre enfant.

Cela aussi, tu le dois au docteur M.

Tu en voulais deux ou trois. Tu ne pensais pas que ton premier serait ton dernier. Qu'il serait « enfant unique ». Ce n'était pas ton idéal familial, mais il en sera ainsi.

La tumeur desmoïde est hormonodépendante. Les médecins pensent que la tienne s'est peut-être nichée pendant ta grossesse. Tu sais que non, mais peu importe. Ce qui est certain, c'est qu'une grossesse engendrerait une telle explosion d'hormones que la tumeur, même si elle était endormie d'ici là, pourrait se réveiller et s'en donner à cœur joie. Ce serait la fête pour elle. Cotillons, petits chapeaux colorés, et batucada.

Le deuil d'une autre grossesse et d'un autre enfant se fait difficilement. Il te faudra de longs mois. Tu envisages même, au début, de recourir à la gestation pour autrui. Un drôle de projet… L'adoption, en tout cas, ne te vient pas à l'esprit.

Et puis, petit à petit, avec les mois, les années, tu te fais à l'idée. Tu essaies même d'y trouver des avantages. Toujours voir le verre à moitié plein, le positif dans le négatif, un credo qui te réussit depuis. Imaginer s'épanouir autrement que dans le rôle d'une mère de plusieurs enfants. Te dire que la vie a peut-être choisi pour toi. Que rien n'arrive par hasard. Trouver des idées pour ne pas sombrer.

Vie d'Amélie

« Vous devriez écrire. »

Les mots de Jacques Le Gall flottent encore dans l'esprit d'Amélie lorsqu'elle rentre à la maison. *Écrire*… quelque chose qu'elle aimait, il y a longtemps. Une activité à laquelle elle s'adonnait, lorsqu'elle était jeune. Elle passait beaucoup de temps dans les livres, à l'époque, ceux qu'elle lisait (pas seulement pour le collège ou le lycée), ceux qu'elle tentait d'écrire, par goût du verbe. Parce qu'elle aimait déposer sa pensée sur du papier, philosopher un peu ou inventer des histoires, chercher les mots, les sonorités et, avec la poésie qu'elle dévorait autant que les romans, une figure de style ici ou là. Amélie est une littéraire contrariée comme il y a des gauchers contrariés. Son père avait tenu à ce qu'elle aille en 1re S, parce que cela ouvrait sur « plus de débouchés ». Puis elle avait rencontré Sylvain. Et ne voulait plus le quitter. Jusqu'à suivre les mêmes études que lui à Paris. C'est ainsi qu'elle avait atterri dans les métiers de l'immobilier, loin, bien loin de la littérature.

Il n'empêche. *Écrire* était inscrit dans ses projets de vie, dès le sortir de l'enfance. N'avait-elle pas confié à sa mère son souhait de devenir un jour écrivain ? Avec toute la naïveté dont une enfant de dix ans peut faire preuve. Tout en préparant à manger, Amélie réfléchit. Quels autres rêves a-t-elle abandonnés en cours de route ? Où sont passés ses rêves d'enfant ? N'est-ce pas le bon moment pour renouer avec eux ?

*

Nadine l'attend sur le perron lorsqu'elle arrive sur les coups de 15 heures. Ses rêves d'enfant ne souhaitant plus patienter plus longtemps, Amélie a décroché son téléphone et prévenu sa mère. Elle n'a pas oublié où elle les a cachés. Parvenue dans sa chambre d'enfant devenue chambre d'ado, Amélie se dirige vers son armoire de toujours. À l'intérieur, des dossiers, des chemises cartonnées et beaucoup de boîtes à chaussures pleines de trésors, les agendas de ses années collège et lycée annotés par les copains, toutes ses correspondances, les cartes postales, de petits objets sans valeur et, au milieu de tout ça, des journaux intimes bien remplis. Et, dans les pochettes cartonnées, de grandes feuilles A4 dans des sous-chemises, réflexions diverses, poèmes et débuts de romans.

Elle se souvient d'une pochette violette où elle aimait ranger des listes. La trouve, en retire une liasse de feuilles. Met la main sur celle qu'elle cherchait. Intitulée : *Liste de mes rêves à accomplir un jour.* Amélie parcourt des yeux l'ensemble. Sourit de certaines généralités (*Être heureuse*), grimace à la lecture de certaines lignes (*Me marier, Avoir trois enfants*), s'amuse de la simplicité de certains *rêves* (parmi eux, elle en a accompli beaucoup, comme *Avoir un chat, Avoir un métier* ou *Avoir une maison*) ou de la complexité de certains autres. Mais même *Avoir une maison face à la mer comme celle de mémé Corentine* peut être coché, d'une certaine manière. Tout comme *Accomplir des défis.* Elle ne se souvient plus de ce qu'elle avait en tête en écrivant ces mots, mais elle se dit que son saut en parachute peut intégrer cette catégorie. Peut-être faudrait-il en trouver d'autres à relever ? Elle avait aussi écrit : *Monter en haut du mont Blanc.* C'était après un documentaire qui lui avait beaucoup plu, elle s'en souvient encore très bien. Deux rêves, finalement, retiennent son attention. L'un réalisable, l'autre beaucoup moins : *Voyager* et *Devenir écrivain.* Amélie repense à Jacques Le Gall, à ses mots. « Vous devriez écrire. » Comme s'il savait. Amélie reste un instant plongée dans ses pensées. Puis elle range la liste de ses rêves à accomplir pour se mettre à fouiller dans le contenu de ses pochettes. Au milieu de romans de quelques pages, vite interrompus et sans doute bien médiocres, elle tombe sur un feuillet qui l'interpelle. Il y a une date. Elle a quinze ans. Ce n'est pas un début de roman, c'est un écrit qui aurait pu intégrer son journal intime, mais qui a échoué là, parmi des ébauches de textes sans avenir. Elle lit en murmurant, cherchant dans ces mots la voix du passé. *Je ne sais pas, au juste, ce qui me pousse à écrire. Rien ne m'y oblige, pourtant. C'est une envie, sans doute, un besoin qui, s'il n'est pas assouvi, se traduit par un manque. C'est certain. J'écris. Tout, rien parfois. Ce qui me passe par la tête au fur et à mesure de ma petite vie. Je dis « petite vie », non parce qu'elle est sans intérêt, mais parce qu'elle n'est que peu de chose face au mystère de l'univers et de la vie. Elle n'en est pas moins unique, et riche. RICHE, c'est un mot qui me vient souvent à l'esprit en ce moment. Une vie est riche de tout. De petits riens, de grands instants. Je crois qu'on ne vit pas sa vie, la plupart du temps. Les gens la regardent passer et se rendent compte, au bout d'un certain temps, qu'il est trop tard. Trop tard pour jouir des petits plaisirs de la jeunesse à côté desquels on est passé en trombe ; trop tard pour profiter de ses libertés entre le moment où l'on est dépendant de la famille qui nous a donné la vie, et le moment où la famille à laquelle on a donné vie est dépendante de nous… Trop tard pour voyager quand l'heure de la vieillesse passive a sonné… Certains se bornent à se laisser aller au gré des flots d'un ruisseau sur lequel ils sont un petit morceau de bois… Ils continuent leur « bonhomme de chemin », et, un jour, voudraient remonter la rivière… mais c'est impossible de remonter à contre-courant. Il ne tient qu'à nous de vivre pleinement. Chaque jour, des montagnes de plaisirs s'offrent à nous. Mais peu de mains les cueillent afin d'en puiser le jus, la sève d'une vraie vie.*

Amélie marque une pause. Il y a déjà tout dans les mots de l'Amélie de quinze ans. Tout ce qu'elle est actuellement en train de vivre, et l'envie intense d'avoir une vie riche et pleine. De ne pas rester spectatrice de son existence. D'en profiter sans attendre. D'être libre.

Tout à coup et pour la première fois de sa vie, Amélie l'adulte a l'impression de se retrouver telle qu'elle est, depuis toujours, au fond d'elle.

Et lui revient alors cette phrase de Nietzsche : « Deviens qui tu es. »

Flash-back

Au moins tu n'accoucheras plus.

Vie d'Amélie

— Tu as trouvé ce que tu cherchais ?

— Plus que ça, même, répond Amélie en prenant place dans le canapé en rotin de la véranda.

Sa mère lui tend une tasse de thé et dispose sur la table un échantillon de biscuits bretons, palets, galettes et crêpes dentelle.

— Tu te rappelles que j'écrivais, plus jeune ?

— Comment l'oublier ! Tu y passais des heures. Quand tu ne lisais pas, tu écrivais. Impossible de te décoller ou de tes livres ou de tes cahiers ! Je ne sais plus trop quand tu as arrêté.

— Je crois que ça coïncide avec ma rencontre avec Sylvain.

— Tiens, c'est drôle ! Je n'avais pas fait le rapprochement.

Amélie n'en est pas si sûre. Cependant, elle se rappelle bien comme l'inspiration s'était enfuie, à ce moment-là. Ou l'envie. Elle n'avait plus de temps à consacrer à l'écriture. Elle préférait être avec son amoureux. La vraie vie la comblait. Elle n'avait plus rien à chercher dans l'écriture, alors. Et elle avait laissé là son rêve, abandonné sur le bas-côté de son adolescence. Sans même s'en rendre compte. Elle repense à la fin du texte de ses quinze ans, qui parlait d'écriture. *Si j'écris ainsi, c'est avant tout pour moi. Même si j'aimerais, un jour, me faire éditer, je n'ai pour l'instant rien trouvé d'extraordinaire pour l'être. Je me fais plaisir. Je me raconte des histoires. Je me suis toujours raconté des histoires.* Les histoires qu'elle se racontait sur le papier avaient remplacé celles qu'elle inventait lorsqu'elle jouait, petite. Et puis il y avait aussi les films qu'elle réalisait dans sa tête le soir, avant de s'endormir, et qu'elle a réalisés très longtemps.

Les mots de Jacques Le Gall ont fait écho aux mots de ses quinze ans. Et elle se demande tout à coup : et s'il avait raison ?

*

Amélie reprend la route de Morgat avec l'envie d'écrire, mais une envie totalement floue. Écrire quoi ? Sur quel sujet ? Dans quel format ? Sur la question du pour qui, elle pense avoir la réponse, comme dans sa jeunesse : pour elle, pour son plaisir. Mais pour le reste… Elle ne se voit pas se lancer dans un roman. Elle n'a pas la technique et surtout elle n'a pas d'idées. Elle ne saurait pas quoi raconter. Et puis elle imagine très bien où cela la mènerait : nulle part. Comme pour la trentaine de romans qu'elle a commencés et jamais finis.

Amélie se demande si écrire pour elle, ce ne serait pas écrire pour aller mieux, ou écrire *sur* elle. Un écrit thérapeutique, en quelque sorte. Durant la maladie, au plus fort de ses angoisses, elle n'a pas écrit non plus. Elle se l'est dit, d'ailleurs, s'interrogeant sur cette vague envie de déverser son expérience, sa colère et ses angoisses sur le papier. Sans doute aurait-elle mieux dormi si elle avait couché sur le papier ses affres au lieu de laisser s'écouler sans fin les mots dans son esprit la nuit. Mais elle n'avait pas écrit. Comme si l'écriture était complètement sortie de sa vie. Comme si, même au plus fort de la maladie, l'écriture n'avait pas constitué un réflexe de survie. Alors qu'elle lui avait été vitale pendant son adolescence.

Et là, tout à coup, une sorte d'évidence. Une envie qui renaît. À la faveur des mots de Jacques Le Gall. Des mots posés comme ça, au détour d'une conversation banale. Des mots incongrus, mais qui avaient tout de suite résonné fort en elle.

Alors, même si Amélie se sent perdue, elle revient de chez sa mère avec la certitude de penser à se remettre à l'écriture, et un livre qui l'avait beaucoup marquée, quand elle était ado, et qui était venu interroger et amplifier son désir d'écrire : *Lettres à un jeune poète*, de Rainer Maria Rilke.

Vie d'Amélie

Rentrez en vous-même. Cherchez la raison qui, au fond, vous commande d'écrire. (...) Demandez-vous à l'heure la plus silencieuse de votre nuit : dois-je écrire ? (...) Et si cette réponse devait être (...) « Je dois », alors construisez votre vie selon cette nécessité.

R.M. RILKE, *Lettres à un jeune poète*[1]

C'est un dimanche de pluie entier. Temps bouché, eau continue, impossible de sortir. Amélie reste au chaud près du feu. Elle a entamé la (re)lecture de *Lettres à un jeune poète.*

Ce qu'elle éprouve tient du vertige. Elle ne se sent pas à la hauteur. Si l'écriture a pu sortir de sa vie si longtemps, c'est donc qu'elle ne lui était pas indispensable. Et si elle revenait à présent, au simple détour d'une conversation banale avec un étranger, c'est qu'elle tient plus d'une lubie qu'autre chose. Une lubie née sur les cendres froides d'écrits d'adolescence. Amélie ressort de là les épaules basses, la motivation en berne, la confiance en miettes. Elle n'a plus la naïveté de ses jeunes années. Elle n'a sans doute aucun don. Et puis, encore une fois, qu'aurait-elle à dire ou

1. *Lettres à un jeune poète*, Rainer Maria Rilke, trad. par Claude Mouchard et Hans Hartje, Le Livre de Poche, 1989.

à raconter ? Elle se voit comme une coquille de noix vide et sèche. Elle n'a rien d'intéressant à écrire.

Mais elle veut essayer quand même. Prend une feuille de papier dans un tiroir, s'assoit à la table, regarde la mer. Tente d'écrire un poème. Jette des images. Griffonne des mots. Des mots pour elle et qui le resteront. Des mots qui finiront sans doute dans une poubelle.

Peut-être que c'est une histoire de timing. Peut-être n'est-ce simplement pas le bon moment. Peut-être est-il maladroit de décréter, un dimanche matin de mars : « Aujourd'hui, je vais écrire. » Artificiel, fabriqué, insincère. Et que le résultat ne vaut rien. *Du toc* en papier, rien de plus.

Elle ne sera jamais écrivain.

*

Le livre n'est pas très long. Dix lettres le composent. Amélie s'est octroyé des pauses, mais le termine avant le soir. L'ensemble la laisse songeuse. Il n'y est pas question que d'écriture et de poésie. C'est aussi toute une réflexion sur l'existence, et sur l'incidence de celle-ci sur la créativité de l'artiste, sur son inspiration.

À lire Rilke, l'écriture est une entreprise ambitieuse qui se nourrit de tout, mais surtout de solitude. Elle sourit. Elle est en plein dedans. Et elle n'a pas franchement l'impression que cela lui réussit. Il y a des jours où elle apprécie le calme et le silence d'une vie en solitaire. Il y a des jours où le vide la prend à la gorge et l'étouffe. Elle n'imagine pas la solitude devenir son amie. Elle va retourner à Quimper demain, avec l'envie de voir du monde, d'entendre la vie des gens, la foule qui bruisse, les voitures qui klaxonnent.

Et ne pas revenir ici tout de suite. Même si c'est *sa* semaine, elle va dormir dans son appartement du centre-ville, demain soir, et peut-être les autres soirs. Parce que, plus que l'écriture, ce qui la travaille ici, maintenant, s'appellerait plutôt la *déprime*.

La solitude est une expérience inédite. Mais très inconfortable, la plupart du temps. Parfois elle se demande ce qu'elle fait là, toute seule, dans sa vieille maison alors que la vie palpite dehors.

Vie d'Amélie

> [Soyez] *patient envers tout ce qu'il y a d'irrésolu dans votre cœur et essaye*[z] *d'aimer les questions elles-mêmes (...). N'allez pas chercher maintenant les réponses (...). Il s'agit de tout vivre. Accueillez en toute confiance ce qui vient, (...) et ne haïssez rien.*
>
> R.M. Rilke, *Lettres à un jeune poète*

S'ensuivent de drôles de semaines. Amélie jongle avec ses deux casquettes : maman solo les semaines paires, célibataire trentenaire les semaines impaires. Les premières sont dédiées à Victor, son rôle de mère, et riment avec sérieux hors pair. Les secondes sont déroutantes, festives et tiendraient plutôt du n'importe quoi. Deux facettes, deux Amélie. Mi-ange, mi-démon ? Parfois elle ne se reconnaît pas. Les autres non plus d'ailleurs.

Alors qu'elle relate, sans ambages, sa nouvelle vie à sa sœur et tente de se justifier avec un « Je suis en pleine crise existentielle », celle-ci ne manque pas de rétorquer : « Moi j'appelle ça une crise d'ado. » Et c'est vrai que cela y ressemble. Amélie multiplie les sorties en tous genres, rentre tard, dort trop peu, boit parfois plus que de raison, fume, même, à l'occasion. Elle flirte avec la vie nocturne quimpéroise et un peu avec les hommes. Elle s'amuse. Rien de sérieux. Elle n'est toujours pas prête. Elle ne franchit jamais les bornes qu'elle s'est fixées.

Lorsqu'elle en parle avec Mme B. qui continue de la suivre, celle-ci ne semble pas surprise. Elle vit en effet une sorte de crise du milieu de vie anticipée. Toujours en réaction à sa maladie, sa guérison, et la séparation. Avec ses sorties, son emploi du temps surchargé, elle tente de fuir le vide, de le combler par le divertissement. Le vrai, le pascalien. Elle cherche à se détourner de…, à s'étourdir. Elle fuit, oui, sans bien savoir quoi. Sa vie d'avant, sa solitude actuelle ? Tout est assez confus.

« C'est une phase », tente-t-elle d'expliquer.

Un jour elle redeviendra celle qu'elle était, mais là, elle profite. Et elle se sent vivante.

*

Les semaines avec Victor contrastent par leur calme. Dès qu'elle le récupère, le vendredi après l'école, c'est une Amélie sérieuse et maternelle qui prend le relais de l'autre. Une Amélie qui lutte contre la fatigue qu'elle accumule et tente de juguler, ces semaines-là.

Souvent, maintenant que les beaux jours arrivent, Amélie emmène Victor pour le week-end à Morgat. Ils prennent l'air, profitent de la maison, du jardin, des grands espaces. Partent à vélo. Ils se promènent le long de la mer, vont à la plage, construisent des châteaux, mettent les pieds dans l'eau. Ils passent de jolis moments mère-fils. Des moments riches et forts, pleins de rires et de tendresse. Victor grandit bien, comme s'il avait trouvé un équilibre entre ses deux parents, ses deux vies, ses deux maisons… La maîtresse n'a rien constaté de fâcheux. Il reste un enfant ouvert, joyeux, sociable et curieux.

Amélie refuse de culpabiliser : contrairement aux prédictions funestes de sa sœur, son fils va bien. Non, elle n'a pas ruiné sa vie. Oui, il vaut mieux être une maman heureuse et épanouie. Bon… Elle sait bien qu'elle n'en est pas encore là. Que son moral vacille parfois dangereusement, que l'épanouissement, le vrai, le total passera pour elle par le grand amour dont elle rêve depuis toujours. Il lui manque donc l'amour, un homme, un corps contre lequel se blottir, quelqu'un à qui penser et qui pense à elle. Un jour…

Vie d'Amélie

C'est un mercredi d'une semaine solo. Entre une soirée ciné et une soirée bowling (elle a intégré un groupe de rencontres amicales entre célibataires, pour ne pas avoir à ne compter que sur Julie et Loïc), Amélie a retrouvé sa meilleure amie pour leur rituel piscine-sauna-restaurant. Ce soir, elles mangent un morceau dans un pub qu'elles aiment beaucoup et qui a la liste de cocktails la plus dingue de la ville. Elle a pris un Pornstar Martini et Julie un Moscow Mule. Elles discutent, comme d'habitude, de leurs vies respectives. Amélie lui raconte ses dernières soirées en date. Des rencontres sympas, des gens intéressants. Samedi soir, elle est allée danser. Cela faisait une éternité qu'elle n'était pas allée en discothèque. Elle est restée sur la piste jusqu'à la fermeture, avec ses nouveaux *amis*, Gaëlle, Thomas et Gaspard. Une soirée divine. Quel plaisir de se défouler, de bouger en rythme sur la musique, de se vider la tête et tout oublier. Julie la regarde avec un petit sourire. Il n'y a pas de jugement. La nouvelle vie d'Amélie la surprend et l'amuse. Sa vie binaire. Pile, maman sage, face, trentenaire festive. Mais, quoi qu'en pense Hélène, Amélie n'a pas perdu la raison.

— Et entre Thomas et Gaspard, où va ta préférence ?

— Gaspard plairait beaucoup à Loïc, je pense…

— Ah !

Elles rient toutes les deux, puis Julie enchaîne :

— Et Thomas ?

— Thomas est pas mal… pas mal du tout.

Julie prend un air à la fois sérieux et très intéressé. Cherche à tout savoir de cet homme dont Amélie lui parle pour la première fois et qu'elle a eu l'occasion de côtoyer lors de plusieurs soirées. Prof, la petite quarantaine, charmant et cultivé.

— … Mais je crois que Gaëlle est déjà sur le coup.

— Ah. Bon… Il y en a d'autres ! Et au fait, avec ton M. Le Gall, tu en es où ?

Amélie soupire. Mais pourquoi Julie tient-elle tant à l'idée de quelque chose entre eux ?

— Nulle part. Les travaux viennent de commencer. J'y passe une fois par semaine. De toute façon, comme tu sais, je ne vis plus trop à Morgat, en ce moment… La dernière fois que je l'ai vu assis à notre banc, j'étais avec Victor, un dimanche, il y a dix jours. Et c'était assez gênant. Enfin… Je l'ai senti ému. Bizarre. Je me demande vraiment quelle est sa vie. Mais c'est un client, je ne le saurai jamais.

— Alors passons. Qu'attends-tu pour t'inscrire sur un site de rencontres ? Un vrai, je veux dire, pas ton site qui te permet de sortir entre *amis*…

Amélie soupire. Julie n'en démordra pas.

*

Après le pub, Julie a suivi Amélie chez elle pour l'opération « créer un profil sur un site de rencontres ». La première en connaît un rayon sur le sujet. Et son histoire avec Mathieu est la preuve par la vérité que cela peut marcher.

Julie l'oriente donc vers le site grâce auquel elle a rencontré son homme. Le plus sérieux, selon elle.

— Il te faut une photo.

— Tu es sûre ?

Amélie grimace. Elle n'a pas du tout envie d'afficher son célibat aux yeux de tous et de possibles clients. Préfère jouer la carte de la discrétion. Julie hoche la tête. Cela s'entend. Mais pas de photos égale moins de rencontres potentielles. Beaucoup d'hommes n'iront même pas voir sa fiche.

— Eh bien tant mieux. Cela fera le tri ! Je préfère trouver un homme sérieux, ouvert d'esprit, plutôt qu'un mec qui ne sera porté que sur le physique et mon potentiel sexuel.

Julie rit. Amélie n'a pas complètement changé.

— OK, donc pas de photo.

Julie a pris possession du clavier. Pose les questions, coche les cases. Description physico-psychologique, critères de recherche, elles s'emploient à remplir précisément la fiche. Puis vient l'épreuve du texte d'accroche.

— Est-ce qu'on met que tu es en pleine crise de la quarantaine avant l'heure ?

Amélie pousse Julie du coude en signe de protestation.

Après mûre réflexion, entre le trop dire et le pas assez, le côté direct et la subtilité, la fiche est remplie, avec un avatar en guise de photo. Au final, Amélie est présentée comme une fille bien dans ses baskets à la recherche d'un homme avec qui partager des moments à deux, vivre une histoire sympa. C'est clair : elle n'est là ni pour une nuit, ni pour la vie. Elle espère ainsi faire fuir les *serial baiseurs* et les candidats au mariage.

— Je ne suis vraiment pas sûre d'avoir envie de fréquenter ce site... Sincèrement, Julie, je ne suis pas hyper à l'aise avec l'idée du supermarché géant pour célibataires affamés...

— Tu verras, il y a du tri à faire, mais on y trouve des gens très bien. La preuve, ajoute-t-elle en se désignant.

Amélie rit.

— Allons voir ces hommes de plus près…

Julie est toujours aux commandes. Passe sur les fiches, demande les impressions d'Amélie.

— Si un profil te tape dans l'œil, tu peux le placer dans tes favoris.

— Et après ?

— Après, si tu lui plais aussi, enfin… ta fiche…, il te fera signe et vous pourrez entamer une discussion, par exemple.

Le temps de regarder divers profils, Amélie reçoit déjà des likes et des invitations à discuter.

— Mais je viens d'arriver ! C'est toujours comme ça ?

— Dis-toi que ce serait pire si tu avais une photo. Jolie comme tu es, en plus.

À peine Julie vient-elle de terminer sa phrase qu'elles tombent nez à nez avec une photo de Sylvain, tout sourire.

— Oups… J'avais oublié ce détail…

Amélie hésite entre amusement et effroi. Non qu'elle ignorât la présence de Sylvain dans ce genre d'endroit, mais de là à tomber sur lui…

— Tu veux voir sa fiche ? demande Julie, prête à cliquer.

Perplexe, Amélie finit par acquiescer. Le profil de Sylvain se déroule sous leurs yeux. Elles le parcourent en silence.

— Il se vend bien ! finit par dire Julie.

— Comme tu dis…

— Tu m'étonnes qu'il ait son petit succès…, plaisante Julie.

Amélie opine. Se demande combien de filles son ex a rencontrées et mises dans son lit.

— Heureusement que je suis incognito ! Sinon il pourrait me reconnaître.

— Ce serait marrant qu'il te contacte.

— Marrant, tu trouves ? Sérieusement ?

Amélie affiche une mine horrifiée qui provoque tout à coup l'hilarité de son amie.

— Tu sais que j'ai un copain qui, après quelques jours de discussion, a failli donner rendez-vous à une fille avant de comprendre que c'était… sa sœur ?!

Amélie éclate de rire. Il doit y en avoir, des anecdotes cocasses sur le sujet. Il n'empêche : elle est mortifiée à l'idée que Sylvain puisse consulter sa fiche, cherche à entrer en contact avec elle ou la devine derrière un descriptif…

Flash-back

Le moment tant attendu arrive enfin : tu te rends à Villejuif avec ton dossier médical (dont la dernière IRM en date qui montre que la tumeur principale approche les cinq centimètres) pour rencontrer la chirurgienne, Mme T. Tu seras également examinée par un gynécologue. Ils vont faire le point sur ton cas.

Le lieu en impose. Avec ses couleurs, son équipement et ses bâtiments modernes, et malgré sa fonction, tu ne trouves pas l'endroit sinistre. Pas comme le centre anticancer de ta ville, qui ressemble à un mouroir. Ici, les gens que tu croises sourient, pour la plupart. La gravité flotte partout, mais l'espoir aussi, comme s'il l'emportait. Ce qui te fait mal, c'est de voir les enfants malades. Tu te sens tout à coup chanceuse.

Le docteur T. t'explique que non, elle ne t'opérera pas. Parce que cela ne servirait à rien. Tu entends ce qu'elle te dit. Tu veux bien le comprendre. Mais alors quoi ? Que va-t-on faire pour toi ? Il y a des choses à tenter, divers traitements envisageables. Comme il n'y a pas de protocole, les dossiers des patients passent en comité le lundi. Ils se réunissent entre médecins pour décider de la prise en charge, qui peut être multiple (on te parle d'immunothérapie, de curiethérapie, on exclut les rayons, car ils brûleraient trop large). Elle te propose de revenir dès que le comité aura statué sur ton cas.

Quelques jours plus tard, tu rencontres l'oncologue qui te suivra dorénavant à l'IGR : le docteur C. Il t'explique qu'ils ont tenté il y a six mois un traitement sur une femme qui est atteinte de la même pathologie que toi, au même endroit (tu te sens moins seule), et qui donne de premiers résultats encourageants. Il s'agit d'un petit cocktail composé de Tamoxifène (en doublant la dose que le docteur É. t'a prescrite il y a trois mois), de Zoladex (ton implant hormonal mensuel) et de la Navelbine, une chimiothérapie orale sous forme de comprimés à prendre chez soi. *Chimio*… un mot sérieux. Un mot qui fait peur (mais on t'a expliqué que cette molécule ne te ferait pas perdre tes cheveux). Un mot qui te rassure, dans lequel tu fondes beaucoup d'espoirs. Trois petits comprimés hebdomadaires. Juste trois. Tout petits. Comprimés. Tu te demandes comment ils peuvent avoir autant d'effet. Leur prix sur la boîte te scotche : chaque comprimé coûte 100 euros. Tu te demandes combien coûte une séance de chimiothérapie à l'hôpital. Sans doute bien plus. Tu as une pensée émue pour ton pays, envie de dire « merci » à la Sécu… Tous les humains sur Terre n'ont pas la chance d'être soignés *à ce prix*.

Tu reviendras dans trois mois, après une nouvelle IRM.

Soudain, l'espoir. Enfin, l'impression d'être au meilleur endroit, entre les meilleures mains qui soient.

Vie d'Amélie

Amélie découvre l'univers (impitoyable ?) des sites de rencontres. Celui où elle s'est inscrite, du moins, qui doit sensiblement ressembler à tous les autres et où, d'emblée, elle ne se sent pas à l'aise. Elle débarque là-dedans, sans expérience, sans connaître les codes, les habitudes, suspectant déjà l'ampleur de la désillusion. Il s'agit d'un catalogue géant, garni de gens entreprenants, une facette de la société de consommation, version *marché de l'amour*. On se vend (on triche un peu), on effectue son shopping. On essaie, on jette, pas grave puisqu'il y a tous les autres. Des possibles de tous les styles, de tous les âges. Des physiques en tous genres, des situations familiales et professionnelles fort diverses. Beaucoup de rédhibitoires, aussi (il y a des mots, sur les fiches, qui la font fuir d'office… elle passe par exemple sur les amateurs de jeux vidéo). On entame une discussion : quelques mots, un ersatz de rencontre ; la conversation s'arrête au bout de quelques lignes (parfois, on sait très tôt que ça ne va pas le faire, ou bien l'autre a stoppé sans prévenir) ou se poursuit un peu plus. Il arrive qu'une sorte de feeling donne un brin d'espoir. La grande question arrive parfois très tôt, parfois bien plus tard : « Alors, on se voit quand ? » (quand elle arrive très tôt, c'est souvent un homme pressé de conclure, parfois c'est celle de l'homme qui vise l'efficacité, qui n'a pas envie de perdre du temps en séduction). *Alors, on se voit quand?* Une question qu'Amélie redoute. Elle se demande toujours si elle est prête. Elle ne sait pas si c'est un blocage sentimental ou si c'est lié à sa *particularité.*

Globalement, Amélie se demande ce qu'elle fait là. Cela ne correspond ni à ses envies ni à son rêve d'amour vrai. Tout lui paraît fabriqué, futile, factice. Il y a sans doute, comme le dit Julie, des gens très bien, mais comment les trouver dans cette jungle grouillante ?

Au bout de deux jours, après avoir croisé virtuellement plusieurs spécimens, Amélie ferme son application. Très peu pour elle.

Elle préfère, elle préférera les rencontres de la vraie vie. Ou celles qu'elle a pu faire avec son site de rencontres amicales. Thomas, par exemple. Qui lui plaît. Qui lui envoie des messages de temps en temps. Qui lui a proposé une sortie *off*, rien que tous les deux. Thomas qui devra patienter, car elle enchaîne sur sa semaine avec Victor et les semaines avec Victor sont sacrées.

*

Amélie profite de ne plus vivre à Morgat en ce moment pour effectuer les travaux dans la maison de sa mémé. Sa tante a récupéré les vieux meubles, la maison a été en partie vidée. Amélie a eu le temps de réaliser le projet d'aménagement en 3D, de réfléchir à l'ameublement. Pendant son absence, deux entreprises se relaient pour rendre l'endroit tel qu'elle l'a imaginé. Elle a hâte de voir le résultat, de tester son ressenti dans ces murs qui auront gommé les anciens, mais pas ses souvenirs. Elle a décidé de garder la cheminée. Elle n'aurait pas supporté qu'elle disparaisse.

Quand elle passe, tous les deux jours, voir l'avancée des travaux de la maison, elle en profite pour se rendre à la villa de Jacques Le Gall. Lorsqu'il est là, il lui offre un café, ils discutent des dernières réalisations. Il lui exprime sa satisfaction que son visage ne confirme jamais. Il est toujours vaguement impassible, sérieux, peut-être triste. Il l'intrigue toujours. Elle aimerait bien, un jour, savoir ce qu'il cache au fond de lui. Elle ne sait pas pourquoi. Elle éprouve pour lui une empathie certaine, et une forme de sympathie. Une envie étrange d'apprendre à le connaître. Elle ne sait toujours pas pourquoi. Peut-être pour ce qu'il dégage, pour le mystère qu'il renferme, ou simplement parce que c'est la seule personne qu'elle connaît, ici. Cela n'a rien à voir avec une quelconque attirance, en tout cas, quoi qu'en pense Julie. Et puis, il est trop vieux pour elle. Sur sa fiche du site de rencontres, elle a indiqué qu'elle cherchait un homme entre vingt-huit et quarante ans. Il est donc bien hors catégorie.

Ils viennent d'effectuer le tour des pièces de la maison pour faire le point, et elle s'apprête à partir quand tout à coup il lui demande :

— Cela vous dirait de dîner avec moi, un soir de votre convenance ?

La question l'arrête. Elle se retourne, le regarde avec étonnement. Elle lit dans ses yeux un manque d'assurance, un genre de panique, même, comme s'il s'étonnait lui-même de son audace. Il reprend, se justifie :

— En tout bien tout honneur, évidemment. C'est simplement que… vous êtes la seule personne que je connaisse, ici. Et que je déteste manger seul au restaurant. Nous pourrions joindre nos deux solitudes, le temps d'une soirée ? Partager un plateau de fruits de mer, si cela vous dit ?

Amélie sourit. L'argument final éveille déjà ses papilles. Ce n'est pas une invitation à un rendez-vous galant. Mais c'est tout de même un client. Pour autant, elle accepte. Parce que, pour une fois, il sourit un peu, et parce qu'elle se dit qu'elle en apprendra peut-être plus à son sujet.

Flash-back

Le traitement que tu suis fait de toi une femme ménopausée avant l'heure. À trente ans, tu connais les bouffées de chaleur, les sueurs nocturnes et autres désagréments. Mais tu supportes plutôt bien. Même la chimio, qui ne te fatigue pas plus que ça et qui, en effet, ne fait pas tomber tes cheveux. Tu travailles normalement.

Tu attends la prochaine IRM avec un peu d'appréhension, mais l'espoir est là.

Vie d'Amélie

Ils sont convenus de se retrouver dans un restaurant qui donne sur la plage de Morgat, où l'on sert une cuisine gastronomique et des fruits de mer. Amélie en raffole. Sylvain détestait ça. Un peu fébrile avant de se rendre à ce drôle de rendez-vous, elle s'est demandé comment s'habiller pour l'occasion. A opté pour la simplicité. Un pantalon noir, un chemisier vieux rose. Pas de robe. Rien de trop sexy qui pourrait laisser entendre qu'elle souhaite le charmer. Elle n'arrive pas à qualifier ce rendez-vous. Ce n'est pas un repas d'affaires. Ce n'est pas un rendez-vous galant. Ils ne sont pas non plus amis. Elle n'attend pas grand-chose de ce dîner, si ce n'est passer un bon moment. Si tant est que Jacques Le Gall s'ouvre et sourie un peu. Elle craint d'être gênée. Par la situation inédite, d'abord. Et par l'attitude de son interlocuteur. Et s'il ne parlait pas ? Elle ne peut pas s'empêcher de se demander pourquoi il l'a invitée, en réalité. N'y a-t-il que cela, partager un repas à deux sans arrière-pensée ?

Lorsqu'elle arrive dans le restaurant, il est déjà là. Il se lève, l'accueille avec un sourire plus grand que d'habitude et lui indique son fauteuil. Il a mis un jean et une chemise. Pas de cravate, pas de costume. Elle en est soulagée. Lui dit bonjour. Ne lui serre pas la main. S'assoit.

— Je suis content que vous ayez accepté de venir.

Car j'ai bien conscience que vous pouviez trouver cela *déplacé.*

— Je dois avouer que je n'ai pas pour habitude de dîner avec mes clients.

Elle n'ajoute pas « surtout un homme seul », mais le pense très fort. Elle note qu'il a dit « Je suis content ». C'est la première fois qu'elle l'entend prononcer des mots pareils.

— Je comprends. C'est normal.

Il lui demande ce qu'elle souhaite prendre en apéritif, elle étudie la carte, ils restent un moment silencieux. Sont un peu gênés, évidemment.

— Je ne vous vois plus, au banc…, glisse Jacques en guise d'introduction.

— Ah. Oui, c'est vrai. Je vis entre deux logements et, en ce moment, je reste plutôt à Quimper.

Elle ne précise pas que c'est plus facile pour ses sorties, sa vie de patachon.

— J'ai un peu de mal à supporter la solitude, avoue-t-elle.

— Je comprends. Je suis confronté au même problème, à vrai dire. Je sais ce qu'il en est. Surtout dans cette grande maison… surtout l'hiver.

Ils évoquent la basse saison, le retour prochain des touristes, la vie qui va ranimer les lieux.

— Vous devez vous demander pourquoi j'ai acheté une si grande maison alors que je vis seul comme un ermite.

Amélie sourit en guise d'approbation. Il lit dans ses pensées. Elle est tout ouïe.

— Il y a plusieurs raisons. La première, c'est que j'ai beaucoup d'argent et qu'il faut bien que j'en fasse quelque chose… donc j'investis régulièrement dans des biens immobiliers. J'étais à la tête d'une grosse entreprise, que j'ai vendue. Bref. Pour ce qui est de cette maison, particulièrement… Il se trouve que mon père était officier dans la marine, à Brest, et que nous venions souvent en week-end et en vacances ici, à Morgat, quand j'étais jeune. Ma mère aimait beaucoup cette station balnéaire. Souvent elle regardait les villas. Elle rêvait d'en avoir une, un jour. Et je crois que celle-ci l'intéressait particulièrement. Mais elle n'était pas à vendre. Et de toute façon, mon père n'aurait jamais accepté. C'est lui qui tenait les cordons de la bourse ! Et il n'était pas du genre généreux.

Amélie sourit. Elle s'imagine ce couple comme il y en avait tant. Un homme autoritaire, une femme dévouée dans l'ombre.

— Alors vous avez acheté cette maison pour votre mère ?

— En quelque sorte. Elle n'est plus de ce monde.

— Je suis désolée.

— C'était il y a longtemps, dit-il comme pour l'excuser. Mais, oui, d'une certaine manière, je l'ai achetée en hommage à son rêve. Peut-être le sait-elle, de là-haut.

Amélie sourit. Elle se demande si son père la voit, de là-haut. Ce qu'il pense de ce dîner, du tour qu'a pris sa vie. Elle se demande si c'est le décès de la mère de son client qui l'a rendu triste à ce point, ou s'il y a *autre chose…* Amélie se pose de nombreuses questions au sujet de Jacques Le Gall. Son père est-il toujours en vie ? A-t-il des enfants ? Pourquoi se rend-il sur leur banc si souvent ? Mais elle n'ose pas l'interroger.

— C'est beau, se contente-t-elle de dire.

Ils passent un agréable dîner. Partageant un délicieux plateau de fruits de mer. Parlant de tout et de rien, de la presqu'île, de cinéma, de cuisine, de bonnes adresses. Mais d'eux, pas vraiment. Une conversation de surface. Une conversation *pour faire plus ample connaissance*. Où l'on respecte une certaine distance, où l'on ne s'épanche pas. Contre toute attente, Jacques Le Gall se montre plutôt ouvert et chaleureux. Il paraît heureux d'être là, avec elle. Pour elle ou simplement d'avoir quelqu'un à qui parler ?

À la sortie du restaurant, il la raccompagne à sa voiture. Elle y voit, comme en toutes choses chez lui, les marques d'une bonne éducation.

— Merci, monsieur Le Gall, j'ai passé une agréable soirée.

Il sourit de satisfaction et la quitte sur ces mots :

— Plus de monsieur Le Gall, je vous en prie. Appelez-moi Jacques.

Vie d'Amélie

Ne vous observez pas trop vous-même. Ne tirez pas de conclusions trop rapides de ce qui vous arrive ; laissez-le simplement vous arriver.

R.M. RILKE, *Lettres à un jeune poète*

Le lendemain du dîner avec Jacques Le Gall, Amélie retrouve Gaëlle, Gaspard et Thomas pour un bowling. Ils ont tellement sympathisé tous les quatre qu'ils se retrouvent pour des soirées *off* qu'ils organisent seulement pour eux. Elle a du mal à se l'expliquer, mais entre eux tout a été évident dès le début, amicalement parlant. Une espèce d'alchimie. Une longueur d'onde commune. Il y a des coups de foudre amicaux comme il y a des coups de foudre amoureux.

L'évidence amicale s'est surtout imposée avec Gaspard et Gaëlle. Avec Thomas, c'est un peu différent. Cela a des airs d'amitié, mais c'est plus complexe ou plus subtil. En tout cas cela interpelle Amélie. Il y a des regards furtifs qui pourraient signifier une envie de plus. Des gestes, aussi. Une main qui se permet d'effleurer, sous couvert de maladresse. Un contact plus appuyé au moment de l'aider à lancer sa boule. Des rires partagés. Une complicité immédiate. Du désir qui naît, dans ses entrailles. Des sensations électrisantes qu'elle avait oubliées. Et cette cohorte de questions qui tourmentent avec délice. Est-ce que je lui plais ? Est-ce qu'il pourrait avoir envie d'être avec moi ? Est-ce que je suis prête ?

Jeudi soir, ils se verront en tête à tête. Pour la première fois. Ils ont bloqué la date quand il le lui a proposé par texto. En attendant cette soirée, le trac monte un peu. La fébrilité. L'envie et la peur, mêlées.

C'est ce qu'Amélie explique à Julie, le lendemain. Julie qui applaudit aux récentes avancées de son amie. Le récit de son dîner avec Jacques Le Gall (enfin, Jacques, mais elle a du mal à s'habituer, ça reste un client...) et de la soirée bowling l'a enchantée.

— J'ai comme l'impression qu'il y a quelque chose qui se débloque !

Amélie oscille entre satisfaction et crainte. N'arrive pas à se réjouir pleinement. Est empêtrée dans ses peurs. Tout est si nouveau, pour elle. La dernière fois, elle avait dix-sept ans.

*

Elle retrouve Thomas dans un pub, à l'extérieur du centre-ville. Ils ont préféré. La meilleure stratégie pour éviter de tomber sur des connaissances. Elle a mis une robe, cette fois. Sobre et pas trop courte, mais une robe. Avec un petit décolleté, joli mais pas plongeant. Qui laisse suggérer, mais ne montre rien. De toute façon, Thomas a déjà dû la scanner, depuis le temps qu'ils passent des soirées ensemble.

Ils se sont perchés sur des chaises hautes, à une table haute, ont commandé une pression chacun. Il la regarde et sans doute qu'elle rougit, là, sous les lumières tamisées du pub. Peut-être à cause du désir qu'il lui inspire. Dès qu'elle est près de lui, il se passe quelque chose dans son corps qu'elle n'a plus connu depuis longtemps. Elle s'oblige à n'en rien laisser paraître. Vise le naturel, se concentre sur l'amitié. Essaie d'oublier comme Thomas a du charme. Tente de le résumer à un bon copain, simplement un peu trop à son goût. Elle aime plus que tout son sourire. Et sa conversation. Tout ce qui se dégage de lui. Une assurance sans prétention. Il est posé là, serein. Il la regarde avec bienveillance. Dans ses yeux noisette, elle se sent intéressante. Et jolie, aussi. Ils discutent. Ils rient. Elle aime son humour. Et elle a toujours été bon public. Alors oui, elle rit beaucoup. Thomas la scrute tout à coup avec sérieux, puis ajoute :

— J'adore ta joie de vivre.

— Ah, se contente-t-elle de dire.

— C'est ce qui m'a marqué tout de suite, la première fois que je t'ai vue. Ton côté pétillant. Ce n'est pas qu'une question de bonne humeur apparente, c'est plus profond. Tu es solaire, je crois.

Pétillante, solaire... Ses mots sont des plumes qui caressent son cœur. Comme cela fait du bien d'entendre ça. Comme c'est bon. Et puis, cela sonne comme une vérité qui pourrait tout à fait rester dans le cadre amical. Thomas ne la drague pas. Il lui dit ce qu'il pense d'elle avec franchise et sincérité. Elle ne voit pas en lui le mec qui flatte pour mieux mettre dans son lit. Elle voit un homme qui discute avec une femme et lui fait comprendre qu'elle l'intéresse. Tout simplement, sans pression ni surenchère. Sans impatience. Et ça lui plaît.

Pour ce soir, ils en resteront là. Chacun regagnera sa voiture. Il n'y aura pas de baiser échangé, ni même aucune certitude qu'il y en aura un, plus tard. C'était juste une soirée entre amis, une soirée à deux pour, peut-être, un jour se rapprocher.

Vie d'Amélie

Deux nouvelles semaines ont passé. Deux semaines qui ont permis l'achèvement des travaux dans la maison de mémé Corentine. Deux semaines qui ont vu Amélie et Thomas se rapprocher sans jamais s'effleurer, dans une sorte de parade nuptiale discrète et subtile. Deux semaines lors desquelles Amélie a croisé Jacques à plusieurs reprises.

Premier week-end dans la maison nouvellement aménagée. Un samedi avec Victor, à Morgat. De sombre et spartiate, la maison est devenue claire et confortable. Un petit cocon d'amour pour Amélie et son fils. Et son rêve d'une maison vue sur mer un peu plus réalisé. Elle est ici chez elle pour quelques années.

Le printemps s'est bel et bien installé. Avec les beaux jours, et le soleil qui commence à réchauffer la terre, la nature renaît. Amélie s'est attaquée avec bonheur au jardin. A défriché, bêché, désherbé, préparé des plates-bandes, semé, planté. Elle aime ça, travailler la terre, y plonger les mains, imaginer des espaces fleuris, aller acheter ce qu'il faut, revenir avec des plants, les répartir par couleurs, par périodes de floraison. Le jardinage lui vide la tête. C'est une façon d'être bien avec soi-même, de vivre l'instant présent. Et puis, après, il y a la satisfaction du résultat. Elle veut redonner vie et beauté au jardin abandonné.

Avril est là. Une année s'est écoulée depuis la *fameuse* IRM. Un an, un cycle, quatre saisons. Les dates anniversaires sont souvent pour Amélie l'occasion de retour en arrière, de bilan. L'attente de l'IRM, le stress, le soulagement, et tout ce qui s'est ensuivi depuis. Elle vient d'ailleurs d'effectuer de nouveaux examens : la maladie s'est stabilisée, les nodules ont encore légèrement régressé, un jour son traitement hormonal sera suspendu. Elle n'aura plus aucun traitement. Elle appréhende déjà. Mais pour l'instant, on n'y est pas.

Amélie mesure tout le chemin parcouru depuis un an. Visualise en film l'année écoulée. Les grandes étapes, son mal-être paradoxal, la séparation, son début de vie « en célibataire », la solitude. Jacques. Thomas. Deux hommes qui l'accompagnent, en ce moment, chacun à sa manière. En Jacques, elle perçoit le père qu'elle n'a plus. En Thomas, l'homme qu'elle voudrait avoir. *Avoir*… le mot est sans doute mal choisi. L'homme qui l'attire et avec qui elle aime discuter. L'homme avec lequel elle aimerait bien faire un bout de chemin. De toute façon, elle ne voit pas très loin. Elle n'a pas de grandes ambitions amoureuses. Pas tout de suite. Elle voudrait juste être avec quelqu'un de bien. Partager, s'apporter mutuellement, se laisser aller dans une relation douce et respectueuse. Elle ne cherche pas un nouveau mari. Ni même le deuxième homme de sa vie. Elle ne rêve pas de vie commune. *A posteriori*, cela ne représente plus un idéal pour elle. Finalement, la vie à deux, cela sécurise, mais c'est enfermant. À la fin, on étouffe. Tout s'éteint. La joie de se retrouver, le désir, et même l'amour. Du moins, en général. À moins d'avoir trouvé sa vraie moitié. Comme ses parents, comme les couples chanceux… comme elle, un jour, elle espère.

*

Victor s'est de nouveau donné la mission de construire une forteresse. C'est fou comme les enfants savent ne pas se lasser, regarder le même dessin animé dix fois de suite, manger le sempiternel steak-frites au restaurant… avec le même plaisir que si c'était la première fois.

Ils sont sur la plage de Morgat. Le château est construit. Amélie s'est assise sur le sable pendant que Victor entame le siège du château. La bâtisse et ses habitants sont cernés par une armée de chevaliers braillards.

Amélie rêvasse. Elle pense à sa vie. Comme toujours. Trop d'introspection, peut-être. Trop de questionnements. Si elle n'était pas si compliquée, elle est persuadée qu'il se serait passé quelque chose, avec Thomas. Elle aurait envoyé un signe, il aurait compris et tenté. Mais là, rien. Elle n'ose pas. Elle sait bien pourquoi, mais elle recule le moment où il faudra en parler. Et pour ça, elle a besoin d'être sûre que Thomas est prêt à l'entendre et que cela ne changera rien à ce qu'il souhaite avec elle. Elle cherche en lui la confiance qu'elle peut lui accorder.

Elle pense à Jacques, aussi. Il est peut-être chez lui, là, à deux pas de la plage. Elle aperçoit d'ici le pignon de sa villa. Elle apprécie de plus en plus sa compagnie. Une compagnie un peu déroutante, pourtant. Il est toujours aussi mystérieux. Même si elle l'appelle par son prénom, ils ont conservé le vouvoiement.

Elle se décide à lui envoyer un SMS : *Nous sommes sur la plage. Cela vous dit de nous rejoindre ?*

Jacques répond immédiatement. *J'arrive.*

Cinq minutes plus tard, il est là, posé près d'elle, à regarder la mer. À regarder Victor. Ou plutôt à *évi-*

ter de le regarder. Amélie perçoit une sorte de malaise. Croit déceler une larme au coin de son œil. Quand il se frotte les yeux, il n'y a plus de doute.

— Pardon, s'excuse-t-il. Je pensais que j'étais assez fort pour revoir votre petit bonhomme, mais non.

Amélie se tourne plus nettement vers lui, mais il fixe l'horizon, loin devant, la mer étale, une mer d'huile aujourd'hui.

— J'ai des petits-enfants. Mais je ne les vois plus.

Jacques s'arrête. Amélie ne sait s'il va poursuivre ou suspendre sa confidence. Tout à coup, elle réalise que Jacques a des enfants. Au moins un. Elle pensait plutôt qu'il n'en avait jamais eu. Soit par choix, soit par impossibilité. Et que c'était peut-être cela qui le rendait si triste. Elle attend la suite. Se tait pour laisser la place aux paroles, sans le brusquer. Mais au lieu de développer, Jacques se lève, s'excuse, il préfère rentrer, « c'est trop douloureux ». Et il part, sans qu'elle ait pu dire autre chose que : « Je suis désolée. »

Flash-back

Le traitement fonctionne : la tumeur ne grossit plus. Tu éprouves un soulagement intense. Tu repars pour trois mois. Au bout des trois mois, au moment où le docteur C. t'annonce la fin de la chimiothérapie, tu le supplies de continuer : tu as trop peur que ce soit la seule Navelbine qui ait permis la réussite de ton traitement. Il t'accorde un mois de plus, avec un sourire. Au bout du compte, tu auras bénéficié de sept mois de chimio.

Vie d'Amélie

Amélie se gare devant la villa de Jacques. Les travaux sont presque finis. Elle vient faire le point pour la dernière tranche. Ils ne se sont pas revus depuis samedi, sur la plage. Elle se sentait si mal, après, qu'elle lui a envoyé un message, le lendemain : *Je suis encore une fois désolée, Jacques. Si un jour vous voulez m'en parler... Cela pourrait vous faire du bien ?* À la réflexion, elle s'était trouvée un peu trop audacieuse, mais le message était déjà parti.

Et elle est là, garée devant chez lui, vaguement sur ses gardes. Mal à l'aise. Elle sonne, grimpe les marches du perron, attend qu'il lui ouvre. Quelques secondes après, il se tient devant elle, avec un demi-sourire. Celui qui dit que tout va bien et qui la rassure. Le demi-sourire habituel. Qui dit aussi qu'il est content de la voir. Elle entre, se dirige vers la cuisine où ont été effectués les derniers aménagements.

— C'est chouette ! Cela vous plaît ?

Elle adore. Mais lui ? Il acquiesce.

— Je vous sers un café ?

Il pose la question, mais connaît la réponse. Ils ont tous les deux pris des habitudes, lorsqu'elle vient. Il lui prépare une tasse, et pour lui aussi. Ils s'assoient à la nouvelle table.

— Ils ont fait du bon travail, ajoute-t-il en balayant la cuisine du regard.

Amélie approuve. Elle tempère son enthousiasme pour ne pas qu'il paraisse exagéré à son client, mais pour sa part, elle trouve l'ensemble particulièrement harmonieux et réussi.

— Je suis désolé, pour l'autre jour.

— C'est moi qui suis désolée.

— C'est un sujet sensible.

Il avale une gorgée de café, marque une pause et ajoute, les yeux dans le vide :

— Je ne sais pas trop comment vous me voyez…

Amélie se crispe un peu. Imagine une question piège. Se demande ce qu'il va lui dire.

— La vérité, c'est que je ne suis qu'un con.

Amélie ne masque pas sa surprise pour le mot choisi. Jacques n'a jamais juré d'une quelconque manière devant elle.

— Demandez à mon ex-femme ou à mes enfants. Ils vous diront tous la même chose : je ne suis qu'un gros con.

— Excusez-moi, Jacques, mais j'ai du mal à le croire.

— C'est parce que vous ne faites pas partie de ma famille. Que nous n'avons aucun devoir l'un envers l'autre. Que vous n'avez rien à me reprocher… pour l'instant.

— J'ai comme l'impression que vous m'en avez trop dit, ou pas assez.

— J'ai été un mari absent, un père absent. Vraiment absent. Je travaillais comme un dingue. Je ne comptais pas mes heures, je n'écoutais pas ma fatigue… Je me dévouais au dieu Travail corps et âme. Ma femme ne l'a plus supporté. Elle a trouvé un réconfort, puis une présence ailleurs. Elle est partie avec les enfants. Ma fille, aujourd'hui, a votre âge. Cela fait des années qu'elle ne m'adresse plus la parole. Elle a coupé les ponts à la fin de l'adolescence. Elle s'est mariée, a eu deux enfants. Et je ne les connais pas. Mon fils a composé avec un père à temps plus que partiel. Il n'a pas voulu me faire payer sa rancune et ses frustrations d'enfant. On a réussi à garder de bonnes relations. Il a eu deux enfants aussi, Léa et Titouan, que j'adore.

Amélie attend la suite, le moment où le problème survient, celui qu'annoncent déjà les yeux embués de larmes de Jacques.

— Malheureusement, nous nous sommes fâchés l'automne dernier. Et donc… moi qui espérais que cette maison prenne vie avec les cris des enfants de mon fils, je me retrouve dans une solitude insupportable.

— Fâchés ? À ce point ? La plupart des conflits peuvent se résoudre… Il doit bien y avoir une solution pour renouer avec votre fils.

— Je n'en suis pas certain. Je ne le comprends pas, et il ne me le pardonne pas… Je crois que la situation est bloquée. Je vous le dis : je vais finir comme un ours dans sa grotte, ici. Seul. Et je l'aurai bien mérité.

— C'est donc pour ça que je vous ai toujours trouvé malheureux…

Jacques hoche la tête.

— Je me suis battu toute ma vie pour réussir. J'ai amassé de l'argent. Je croyais construire du solide, mais je détruisais tout sans m'en rendre compte. Je croyais faire le bonheur de ma famille, mais non… Résultat : je n'ai rien. Il me manque le principal : l'amour des miens. Je peux tout avoir, si je veux… mais je ne pourrai pas acheter leur reconnaissance ou leur pardon. J'enfonce des portes ouvertes avec des lieux communs, mais vous voyez ce que je veux dire…

— Je vois très bien, oui.

— Un jour, j'ai voulu renouer avec ma fille. C'était avant son mariage. J'ai été maladroit, j'ai proposé de l'aider financièrement. Elle m'a juste dit : « Je m'en fous de ton argent. Garde-le. De toute façon, tu as toujours eu un portefeuille à la place du cœur ! » Et le pire, dans tout ça, c'est que je ne suis pas sûr qu'elle ait tort. J'ai subvenu à ses besoins, quand elle était petite… J'étais fier de moi et content pour elle quand elle avait ce qu'elle voulait. Mais qu'est-ce que je lui ai apporté, au fond ? Vraiment. En tant que père, pas en tant que… banquier. Je suis passé à côté de mes enfants. J'ai négligé ma femme. J'ai perdu ma famille… Je n'ai pas su les retenir.

Jacques s'essuie les yeux en s'excusant.

— Et… C'est indiscret de vous demander le sujet de votre brouille, avec votre fils ?

— Ce n'est pas indiscret, mais… c'est trop tôt. J'ai honte. J'ai peur de votre jugement.

Amélie hausse les épaules. Son jugement ? Jacques la touche avant tout.

Et à ce moment-là, elle réalise : il a autant du père qu'elle n'a plus, qu'elle a de sa fille disparue de sa vie.

Vie d'Amélie

Il y a partout beaucoup de beauté.

R.M. Rilke, *Lettres à un jeune poète*

Nouveau samedi sans Victor.

Amélie ne s'y habitue toujours pas. Le vendredi matin, devoir laisser son fils à l'école et se dire qu'elle ne le reverra qu'une semaine plus tard reste difficile. Souvent elle remonte dans sa voiture et se met à pleurer. Cela soulage même si cela ne change rien. Puis elle part travailler. Puisqu'il le faut bien, puisqu'elle l'a choisi. Elle n'oublie pas sa responsabilité.

Sylvain, lui, a trouvé son équilibre. Avant elle qui a toujours l'impression de marcher sur un fil. Peut-être est-ce lié au fait qu'il a gardé la maison, que toute sa vie n'a pas été entièrement bousculée, qu'il a conservé ses marques, ses habitudes à domicile. Même s'il en a pris d'autres, a dû faire appel à une étudiante pour récupérer Victor le soir après l'école et s'occuper de lui jusqu'à son arrivée. De ce qu'elle sait, il se serait un peu calmé sur les rencontres éphémères.

Aujourd'hui, Amélie retrouve Jacques à Camaret. Ce soir, elle verra Thomas.

Lorsqu'elle arrive au parking de la pointe de Pen-Hir, Jacques s'y trouve déjà. Ils ont prévu de marcher. D'effectuer une boucle, une variante plus courte du tour de Camaret. La grande croix de Lorraine impose sa stature, à l'ouest. Avant d'entamer leur marche, tous deux se dirigent vers elle. Ils lisent le message en français pour les Bretons de la France libre. Et celui en breton : *Kentoc'h mervel eget em zaotra* (= Plutôt la mort que la souillure). Il y a aussi le célèbre vers de Baudelaire : « Homme libre, toujours tu chériras la mer. » Ils lisent cela en silence, puis leurs regards se tournent vers les fameux Tas de Pois, au bout de la pointe. Le vent souffle assez fort ici. Le paysage n'est que rochers et herbe rase. Ni arbres ni lande de ce côté. La côte est sauvage, brute, extrême, battue par le souffle du ciel. La mer s'agite en contrebas. Noire, aux reflets d'un bleu profond, avec de l'écume en surface, à force de se fracasser sur les rochers. C'est un pays d'eau, de pierre et de vent. Qui ne cesse de se métamorphoser, selon les marées, le ciel, les nuages. La lumière n'est jamais la même, les paysages non plus. Amélie sourit. La beauté lui fait du bien. L'air la vivifie. Le bonheur d'être ici se diffuse dans ses veines.

Ils prennent le chemin côtier vers la gauche, contournent la pointe en passant près de la borne 1000 kilomètres du GR 34, à la moitié des 2000 kilomètres du sentier qui s'étend de la baie du Mont-Saint-Michel à Saint-Nazaire. Puis ils se dirigent vers la plage du Véryac'h surplombée par la lande, et les falaises plus loin, là-bas.

Durant leur marche ils parlent peu. Ou seulement de ce qu'ils voient. De la chance qu'ils ont de vivre ici.

Alors qu'ils approchent du terme de leur petite randonnée, Jacques pose une question qui tombe *comme un cheveu sur la soupe*, expression fétiche pour la mère d'Amélie :

— Au fait, tu ne m'as pas dit… Et l'écriture ?

Amélie note le tutoiement qui s'invite entre eux parfois (surtout chez lui), assez naturellement à mesure qu'il perd son statut de client et devient un *ami*. Amélie pousse une sorte de soupir. Elle y a réfléchi, mais ça n'a rien donné. Pas d'inspiration. Elle lui raconte son adolescence, ses trouvailles chez sa mère, sa tentative de poème. Son ratage complet. Son incapacité ou son *in-volonté* d'écrire sur elle. Pas envie de creuser certains sujets. Son esprit est déjà bien assez encombré. Et puis elle n'a pas envie d'être un *sujet* d'écriture. Elle voudrait faire sortir d'elle quelque chose qui ne serait pas elle, accoucher d'un texte original, loin de sa vie. Un roman de pure fiction. Mais elle se sent vide d'inspiration.

— Tu vois peut-être trop grand ?

— Ah, tu crois ?

— Un roman ! C'est sacrément ambitieux. Tu pourrais commencer par des nouvelles. Ou bien… Tiens ! Pourquoi ne t'inscrirais-tu pas tout simplement à un atelier d'écriture ? Cela te permettrait de t'y remettre tranquillement, en douceur et sans enjeux. D'écrire pour le plaisir, avec d'autres. En loisir.

Amélie repense à la couture. Peut-être que l'écriture lui irait mieux.

— On dirait que tu t'y connais, remarque Amélie.

— Ma sœur de Paris a pratiqué, il y a quelques années. C'était à la fois intéressant et très sympa. Il y a toutes sortes d'ateliers. Tu devrais regarder ça de près.

Amélie le regarde avec étonnement.

— Mais pourquoi veux-tu absolument que j'écrive ? Ce n'est pas la première fois que tu m'en parles…

— Je ne sais pas. Une évidence. Je ressens un truc. L'autre nuit, j'ai rêvé que tu étais dans une librairie. Tu dédicaçais des livres.

Amélie éclate de rire.

— Et tu as souvent des visions, comme ça ? Parce

que ça m'intéresse, si tu veux tout savoir. Pour ma vie sentimentale, par exemple !

Elle rit. Et pour la première fois depuis qu'elle le connaît, Jacques se met à rire, lui aussi.

Vie d'Amélie

Après la petite randonnée sur le chemin côtier qui lui en a mis plein les yeux comme à chaque fois, Amélie est passée à son appartement prendre une douche et s'habiller pour la soirée. Thomas l'a invitée chez lui. Une nouvelle étape. Le stress la gagne. Il ne s'est pourtant rien passé. Et il pourrait ne rien se passer de plus. Mais ce sont les possibles qui la rendent *traqueuse.* Être chez lui, en territoire intime, sans personne d'autre. Avec un canapé, un lit à proximité...

Elle toque à la porte d'une jolie maison, modeste mais d'emblée chaleureuse. Il lui ouvre, tout sourire. Et, aussi étonnant soit-il, elle se sent immédiatement rassurée. Oui, Thomas dégage quelque chose de rassurant. De sûr et de fiable. De gentil (dans le plus noble sens du terme). La peur s'éclipse, la confiance s'impose.

Elle entre, découvre une pièce de vie agréable, une table dressée pour deux, simple, mais soignée. Pas de bougies qui donneraient à cette soirée un tour trop romantique. Des odeurs délicieuses s'échappent de la cuisine, flottent dans l'air et invitent déjà à la rêverie des papilles.

Amélie laisse ses yeux s'attarder sur la pièce, un espace salon cosy doté d'une bibliothèque immense l'attire suffisamment pour qu'elle s'en rapproche afin de satisfaire sa curiosité. Que lit un professeur d'histoire-géo ? Elle détaille les étagères, découvre des livres en rapport avec sa double spécialité, bien sûr, beaucoup d'ouvrages sur la Bretagne, et des romans. Surtout des policiers. Amélie sourit. Ils n'ont encore jamais vraiment parlé lecture, tous les deux.

— Qu'est-ce que je te sers ? lui demande Thomas avec un sourire.

Un verre de vin sera parfait. Il l'invite à s'asseoir dans le salon. Elle s'exécute, malgré la vague de trac qui la submerge à nouveau. Profite qu'il est dans la cuisine pour essayer de se calmer grâce à des techniques de respiration. Elle a l'impression d'avoir quatorze ans. D'être une ado sans expérience, terrifiée à l'approche de son premier baiser dont elle se fait une montagne. D'être une débutante en amour. C'est tout bonnement ridicule.

Thomas revient, un plateau bien rempli dans les mains. Il leur sert du vin, un quincy prometteur, ils trinquent. Se dévisagent, comme s'ils cherchaient à se sonder mutuellement. L'apéritif débute dans la simplicité. Ils parlent lecture, romans, légendes celtiques. Amélie en oublie son trac. Elle a retrouvé le Thomas amical, intéressant, dont elle ignore les intentions. Ce dîner chez lui montre peut-être – ou certainement – qu'il aimerait aller plus loin avec elle. Mais la sérénité sans ambiguïté qu'il affiche pourrait l'en faire douter.

Ils passent à table. Font honneur à l'entrée. Un tartare de dorade au poivre de Timut à tomber.

— Je suis bluffée ! Tu m'avais caché ce talent !

— Et tu n'as pas tout vu.

Amélie le scrute, cherche à deviner s'il n'évoque que la cuisine ou si c'est un sous-entendu plus… Son sourire la ferait pencher pour la seconde option, elle rit.

— Prétentieux ! s'exclame-t-elle.

Le regard de Thomas change de nuance, devient plus grave. Comme si c'était le moment du renversement, le point de bascule d'amis qui se cherchent un peu à potentiels futurs amants. Ce qu'il ajoute le prouve dans la seconde :

— Il paraît que j'embrasse très bien aussi…

— Arrête… C'est très gênant.

Thomas éclate de rire. C'était une boutade. Une boutade qui cherche à tester l'autre, à évaluer son degré de réceptivité. Amélie, troublée, ne sait plus trop quoi dire ni quelle attitude adopter. D'autant que cette phrase et les images qu'elle a fait naître dans son esprit ont ouvert la porte au désir, dans son ventre.

— Tu me plais, Amélie.

Il a prononcé ces mots avec un grand sérieux et un regard qui achève de la troubler. Elle sourit bêtement. Ose murmurer : « Toi aussi. » N'ajoute pas le « mais… » qui lui brûle les lèvres. Il y aura toujours un « mais ». Peut-être est-ce le bon moment pour le dégommer, là, ce soir. Thomas sourit. Se lève. Récupère les assiettes et se dirige vers la cuisine. Comme pour lui laisser le temps de s'en remettre. Ou pour créer un suspense. Amélie inspire profondément.

Thomas revient assez vite, avec le plat. Un curry rouge de crevettes façon thaï, au lait de coco parfumé à la citronnelle et toutes sortes d'épices. Un véritable délice. Ils mangent dans un silence ponctué de sourires, entre dégustation et montée du désir. Puis la discussion revient. Une discussion sérieuse, où il lui rappelle qu'il sort d'une relation compliquée, d'une séparation douloureuse. Il n'est pas prêt pour une grande histoire. Il ne veut pas retomber amoureux. C'est trop tôt. Mais… Amélie lui plaît et si elle est d'accord, ils pourraient entamer une jolie histoire. Quelque chose de simple, de pas engageant, partager de bons moments, se faire du bien, au jour le jour. Sans prise de tête. Il dit tout cela avec la franchise et le calme qui le caractérisent. Et un air qui dévoile sa crainte que cette sorte de contrat déplaise à Amélie. Alors que c'est tout le contraire. Alors que c'est exactement le type de relation qu'elle souhaitait, après Sylvain.

— Ça me va, répond-elle simplement, après son exposé.

— Vrai ?

Un large sourire éclaire son visage. Il ne devait pas y croire.

— On est exactement sur la même longueur d'onde. C'est juste que… Il faudra que je te parle de quelque chose… mais pas maintenant.

— Ah…

Il la fixe comme pour tenter de comprendre ce dont il est question.

— Tu m'intrigues…, ajoute-t-il.

Amélie sourit. Un peu de mystère ne nuit jamais au rapprochement amoureux imminent.

Vie d'Amélie

Ils se sont embrassés. Sur le pas de sa porte. Au moment de se dire au revoir. Un long baiser pour ponctuer une belle soirée et ouvrir sur une histoire. Même une petite, une courte, une sans beaucoup de lendemains. Une histoire quand même. Pas un truc d'un soir.

Amélie est repartie les sens chamboulés. Thomas n'avait pas menti : il embrasse bien. À envahir son ventre de papillons. À avoir envie de recommencer. Et de rester, même.

Après une courte nuit, chacun chez soi, ils vont se retrouver pour passer la journée du dimanche ensemble. Elle lui a parlé de Morgat, d'une balade du côté du cap de la Chèvre. Il a voté pour. Ils avaient surtout envie de se revoir, d'être ensemble, de continuer à se découvrir. Une histoire simple et qui prend son temps.

*

Ils sont partis avec la voiture d'Amélie, ont procédé à une halte dans la maison de mémé Corentine, Thomas a validé les choix de déco et son talent, ils se sont posés dans une pizzeria face à la mer, puis ils ont repris la voiture pour aller se garer sur le parking du cap de la Chèvre, d'où partent plusieurs chemins de randonnée. Ils ont emprunté le GR 34 vers le nord, vers la plage de l'île Vierge, cette crique de Méditerranée en Bretagne, ce petit coin de paradis victime de son succès que l'on ne peut plus qu'apercevoir depuis le sentier. Thomas connaissait, bien sûr, il a même connu le temps où l'on pouvait aller partout sur la presqu'île de Saint-Hernot, sur la plage, sur les hauteurs de celle-ci, avant que tous les accès ne soient condamnés pour éviter les piétinements qui saccageaient l'endroit, mais c'était il y a longtemps.

Ils marchent, parlent, se tiennent la main dès que le chemin est assez large, s'embrassent souvent. Ils sont comme les jeunes amoureux, ils ont envie de contact permanent, de se toucher, de jouer avec le désir.

Amélie se sent délicieusement bien en compagnie de Thomas. Il ressemble à l'homme parfait, même si elle sait qu'il n'existe pas. Elle le trouve beau, cultivé, agréable, prévenant, drôle parfois. Elle n'aura sans doute pas le temps de faire connaissance avec ses défauts. Ni de se lasser. Ils sont en route pour une belle histoire, et elle se dit : « Surtout, ne tombe pas amoureuse. »

Elle a tellement confiance en lui qu'à sa question « Quand est-ce que tu me diras ce que tu n'as pas voulu me dire, hier soir ? » elle lui déballe tout. Avec pudeur, mais sans rien omettre. La cause, les conséquences, sa maladie, la tumeur, son souhait de le prévenir. Et comme elle s'y attendait, Thomas l'écoute avec une attention réelle, trouve les bons mots, ne panique pas, la rassure déjà. Elle ne doit pas avoir peur.

Et tout cela en rajoute à tout le bien qu'elle pense de lui. Tout cela la ramène plus fort à cette injonction : « Surtout ne tombe pas amoureuse de lui. »

Vie d'Amélie

Est-ce parce que plus rien ne s'y opposait ? Est-ce parce qu'aucun obstacle ne se dressait plus entre eux ? Après leur marche, ils se sont retrouvés dans la maison de Morgat et, rattrapés par le désir, ils ont fait l'amour là-haut, dans sa chambre face à la mer, en fin d'après-midi. Un moment intense, plein d'émotions. Et très réussi. Puis, debout, enroulés dans les draps, ils ont regardé la baie de Douarnenez par la fenêtre.

Ils ont improvisé. Décidé de rentrer le lendemain matin, avant ses cours au collège. Ils ont trouvé de quoi grignoter dans les placards. Thomas a fait du feu. Ils se sont installés au coin de l'âtre pour *dîner*. Heureux et sereins. Et encore pleins de désir.

*

Ce lundi, le sourire et les yeux pétillants d'Amélie ne trompent pas Loïc lorsqu'elle franchit la porte de l'agence.

— Oh, oh ! Toi, tu as des choses à me raconter ! Viens par là, qu'on prenne le café. Je veux tout savoir.

Ils s'installent dans l'arrière-boutique. Les yeux ronds de Loïc expriment la plus grande des curiosités. Il adore quand c'est croustillant. Comme Julie. Et cela fait des mois qu'ils attendent du neuf du côté de leur amie. Amélie raconte, tandis que Loïc la regarde comme dans un songe, la tête posée sur sa main.

— Et c'était bien ?

— C'était super.

— Je suis tellement content pour toi…, glisse-t-il, toujours rêveur.

— Merci. Bon, ne t'emballe pas, hein : ça ne durera pas.

Il fronce les sourcils, dubitatif, alors elle précise :

— On ne cherche rien de trop sérieux. Juste à passer du bon temps.

— Mais vous avez tellement raison ! Après une longue relation, c'est le moment d'en pro-fi-ter ! Et puis tu es tombée sur un mec bien, c'est génial !

L'enthousiasme de Loïc l'amuse. Elle avait oublié qu'il parlait avec les mains dans ces cas-là.

*

Julie est à peu près dans le même état que Loïc au récit des dernières aventures d'Amélie. Elle aussi est ravie pour elle.

— Et tu es sûre que tu ne vas pas tomber amoureuse de lui ? demande-t-elle, un peu soucieuse tout de même.

— Écoute, je ne sais pas si on peut maîtriser ses sentiments, mais ce qui est certain, c'est que je vais tout faire pour. J'ai essayé de paramétrer mon cerveau en mode « il est super, mais tu ne dois pas t'accrocher ».

— Je te souhaite que ça marche. Mais… qui vous dit que ça ne pourrait pas fonctionner, finalement, sur le long terme ?

— Aucun de nous n'a envie de se recaser tout de suite. Et pour lui, je fais office de relation pansement :

ce qu'il cherche avec moi, c'est surtout à oublier son ex et leur séparation compliquée…

— Et ça te va.

L'affirmation de Julie sonne comme une question et dénote sa perplexité. Elle n'y croit pas vraiment.

— Mais oui ! Parce que c'est exactement ce dont j'ai besoin aussi. Pas d'oublier Sylvain, mais de reprendre confiance en moi et en mon corps, tu comprends ? Et Thomas est pile la personne idéale, pour ça. C'est notre contrat, en quelque sorte : on s'apporte mutuellement, on se fait du bien. Et on aime passer du temps ensemble, avant tout.

— En gros, vous êtes des *sex friends.*

— Oh non, c'est plus que ça.

— Plus qu'une relation physique, mais moins qu'une relation amoureuse, si je résume…

— Voilà.

— Je vois… Fais gaffe quand même, ça pourrait être dangereux. Je ne voudrais pas avoir à ramasser ton cœur à la petite cuillère…

Flash-back

Avril.

Tu es tendue, au moment de passer une nouvelle IRM, deux mois après l'arrêt de la chimio. Et si la tumeur qui avait stoppé sa croissance avait repris des forces ?

Dans la machine, comme d'habitude, tu visualises tes noyaux tumoraux en train de se faire mitrailler. Les bruits infernaux de ton sarcophage y sont pour beaucoup. Pendant que l'imagerie te découpe en tranches dans les trois dimensions, toi tu imagines le massacre de ta tumeur. Ta manière à toi de passer ce moment sans trop paniquer. Une allégorie de la guerre que tu mènes.

Ta radiologue habituelle a une bonne nouvelle : si les deux autres noyaux sont à peu près stables, la tumeur principale a légèrement diminué. Quelques millimètres. Des millimètres d'espoir et de renaissance. Alors donc, c'est bien vrai, tu vas t'en sortir ?

Tu ne le sais pas encore, mais cette IRM a la forme d'un déclencheur… Elle signe, l'air de rien, le début du reste de ta vie.

Vie d'Amélie

Les vacances du printemps sonnent le retour des touristes, la moyenne saison. Il y a plus de monde sur les routes, plus de gens sur les plages et sur les sentiers. Les hôtels revivent, les restaurants font le plein.

Amélie a décidé de passer sa semaine de vacances avec Victor à Morgat. Ils alternent, selon la météo, entre balades à pied ou à vélo, plage, grands jeux et jeux de société. Le meilleur moment a sans aucun doute été celui où ils ont vogué toute une journée dans la baie de Douarnenez sur le voilier de Jocelyn, avec Hélène et les filles. C'était magique. Victor a adoré. Plus tard, il sera navigateur comme son tonton. Amélie se renseigne pour des cours de voile. Ils commencent à l'âge de huit ans. Victor devra patienter, c'est trop injuste !

Ils ont aussi passé une soirée chez Jacques, suivie d'une journée avec lui, à Brest, pour visiter Océanopolis. Entre Jacques et Victor, un lien s'est créé aussi. Un drôle de lien sans nom. Peut-être Jacques reporte-t-il ses frustrations de grand-père esseulé sur lui, mais Amélie laisse faire. C'est touchant, pour elle. Et pourquoi faudrait-il y trouver à redire ? Quand elle les regarde tous les deux taper dans le ballon ou construire un château de sable, elle imagine Victor avec son père à elle, lui qui n'a connu que la fille aînée d'Hélène, quand elle était bébé. Elle s'est souvent demandé quel grand-père il aurait été avec son petit-fils.

Jacques n'est pas son père et ne le remplacera jamais. Mais elle aime ce que leur relation devient, leur lien qui n'a pas de mot pour le qualifier, cette drôle d'amitié avec une génération d'écart. Parfois elle en oublie qu'il a été son client, tant il est plus à présent. Il est un ami qui ressemble à un membre de sa famille, qui pourrait être un oncle. Et tout ce qu'elle sait, c'est qu'elle ne tient pas à ce qu'il sorte de sa vie.

*

Et puis il y a Thomas.

Avec lui, elle passe de douces heures, une semaine sur deux. Ils se voient chez elle ou chez lui, sortent (mais moins qu'avant), dorment l'un chez l'autre, partagent des moments agréables et forts.

Amélie tente depuis le début de se convaincre qu'elle est solide, qu'elle est prête à ce que leur relation s'arrête. Elle connaît les règles. Elle s'efforce de ne pas s'accrocher. Et lui aussi, peut-être. Jamais un mot d'amour n'est prononcé. Ils sont dans le « au jour le jour », le bonheur de l'instant présent, cueillent à deux les plaisirs de la vie. Avec lui, elle se sent heureuse et incroyablement vivante. Surtout dans ses bras. Avec la sexualité, une sexualité complice, riche, plaisante, épanouie, l'existence accède à une autre sphère. Amélie avait oublié à quel point cela met de la vie dans la vie. À quel point elle avait laissé s'assécher son corps. Quel bonheur, quel plaisir, de constater son réveil, l'éveil de ses sens, sa puissance.

Elle se sent redevenue une vraie femme.

Vie d'Amélie

Et soyez joyeux et confiant.

R.M. RILKE, *Lettres à un jeune poète*

Sa relation avec Hélène s'est apaisée. Peut-être parce que celle-ci a renoncé aux reproches, peut-être parce qu'elle a fini par digérer leur séparation et constaté que Victor va bien, peut-être parce qu'Amélie s'est posée un peu, après sa crise existentielle, et qu'elle la *reconnaît* à nouveau. Elles ont eu toutes les deux une grande conversation à ce sujet, la dernière. Hélène avait eu cette phrase un peu malheureuse : « Toi qui étais si sûre de toi et de ton choix, admets au moins qu'à un moment tu ne savais plus où tu en étais et que c'était un peu le foutoir dans ta tête. » Et Amélie avait admis. À leur grande surprise à toutes les deux. Amélie avait admis, oui, que ça n'avait pas été aussi facile qu'elle le croyait, qu'elle avait douté. Et Hélène avait reçu cet aveu avec bienveillance. Puis elle avait convenu de sa réaction excessive, de ses torts (oui, Amélie a le droit de vivre comme elle l'entend). L'une avait reconnu un certain égoïsme, l'autre avait salué *a posteriori* son courage (il en fallait, pour tout quitter). Tout cela ressemblait fort à une réconciliation. De toute façon, les deux sœurs s'aimaient trop pour rester fâchées.

Son histoire avec Thomas, qui dure depuis plus

d'un mois maintenant, apporte à Amélie bien-être et sérénité. Pour autant, elle le tient à l'extérieur de la famille. Inutile de donner une existence à ce qui n'en a pas vraiment, ou à ce qui est voué à ne pas en avoir. Non qu'ils se cachent. Ils vivent leur histoire comme elle vient. Mais peut-être avec moins de légèreté. Au moins pour Amélie. Julie s'en est rendu compte, d'ailleurs. Elle l'a mise en garde : « Tu t'attaches… » Amélie s'est agacée du mot et du fond de vérité. Évidemment qu'elle *s'attache*… Comment pourrait-il en être autrement ? Thomas est si *parfait*, leurs heures à deux sont si intenses. Alors oui, elle s'attache. Involontairement. Elle ne sait pas trop quelle image associer à ce verbe. Elle voit parfois un cœur ligoté. Ou ses poignets liés à une corde amarrée à Thomas. Ou ses bras qui l'enserrent tout entier. Comme si elle s'accrochait à lui… Mais sans le dire, sans lui montrer.

Sauf qu'il n'est pas dupe. Il perçoit certains regards qui expriment trop. Qui tiennent du sentiment amoureux. Qui n'avaient pas leur place dans leur contrat initial, mais qui se sont frayé un chemin sans y avoir été invités. C'était le risque… Lui-même mentirait s'il prétendait ne rien éprouver. Il aime tout en Amélie, mais il n'est pas prêt. Ses blessures d'avant sont trop fraîches, son cœur n'est pas assez solide. Et puis il ne se voit pas se lancer dans une nouvelle et longue histoire, penser emménagement, vie commune, famille recomposée. Non, vraiment, ce serait trop tôt. Amélie perçoit peut-être les prémices de ses doutes, ses appréhensions. Il ne sait pas. Ils n'en parlent pas.

*

Amélie s'est finalement mise à l'écriture. Une sorte de journal intime où elle écrit en mode automatique, laisse ses idées et toutes ses pensées s'échapper, se déverser dans un carnet en cuir bleu. Quand elle en ressent l'envie, elle le saisit, ouvre son stylo et griffonne. Laisse courir les mots sur le papier. C'est parfois sans queue ni tête. Elle passe du coq à l'âne. Il n'y a aucun ordre, ni logique ni chronologique. Cela sort comme ça vient, de son cerveau à la mine du crayon. Ses états d'âme, ses questionnements, son rapport à son corps, ses sentiments. La vie. L'amour. Et l'écriture. La satisfaction qu'elle éprouve à écrire pour elle, sans but, sans enjeu.

Le bonheur des mots et rien d'autre.

Vie d'Amélie

Pensez (…) au monde que vous portez en vous (…). Ce qui survient en vous, au plus intime, mérite tout votre amour, il faut, d'une façon ou d'une autre, y travailler (…).

R.M. Rilke, *Lettres à un jeune poète*

— Je crois qu'il vaudrait mieux qu'on arrête.

Des mots en forme de bombe, juste après l'amour. Amélie a suspendu son sourire, s'est figée. A articulé un :

— Pourquoi ?

— Au fond de toi, tu sais pourquoi. Amélie… Tu sais comme je t'apprécie, comme j'aime les moments avec toi. Tu savais aussi qu'il y aurait une fin. De toute façon, il y a toujours une fin…

Amélie note le pessimisme désabusé de Thomas qui revient et qui prouve que ses blessures postséparation sont encore vives. Il poursuit sur sa lancée :

— J'avais posé des conditions, et on était d'accord, n'est-ce pas ?

Amélie opine avec gravité. Mais elle n'a pas aimé son « je t'apprécie ». Tellement amical, *euphémistique*, si en deçà de la réalité.

— On s'attache trop. Toi, surtout, peut-être. Mais moi aussi, sans doute, par rapport à ce que j'étais prêt à envisager. Et ce n'est pas bon. Je ne voudrais pas que ça finisse mal. J'ai peur, un jour, de te faire du mal. Parce que je ne suis pas prêt. Parce que, je te l'ai dit, je ne veux pas de grande histoire. Et je ne veux pas que ça le devienne. Que ce soit trop sérieux. Qu'on perde en légèreté. On avait dit que le meilleur, du bonheur, du plaisir partagé. Un jour, tu me reprocheras de ne pas t'aimer. Et je t'en voudrai pour tes sentiments.

— Il y a déjà des sentiments…

— Je sais. C'est pour ça…

— C'est pour ça que tu fuis…, constate Amélie avec amertume.

— Tu vois. Tu arrives à me faire des reproches. Comme si tu m'accusais de lâcheté, alors que c'est ce qui était entendu.

— Je sais que tu as raison. Pardonne-moi juste d'être déçue…

Il se retourne vers elle, lui caresse la joue avec bienveillance.

— Tu es une femme super. Tu as tout pour rendre un homme heureux. Et toute la vie devant toi. Alors prends le temps. Je suis sûr que tu rencontreras un jour celui qu'il te faut. Mais pas tout de suite. Parce que tu es comme moi : ce n'est pas encore le bon moment. C'est trop tôt.

— Merci…

— C'est sincère.

— Je sais…

Elle a un sourire triste. Quitte le lit pour ne pas faire durer ce moment difficile, ramasse ses affaires calmement malgré son cœur en miettes qui bat dans sa poitrine. Se rhabille en tremblant, sous les yeux désolés d'un Thomas en proie au doute.

Avant de partir, elle se tourne vers lui. Lui dit merci pour tout ce qu'il lui a apporté et qui n'est pas rien… Il la prend dans ses bras. Une dernière fois.

— C'était une jolie histoire, conclut-elle les yeux embués.

Vie d'Amélie

Amélie se retrouve dans son duplex, échouée comme un bateau sur la grève à marée basse. Anéantie. Choquée. Assommée par ses retrouvailles avec le mot *solitude.*

Elle n'a rien vu venir. Ou peut-être que si. Elle ne sait plus bien. Y a-t-il eu des indices ? Des mouvements de recul de la part de Thomas ? L'expression d'un doute, d'une volonté de clore leur histoire ? Pas vraiment. Et tout à l'heure, oui, c'était peut-être trop bien. Elle a peut-être montré trop de bonheur. Elle a peut-être flanché dans ses efforts pour ne pas s'accrocher. Laissé ses sentiments prendre le dessus, entrevoir trop d'investissement. Alors que cela fait des semaines qu'elle lutte et les réprime, tente de freiner, se réprimande. Finalement, malgré sa détermination à ne pas tomber amoureuse, elle a échoué.

Et Thomas a eu peur, voilà. Il a senti que c'était allé trop loin. Un décalage s'est produit entre eux. Et elle ne peut pas s'empêcher de ressasser ces questions : n'a-t-il pas aussi éprouvé des sentiments à son égard ? N'a-t-il pas eu peur lui-même ? De s'attacher, de souffrir, d'y laisser sa peau ? Le saura-t-elle un jour ?

Amélie pleure longtemps. Sur la fin de leur histoire. Sur cette relation déchue. Sur cet homme perdu. Thomas était si bien pour elle. Il cochait toutes les cases, comme disait Julie. Avec lui, elle se sentait femme, elle se sentait belle, elle se sentait intéressante. C'est lui qui l'a fait renouer avec son corps, avec sa sexualité. C'est son deuxième homme. Elle ne l'oubliera pas. Un jour, elle repensera à lui uniquement en mode positif. Pour l'instant, elle n'est que déception et souffrance. Elle lui en veut pour le mal qu'il lui fait.

La fin avait beau avoir été, dès le début, inscrite au programme, elle l'avait imaginée plus lointaine. Et de plus en plus incertaine, à vrai dire. Bien sûr qu'elle s'était attachée à lui plus que de raison. Se pourrait-il qu'elle soit vraiment tombée amoureuse ? Elle a si mal au cœur qu'elle en est tout à coup convaincue : elle aime Thomas. La fin de leur relation sonne comme la mort brutale de… De quoi, au juste ? D'un amour qui ne se disait pas ? D'un espoir ? De sa naïveté ? De ses illusions ? Il y aura un deuil à accomplir, en tout cas.

*

— J'ai mal…

Julie pose sa main sur la sienne et la regarde avec l'air le plus peiné du monde.

— J'avais oublié comme ça faisait mal, d'aimer et d'être quittée.

Julie la regarde avec étonnement. Tenterait bien une blague, du genre « Parce que tu t'es déjà fait lourder, au bac à sable ? », mais se tait. Elle l'avait craint et anticipé, elle l'avait mise en garde, en vain : Amélie était bel et bien tombée amoureuse dans sa relation « plus que physique, mais moins que sentimentale ». Elle a joué, elle a perdu. À présent, elle se lamente sur son sort. Ses yeux sont rouges, son mascara coule, elle a le visage défait, les cheveux en vrac. Elle n'a plus goût à rien. Elle ne rencontrera jamais quelqu'un d'aussi bien que Thomas. Il aurait pu être le bon. Amélie en oublie ses espoirs, ses principes, ses envies, son idéal d'une vie pleine de surprises. Ses contradictions, surtout. Elle est douleur. Et n'a plus foi en rien. Une loque.

— Tu savais depuis le début que ça n'allait pas durer...

— Mais ça ne devait pas se terminer comme ça..., gémit Amélie en reniflant.

— Je crois qu'il a bien fait. Plus tard, ça aurait été pire.

Amélie hausse les épaules. N'a pas envie de l'admettre. Julie la regarde d'un air désolé.

— Je fais pitié, hein ?

— Disons que tu as perdu en potentiel de séduction, résume Julie pour tenter de dédramatiser.

Amélie pouffe de rire à travers ses larmes.

— Tu voulais des surprises dans ta vie... Alors voilà. Forcément, il y en a des belles et des moins bonnes. Mais c'est ça, être vivant... Aimer, c'est prendre le risque de souffrir. C'est un package.

— Sauf que je n'étais pas supposée tomber amoureuse de lui.

— Je t'avais prévenue. C'était le risque de la mise de départ. Mais ça en valait la peine... La preuve : il t'a redonné confiance en toi, et tu as passé de très beaux moments avec lui. Tu en vivras d'autres, un jour, avec un autre... tu verras. En plus, tu ne voulais pas trouver le deuxième homme de ta vie, je me trompe ?

Amélie en convient. N'empêche : elle se sent mal, et seule, et désespérée.

Vie d'Amélie

Aussi (...) ne faut-il pas vous effrayer lorsqu'une tristesse se dresse devant vous, si grande que vous n'en avez jamais vu de pareille ; lorsqu'une inquiétude, telles la lumière et l'ombre des nuages, passe sur vos mains et sur tous vos actes. Vous devez penser qu'il vous arrive quelque chose, que la vie ne vous a pas oublié et vous tient dans sa main ; elle ne vous laissera pas tomber. Pourquoi voulez-vous exclure de votre vie toute espèce de trouble, de douleur, de mélancolie, quand vous ne savez rien du travail que ces états font sur vous ?

R.M. Rilke, *Lettres à un jeune poète*

Alors il faudrait aimer autant les épreuves que les bonheurs de la vie ? Pour ce qu'elles apportent, pour ce qu'elles rendent, aussi, vivant ? C'est vrai, il n'y a rien de tel que les émotions fortes pour se sentir pleinement en vie. Et pourtant, quand la souffrance est là, on ne rêve que d'une chose : qu'elle nous lâche et s'enfuie en courant. On cherche la paix de l'esprit, le silence du corps. Un peu de sérénité. Amélie s'interroge sur l'utilité de la souffrance. Peut-être est-elle une sanction, ou au moins une leçon. Il paraît qu'il y en a toujours une à tirer. De son histoire avec Thomas, Amélie retient avant tout la faiblesse de son cœur d'artichaut, la naïveté de s'être crue plus forte, le devoir qu'elle a de ne pas retomber dans ce genre d'histoire bancale. La prochaine fois, ce sera tout ou rien : du physique ou du sentimental, un engagement du corps ou du cœur (quoique dans ce cas le corps s'en mêle aussi, ce qui n'est pas désagréable). Mais elle ne retombera pas dans cet entre-deux bien trop dangereux, comme un funambule sur un fil qui ne doit pas tomber (amoureux). La prochaine fois, elle sera un corps ou un cœur. Et, *a priori*, vu la douleur du moment, plutôt un corps. Pas d'engagement, pas de sentiments.

*

Elle explique cela à Loïc, aussi. Lui connaît bien le phénomène. Du moins, il a du mal à tomber amoureux. Pas par peur de souffrir. Plutôt par peur de l'engagement (il a toujours peur de se lasser le premier). Ou parce que cela ne vient pas, tout simplement. Son cœur est un roc. Les flèches de Cupidon s'y cassent et ne l'atteignent pas. De toute façon, quand il tombe amoureux, en général ça ne lui réussit pas. Comme avec Étienne. Finalement, Loïc est comme tous ceux qui gardent leur cœur fermé : il se protège avant tout. C'est également pour cette raison qu'il ne souffle mot de celui qu'il a rencontré il y a un mois. Parce qu'il préfère ne rien en dire avant de savoir quoi en dire. Parce qu'il se méfie de lui-même. Et parce qu'il ne peut pas afficher son espoir, maintenant, face à une Amélie décomposée qui sanglote et gémit.

Alors Loïc agit comme Julie. En ami dévoué et rassurant. En multipliant les « Ça va aller », « Tu t'en remettras »...

— Par pitié, ne me sors pas « Un de perdu, dix de retrouvés » ! s'exclame Amélie juste à temps.

Loïc la prend dans ses bras. La serre fort.

— Tu sais ce qu'il te faudrait, là, tout de suite ?

— Non ? demande Amélie, craignant le pire.

— Une soirée au pub, enchaîner les mojitos jusqu'à te retourner la tête ! Tu connais les vertus d'une bonne cuite ? Non ? Allez, viens… je t'emmène.

Amélie se demande si Loïc ne cherchait pas un prétexte pour faire la fête un jeudi soir, mais n'a tout simplement pas la force de refuser, alors elle le suit… sans être bien certaine d'aller au bout de son programme « l'alcool soignera ton chagrin postrupture ».

Vie d'Amélie

Elle est allée au bout, mais... La cuite n'a rien donné. Le lendemain, c'est pire : Amélie n'a pas pu aller travailler. Nausée, barre sur le front, Thomas sorti de sa vie... le néant. La déprime. Elle n'a perçu aucune des vertus de l'alcool vantées par son ami. Elle a dû annuler ses rendez-vous. Loïc s'est senti coupable. Il ne pensait pas qu'elle se mettrait dans un état pareil. Elle lui avait déjà dit qu'elle n'avait jamais bu au point d'être saoule. Elle était toujours parvenue à s'arrêter à temps pour profiter seulement des effets joyeux, avant d'être malade, avant de se déconnecter d'une soirée, avant de risquer de faire n'importe quoi, avant de ne plus se souvenir. Mais le chouchen l'a tuée. Elle qui adore ça, elle lui a dit, après, quand il l'a ramenée dans son appartement et l'a aidée à se coucher : « Plus jamais. Plus jamais de chouchen, tu m'entends ? Plus jamais. Plus de chouchen. Plus jamais. » Et il l'a laissée là, avec son téléphone à portée de main et une bassine au pied du lit. « Ça tangue, Loïc ! » Il a eu envie de rire, parce qu'il ne l'avait jamais vue comme ça, et en même temps pas du tout, parce que c'était un peu à cause de lui et qu'il sait ce que c'est... Les lendemains donnent souvent des regrets.

*

Heureusement, le soir, Amélie a une raison de se réjouir : elle retrouve son petit Victor. Elle va pouvoir laisser de côté les douleurs de sa vie de femme célibataire et se concentrer sur son rôle de mère, sur la joie d'être avec son fils, de partager des moments avec lui. Et, pour une semaine, ne pas être seule.

Elle retrouve Victor à la sortie de l'école. Il est surpris de la voir si tôt. Pas de garderie ? Elle n'a pas travaillé, aujourd'hui. Elle ne dit pas pourquoi, évidemment. Il est content.

Elle l'embarque pour Morgat. Parce qu'ils aiment passer leurs week-ends là-bas (et y retrouver Jacques), et parce qu'elle n'a qu'une envie : fuir Quimper.

— Ça va, maman ? lui demande Victor, alors qu'ils roulent depuis un bon quart d'heure.

— Ça va, mon ange. Pourquoi tu me demandes ça ?

— Parce que tu dis rien…

Amélie s'excuse. Elle est dans ses pensées. Accuse des soucis au travail, rien de grave. Mais prend conscience que la douleur la suit. Qu'elle ne s'est pas évanouie comme par magie. Qu'elle ne s'en est pas débarrassée en quittant Quimper. Quimper où elle a laissé Thomas comme d'autres vendredis, mais cette fois c'est pour de bon, ils n'échangeront plus de messages, ne s'appelleront plus. Même quand il n'était pas là, il était là quand même. C'était une présence. Il y avait quelqu'un dans son cœur. Mais il n'y est plus. Ou plutôt si, justement. Il aurait fallu qu'il sorte de son cœur en même temps qu'il était sorti de sa vie. Mais cela ne fonctionne pas comme ça. Ce serait trop simple. Et elle est là, en pleine dépression sentimentale, accaparée par ses pensées tristes, ressentant un vide assourdissant. Et ne se sentant pas vraiment disponible pour son fils. Comme si une partie d'elle était ailleurs. À Quimper, dans le lit de Thomas, ou dans ses questionnements sans fin. Mais pas comme la mère dévouée et aimante qu'elle est d'habitude et qu'elle voudrait être. Elle est trop malheureuse, trop enserrée dans sa tristesse pour être une bonne mère ce week-end. Elle va devoir déployer des efforts surhumains pour au moins le paraître. Pour que Victor ne se doute de rien.

Vie d'Amélie

— Oh, toi, ça n'a pas l'air d'aller…, observe Jacques alors qu'il la retrouve sur un banc, près de l'aire de jeux préférée de Victor.

Elle se demande s'il fait allusion à son air déprimé ou à d'éventuels stigmates de gueule de bois. À moins que sa mauvaise mine ne relève d'une combinaison des deux.

— Ça se voit tant que ça ?

Amélie sourit tristement à la remarque de Jacques, lui raconte les derniers événements. Jacques était au courant, pour Thomas. Elle l'avait tenu informé des suites de cette rencontre. Il est devenu petit à petit son troisième confident, celui qui a le privilège de l'âge, le recul de la sagesse. Jacques n'est pas plus surpris que cela. Comme Julie, comme Loïc. Au fond, tout est plutôt logique.

— Je sais… À vrai dire je ne pensais pas être devenue aussi accro.

Jacques la regarde avec gentillesse. Il aimerait sans doute la rassurer, la consoler, mais il se sent maladroit. Les mots des autres ont rarement la capacité à soigner un cœur meurtri après une rupture. Tout cela est surtout une aventure personnelle et intérieure. Il faut laisser le temps faire son œuvre. On en guérit un jour.

Amélie évoque sa soirée de jeudi, sa cuite monumentale. Elle y met de l'humour (noir), Jacques rit.

Et elle est heureuse de le voir rire, de constater qu'il est moins triste qu'avant. Il lui a dit, il n'y a pas très longtemps, que leur relation lui fait du bien, qu'il en est étonné, mais heureux. Et elle aussi. C'est étrange comme un lien s'est créé, puis s'est imposé comme une évidence. Et Amélie sait déjà qu'elle l'invitera pour l'anniversaire de Victor, début juillet. Qu'il ne peut pas en être autrement. Qu'il compte pour elle et pour Victor, et qu'il y a sa place.

— Toujours pas de nouvelles de ton fils ? lui demande-t-elle.

— Non. Il est buté. Il tient de son père… Et il a raison. C'est à moi d'aller vers lui, j'imagine.

— Tu n'as jamais voulu m'expliquer la raison de votre brouille…

— C'est vrai.

Amélie entend l'hésitation de Jacques. Est-il enfin sur le point de se livrer ?

— Bon, tu as raison… Il est sans doute temps que je t'en parle. J'espère simplement ne pas trop descendre dans ton estime.

— Pourquoi tu descendrais dans mon estime ?

— Tu vas me trouver très « vieille France ». Conservateur, ou carrément réac.

— N'importe quoi… Raconte toujours. Je te dirai ce que j'en pense.

— Ça ne va pas être long. Comme tu sais, Maxime a deux enfants, Léa et Titouan. Il a été avec leur mère pendant dix ans. Marie. Mais il l'a quittée, l'automne dernier. Et… je ne l'ai pas supporté.

Amélie fronce les sourcils.

— Mais ! Tu n'as pas le droit de t'immiscer dans ses choix. C'est sa vie… Il avait sans doute ses raisons. Regarde, moi, j'avais les miennes… et personne n'a à en juger. Et puis il a besoin de ton soutien ! Ce n'est pas parce qu'on est celui qui part qu'on n'est pas malheureux aussi… Ce n'est pas si facile !

Amélie, consciente de s'être emportée, se tait brusquement. Jacques sourit.

— Je n'avais pas fini…

— Oups, pardon. Je t'écoute.

— Il est parti parce que… Argh, j'ai encore du mal à le dire. Parce qu'il… préfère les hommes. Apparemment. C'est venu comme ça.

— J'imagine que ça n'a pas été aussi soudain… et que cela suppose à la fois beaucoup de réflexion et une grosse dose de courage pour l'admettre et prendre la décision de partir.

— Mais je ne comprends pas. Comment c'est possible, hein ? Il aimait Marie…

— Ça n'empêche pas… Il n'y a pas d'âge pour se découvrir homosexuel.

— Mais c'est contre nature, enfin !

Jacques a élevé la voix. Sa colère est toujours là. Son incompréhension. Son dégoût, peut-être.

— Alors là, c'est sûr que je ne suis pas d'accord avec toi. Ça existe depuis la nuit des temps. Et ça ne se choisit pas. Ton fils n'a pas choisi. Je ne serais pas étonnée qu'il l'ait su très tôt et ait préféré refouler cela pour avoir une vie *normale*, avoir des enfants… et ne pas avoir à t'affronter peut-être. Tu aurais pu être de ces parents qui mettent leur enfant à la porte ?

Jacques baisse la tête.

— J'ai eu un père militaire, j'ai reçu une éducation très stricte, des principes à l'ancienne… Et j'ai beau avoir lutté contre toute ma vie, je ne peux pas m'empêcher d'être fermé sur le sujet et d'avoir honte. Oui, j'avoue, j'ai honte. Et je sais que c'est grave. Mais le pire, c'est quand je pense aux enfants… Je n'arrive pas à envisager ça, que mes petits-enfants puissent un jour vivre avec deux hommes ! Ça me sidère, ça me révolte…

— Je vois ça…

Jacques suspend son discours, dévisage Amélie.

— Je te l'avais dit : je suis un gros con. Et je dégringole dans ton estime.

— Ce n'est pas la question. Tu portes un jugement. Tu ne cautionnes pas la décision de ton fils et ce qu'il devient. Alors, oui, cela heurte tes principes et ta pensée, mais… qu'est-ce qui est le plus important ? Le bonheur de ton fils, non ? Il a le courage de devenir lui-même, quitte à s'opposer à toi. Tu devrais être fier. Et t'interroger sur cette honte, oui… parce que les temps ont changé et que c'est très bien, ainsi. Que c'est banal aujourd'hui. Mais oui, ne me regarde pas comme ça ! C'est banal. La preuve, on leur a accordé le droit de se marier. Et pourquoi cela serait forcément négatif pour tes petits-enfants ? S'ils voient leur père heureux et épanoui… et qui assume qui il est. Moi, je trouve que c'est un exemple à suivre. Tu as peur de quoi ? Du qu'en-dira-t-on ? Mais c'est un non-sujet ! Sois plus ouvert, deviens moderne !

La diatribe d'Amélie finit par amuser Jacques. Elle le pousse dans ses retranchements, elle le brusque un peu, et peut-être qu'il en avait besoin. Un peu comme une fois, alors qu'il avait le moral au plus bas, elle lui avait dit de se remuer, que la vie était belle, qu'elle en savait quelque chose, qu'il n'avait pas le droit de se laisser aller dans le malheur complaisant. C'est là qu'elle lui avait parlé de sa maladie, de son regain de vie. C'est là qu'il avait compris pourquoi Amélie ressemblait à une fée et pourquoi elle lui faisait autant de bien.

— Tu ne peux pas continuer à être dans le refus et le déni. Et te priver de ton fils et de tes petits-enfants.

C'est idiot, et ça ne sert à rien. Tu es malheureux de cette situation, et sans doute qu'eux aussi. C'est à toi de faire un pas vers eux ! À toi d'agir… À toi de devenir meilleur.

Jacques regarde Amélie avec gratitude. Ce petit brin de femme lui apporte tant.

À s'occuper de lui, elle en a oublié son chagrin.

Vie d'Amélie

Croyez-moi : la vie a raison, dans tous les cas.

R.M. Rilke, *Lettres à un jeune poète*

Dure semaine. Amélie a puisé dans le peu d'énergie qu'elle a, dans ses faibles ressources, pour tenter de faire croire à Victor qu'elle va bien, qu'elle est comme d'habitude, que tout est normal. Mais les petits sont des éponges, et sans doute a-t-il senti le mal-être de sa maman. En tout cas, il a été moins facile et plus agité. Et ce n'est sans doute pas un hasard.

Le plus terrible, c'est qu'elle a déposé Victor à l'école avec une forme de soulagement. De culpabilité, aussi. Mais elle n'en pouvait plus. Amélie n'a qu'une envie : entrer dans sa grotte, s'y cacher, se faire oublier de tous.

C'est un fait : alors qu'elle était au plus haut il y a encore dix jours, la voici plus bas que terre. Le malheur est peut-être proportionnel au bonheur enfui. Elle se sent vide, et lasse. Elle a perdu sa force vitale, le sourire, la joie, l'envie. Elle n'a même plus la motivation pour son travail, se traîne pour tout. Elle ne se ressemble pas. Julie et Loïc essaient de la soutenir, lui proposent de sortir, répondent présent même quand elle ne le veut pas, mais ils sont réduits à l'impuissance du commun des mortels. Ils ne sont pas magiciens. Il n'y a ni baguette ni claquement de doigts. La solution est intérieure et demande surtout du temps et de la patience.

Il n'empêche : Amélie s'étonne d'être tombée si bas.

Elle oscille entre des sentiments, des actions contradictoires. A envie de solitude, et de foule l'instant d'après. A envie de se morfondre sous sa couette, puis de s'étourdir au milieu des noctambules.

C'est un soir comme ceux-là, où elle est descendue dans un bar, près de chez elle. Elle est seule. Pas son genre de sortir seule. Mais elle n'a pas envie de parler, pas envie que ses amis cherchent à lui changer les idées. Elle veut juste se poser au zinc sur une chaise haute, siroter une bière au milieu de gens qui discutent bruyamment. C'est là qu'elle l'a vu. Le mec au regard. Celui dont les yeux, croisés il y a plusieurs mois, l'avaient troublée. Elle est sûre que c'est lui. Il a le même sourire que l'autre fois. Et elle y répond. Elle n'a plus Julie pour s'accrocher. Elle n'a plus qu'à assumer sa solitude, ce qu'elle expose de disponibilité. Alors, il s'approche. Lui propose quelque chose à boire. Et elle ne dit pas non. Elle pense à Thomas. Elle ne digère toujours pas. Alors échanger avec cet homme, cet inconnu, pourquoi pas. Elle ne lui accorde rien d'autre qu'un certain charme, s'ennuie à l'écouter. Mais elle fait semblant d'être intéressée. Et quand il propose : « On va chez toi ? », elle ne dit pas non. Elle a l'impression d'être un robot, d'être sortie de son corps, de ne pas trop s'appartenir. Ce n'est pas parce qu'elle a trop bu. C'est cette rupture qui ne passe pas et la met dans un état second. Ce n'est pas vraiment elle qui l'invite à entrer dans son appartement, puis dans son lit, puis en elle. C'est une sorte d'autre. Un double. Et elle n'a pas vraiment honte, puisque ça n'est pas vraiment elle.

*

La seule chose qui la sauve, c'est son carnet bleu. Tous les jours elle y déverse des mots. Elle les expulse, elle les vomit parfois. Ça déborde. Il faut que ça sorte. Cela coule, cela se répand, cela inonde. Des pages et des pages noircies. Même si cela ne vaut rien.

C'est une thérapie comme une autre. Et Mme B. l'engage à poursuivre.

Vie d'Amélie

— Parfois j'ai l'impression de perdre pied, confie Amélie à Julie, alors qu'elles se prélassent dans la chaleur moite du hammam.

Celle-ci l'invite à s'expliquer, à développer. Pourquoi cette expression vaguement dramatique ? Sa vie n'est-elle pas belle, malgré tout ? A-t-elle oublié d'où elle vient, et revient ?

— Je ne pensais pas que ce serait si difficile. Que j'aurais autant de mal avec la solitude. Je ne suis vraiment pas faite pour ça.

— Crois-tu vraiment que les gens puissent être faits pour ça ? L'homme est un animal social. Nous avons besoin les uns des autres.

— Il y a des femmes indépendantes qui vivent parfaitement leur solitude.

— Elles sont rares. Ou alors elles ont une vie familiale ou sociale riche.

— Peut-être…

— Pourquoi ne retournes-tu pas sur ton site de rencontres ? C'est le moment idéal : tu discutes par écran interposé, tu crées des liens, et ça peut déboucher sur une histoire…

— Franchement, avec la claque que je me suis prise, je n'ai pas du tout envie de me relancer dans une histoire…

— Parfois, soigner le mal par le mal, ça marche.

— Ou le mal par le mâle, tu veux dire ? Non, très peu pour moi. Il faut que vous arrêtiez, Loïc et toi, avec vos fausses solutions.

Julie rit. Elle a bien compris la référence à la soirée « Le chouchen m'a tuée ». Sans transition, Amélie enchaîne sur celle qu'elle a passée la veille.

— Tu t'es envoyée en l'air avec un inconnu, toi, Amélie ?

— Je ne connais même pas son prénom.

Elles pouffent de rire.

— Et… c'était bien ?

— C'était quelconque. Sans âme, quoi.

— Je vois.

— Et toi, comment ça va ? Parce que je ne parle que de moi, en ce moment. J'ai bien conscience d'être quelque peu autocentrée…

Julie sourit pour l'excuser. Paraît hésiter.

— Quoi ? Y a un truc. Y a un truc dans ton œil. Raconte.

— Je voulais t'en parler, mais comme tu ne vas pas très bien en ce moment, je me voyais mal afficher mon bonheur en son et lumière, tu vois…

— Tu es enceinte ?!

En guise de réponse, le sourire de Julie s'étire en grand.

— Oui. De deux mois, *a priori.*

— Oh, je suis si heureuse pour toi ! Mais c'est formidable. Et Mathieu, il est content ? Oui ?

C'est vrai que Julie attendait ce moment depuis longtemps et que son chéri avait tendance à refréner ses ardeurs.

— Oui. Je crois qu'il a eu le déclic. Enfin. Alléluia !

Amélie applaudit, scrute le ventre de Julie. Il est toujours aussi plat. Mais la magie a déjà opéré.

Vie d'Amélie

Ce qui fait défaut, ce n'est jamais que ceci : la solitude, la grande solitude intérieure. Rentrer en soi-même et, des heures durant, ne rencontrer personne – voilà ce qu'il faut pouvoir atteindre.

R.M. RILKE, *Lettres à un jeune poète*

Amélie aborde juin avec le dégoût de ce qu'elle est devenue ces derniers temps. Elle en a assez de sa solitude, de la subir. De se voir comme une loque. Elle a décidé de se prendre en main et d'opter pour une autre forme de solitude : la solitude choisie de la femme en mouvement.

Elle en a parlé avec Loïc, a dit : « Stop, j'ai besoin de vacances. » Il l'a regardée avec de grands yeux. Comme ça, en pleine période scolaire ? Elle a décrété : « Justement, j'ai besoin de partir seule. » Pour qui connaît Amélie (l'Amélie d'avant le tatouage et le saut en parachute, et de la nuit avec un inconnu chez elle), cela ne peut qu'étonner, sidérer, même. S'il y a bien quelqu'un qui n'a jamais envisagé de partir seule, c'est elle. Pas son genre, et trop de peurs diverses. Mais elle affichait une telle détermination qu'il n'a pu que dire oui. Après avoir vérifié les plannings des chantiers en cours quand même.

*

Amélie n'est pas partie loin : à quelques kilomètres. Elle est persuadée qu'on peut vivre une aventure non loin de chez soi. Pas besoin d'un dépaysement total, d'une autre langue, d'une autre culture pour ce qu'elle souhaite entreprendre. Elle n'a d'autre ambition que de se retrouver seule face à elle-même pour revenir en paix. Ce sera une aventure intérieure. Un petit défi physique, aussi : avaler les 120 kilomètres de sentier de grande randonnée de la presqu'île de Crozon en six jours.

Elle est partie de Landévennec avec un gros sac à dos et parviendra à Pentrez, au bout de son périple. Six jours à marcher, six jours de transpiration, de réflexion, de contemplation, de dépassement de soi, certainement. Six jours pour faire le point, se régénérer, repartir dans la vie du bon pied. Elle avait besoin de cela. C'est son intuition qui l'a guidée.

C'est une solitude mouvante, qui marche et l'accompagne, et lui fait traverser des lieux souvent connus et déjà foulés. Mais c'est une redécouverte. Elle les regarde avec des yeux neufs. C'est comme si elle ne les avait jamais vus. De toute façon, il est impossible d'être blasé ici, face à ces paysages à couper le souffle. Les criques, les falaises, les plages de sable fin, les rouleaux, la lande, les pins et la roche, la mer qui offre toute la palette des bleus, partout une harmonie de couleurs. Les oiseaux marins, aussi, qu'elle aime observer et dont elle aime écouter les cris. Amélie porte sur tout cela un regard admiratif, émerveillé. La nature tout autour est si belle. Il faut savoir voir cela. C'est un cadeau de la vie.

Et puis, bien sûr, elle réfléchit. Se repasse encore le film de ces derniers mois. Pense à Sylvain qui, ça y est, est officiellement avec quelqu'un, une femme qu'il a présentée à Victor, lequel l'a trouvée « gentille ».

Pense à son fils qui grandit trop vite. Pense à Jacques, à Julie, à Loïc, à sa famille. Pense à Thomas, qui lui manque mais de façon moins violente, comme un souvenir qui s'estompe, une blessure qui s'efface. Pense à elle. À sa vie. Aux leçons qu'elle a reçues. À son avenir qu'elle n'arrive pas à deviner. Elle a le sentiment d'avoir avancé, mais ne sait toujours pas où sa planche de surf va la conduire. Elle oscille toujours entre joie de l'ignorance et peur vertigineuse.

Mais quoi qu'il en soit, elle le sait avant d'arriver, cette marche solitaire aura été une expérience bienfaisante et salutaire. La beauté, les efforts, la communion avec la nature, la caresse du soleil et le vent… tout cela l'a rendue un peu plus à la vie. Et cela n'a pas de prix. La tristesse s'est même enfuie.

Vie d'Amélie

Voilà pourquoi il est si important d'être solitaire et attentif, lorsqu'on est triste ; car l'instant où, apparemment, rien n'arrive ni ne bouge est celui où notre avenir entre en nous.

R.M. RILKE, *Lettres à un jeune poète*

Les effets de ces six jours de randonnée seule face à elle-même sont étonnants.

Amélie en revient changée, comme remise d'aplomb. La tristesse est derrière elle, elle a gagné une forme de sérénité nouvelle. La confiance en la vie est revenue, finalement. La croyance en un bel avenir. La certitude que le meilleur est devant elle. Et sa réconciliation avec la solitude. L'envie de composer avec elle, d'y associer du positif, d'y déceler des bienfaits, pour un jour être totalement bien avec elle-même. Dans une sécurité intérieure, délivrée des peurs. Être parfaitement libre et parfaitement sereine. Alignée. En paix.

Elle relit souvent des passages de *Lettres à un jeune poète*. Les mots de Rilke lui parlent et l'aident aussi. Elle s'est remise à la poésie. En lit beaucoup. Fréquente à nouveau les poètes qu'elle aimait, jeune. Elle écoute la musique de leurs mots, charmée par les images, déroutée parfois.

Mais ses mots à elle ne viennent pas. Ou du moins si, dans son carnet bleu. Mais ce ne sont pas des poèmes.

Peut-être fait-elle simplement fausse route. Peut-être que son retour dans l'écriture doit avoir une autre porte d'entrée que la poésie. Peut-être que Jacques a raison. Qu'un atelier d'écriture serait un bon moyen. Mais osera-t-elle écrire avec d'autres, se lire, être écoutée et jugée ?

Amélie effectue quelques recherches. Il y a toutes sortes d'ateliers, en présentiel, par e-mail, en visioconférence… des ateliers « loisir », des ateliers plus ambitieux, voire professionnalisants. Il y a de tout. Ce qu'elle voudrait, elle, c'est simplement partager avec d'autres autour de l'écriture de textes courts. Qu'on lui donne une impulsion. Faire partie d'un groupe. Comme un loisir, oui.

Elle trouve une proposition de « stage d'écriture » : un week-end, à Douarnenez. Deux jours avec un animateur, huit participants maximum. Il y a plusieurs propositions de date. Dont une, bientôt, où elle n'aura pas Victor. Elle se dit pourquoi pas. Va y réfléchir.

Deux jours plus tard, c'est tout réfléchi : elle s'inscrit. Elle n'a rien à perdre. Et puis elle suit son envie, ce que son intuition lui dicte. Alors elle verra bien…

Vie d'Amélie

Amélie n'a pas oublié la problématique de Jacques. Elle tente de l'aider à faire évoluer sa pensée, changer de perspective. Elle a l'impression d'être sa coach. Sitôt de retour de vacances, elle lui a enjoint de faire un pas vers son fils. En substance l'échange a donné ça :

Jacques : *Maxime, je t'envoie une pensée. J'espère que vous allez bien.*

Maxime : *Je ne savais pas que tu te préoccupais encore de nous.*

Jacques : *Ne sois pas si dur… Tu sais que ça n'est pas facile pour moi d'accepter ta nouvelle situation.*

Maxime : *Les enfants vont bien. Et toi ?*

Jacques : *Tant mieux. Ça va. J'ai remonté la pente grâce à une jeune femme merveilleuse.*

Maxime : *? ? ?*

Jacques : *C'est une amie. J'espère avoir un jour l'occasion de te la présenter.*

Jacques a fait lire cet échange à Amélie, qui l'a félicité pour la démarche. Les derniers mots l'ont à la fois étonnée et touchée.

— C'est bien, ce que tu as fait, Jacques. C'était nécessaire de renouer le dialogue. Il n'y a que comme ça que les conflits peuvent se résoudre. Je suis sûre que Maxime va revenir vers toi. Laisse-lui juste un peu de temps…

*

Toujours dans la perspective de l'aider, elle a décidé de faire la guerre aux *a priori* de Jacques. Elle a donc organisé un rendez-vous avec Loïc à la villa. Il était normal de montrer à son associé le chantier achevé.

Ils se retrouvent ainsi tous les trois un mercredi de début juin, pour un tour du propriétaire.

— C'est vous le fameux Jacques ! s'exclame Loïc en lui tendant la main.

Le fameux Jacques sourit en grand. Amélie lui a avoué parler de lui régulièrement. Et Loïc est sincèrement heureux de rencontrer cet homme qui a pris une place importante dans la vie de son amie.

La visite se passe à merveille. Loïc, qui connaît pourtant les qualités de décoratrice d'Amélie, est impressionné.

— Elle est bluffante, n'est-ce pas ?

— Elle est plus que ça.

Amélie rougit. C'est trop de compliments. Ils passent au salon, s'installent pour un café. Ils discutent d'immobilier, d'investissement, de travaux… Ils sont dans le même élément, c'est évident.

Quand Loïc sera parti, Amélie glissera à Jacques, sur le ton de la confidence :

— Loïc est homo !

Et Jacques la regardera, déconcerté, comme elle s'y attendait. Parce que Loïc ne ressemble pas à une « grande folle », parce qu'il paraît tout à fait *normal*. Parce qu'il n'a rien à voir avec les idées erronées d'un autre temps de Jacques. Parce que c'est un homme comme un autre.

Vie d'Amélie

Si votre quotidien vous paraît pauvre, ne l'accusez pas ; accusez-vous vous-même de ne pas être assez poète pour en appeler à vous les richesses ; car pour le créateur il n'y a pas de pauvreté, il n'est pas d'endroit pauvre, indifférent.

R.M. Rilke, *Lettres à un jeune poète*

C'est un peu fébrile qu'Amélie se présente un samedi matin, à 9 h 30, à la porte d'un gîte, en bordure de Douarnenez. Le jardin offre une vue sur la baie, différente de celle de Morgat. Le panorama depuis la terrasse est tout bonnement magnifique, sous un ciel bleu éclatant.

Ils sont plusieurs à attendre, ont échangé des saluts, des regards, entre gêne et contentement. À l'heure dite, la porte s'ouvre pour les inviter à entrer. L'animatrice de l'atelier, une certaine Antoinette, les accueille avec un large sourire et leur souhaite la bienvenue. Ils commencent par quelques réjouissances : thé ou café, petites viennoiseries les attendent. Puis ils s'installent à la grande table de la salle à manger. Ce midi, ils pourront profiter du jardin pour pique-niquer et ils y resteront pour écrire dans l'après-midi. Pour l'instant, il fait encore un peu frais.

Un tour de table mentionnant leur nom, leur profession et leur situation de départ *vis-à-vis de l'écriture* leur permet de se présenter brièvement. Ils sont cinq apprentis écrivains et boivent les paroles d'Antoinette pendant qu'elle leur donne une idée du programme du week-end. Ils sont là pour partager et écouter, dans la bienveillance, les textes des autres. Pas de jugement sur le texte et encore moins sur la personne. Ils sont là pour écrire côte à côte et en parler ensemble. Ce n'est pas non plus un atelier d'écriture thérapeutique. « Écrire, c'est aller où on ne sait pas », explique Antoinette, ce qui amuse intérieurement Amélie, qui voit très bien ce qu'elle veut dire. Il faut être capable de laisser aller sa plume, et donc de lâcher prise d'une certaine façon. Comme le dit René Char, « les mots qui vont surgir savent de nous des choses que nous ignorons d'eux ».

Ils vont commencer par des exercices somme toute classiques en atelier, qui vont leur permettre de se mettre en route tranquillement et de se dégourdir le crayon en même temps que l'esprit : portrait chinois, liste de petits bonheurs (Amélie est de fait très inspirée par le sujet) et de choses indispensables à la manière des notes de chevet de Sei Shōnagon, texte centré sur les souvenirs façon Georges Perec avec ses « Je me souviens… ». Pour l'instant, c'est facile et cela rassure Amélie. Ce qu'elle perçoit de bienveillance dans le groupe, aussi.

La pause du repas permet de discuter, de faire connaissance autrement.

Puis l'atelier reprend, dehors. Et le lendemain.

Les propositions d'écriture sont riches et variées. À chaque fois, le temps est limité, il n'y a pas à tergiverser ni à trop réfléchir, il faut se lancer, laisser courir les mots. La contrainte de départ offre paradoxalement une grande liberté. Le cadre entraîne les mots. Ils écrivent à partir d'un titre, d'un incipit, d'une photo, d'un objet, de quelques phrases d'un synopsis…

s'appuyant sur les textes fournis par Antoinette à titre de modèles ou d'exemples. Ils s'amusent aussi avec des jeux littéraires de l'Oulipo, rient beaucoup des résultats de leur logo-rallye. Ce que retient Amélie, c'est surtout l'importance d'explorer tous les sens, dans les descriptions, de ne pas s'en tenir à la vue.

Les retours sont intéressants, l'analyse d'Antoinette impressionnante de précision et très enrichissante. Amélie, qui est convaincue de ne pas avoir de voix particulière à l'écrit, s'étonne de la perception de ses collègues. On trouve son écriture jubilatoire. Et elle repart à Morgat avec tout ça, le bonheur d'avoir écrit pendant deux jours, d'avoir partagé avec d'autres, d'avoir été lue et entendue. Elle repart avec un peu plus de joie dans le cœur, c'est aussi simple que ça. Elle repart en se disant que l'inspiration est partout et qu'il suffit d'un déclencheur, d'un élan… qu'il faut se lancer sans écouter ses doutes.

Vie d'Amélie

— J'ai vraiment passé un bon moment. C'est grâce à toi.

Amélie est allée retrouver Jacques, sitôt rentrée de l'atelier d'écriture. Elle voulait lui raconter. Et le remercier de sa bonne idée.

— C'est grâce à toi, surtout ! Moi je n'ai rien fait. Je t'ai juste répété ce que m'a soufflé mon intuition. Je ne sais pas pourquoi, mais tu as un truc avec l'écriture.

— Tu es mon mentor ! Sincèrement, sans toi, je n'aurais accompli aucune des démarches que j'ai faites en ce sens.

— Tu sais que c'est complètement intéressé de ma part, n'est-ce pas ? Je fais ça pour ma satisfaction personnelle. J'attends le jour où je pourrai dire : « C'est grâce à moi, si elle a décroché le Goncourt ! »

Amélie explose de rire. Elle a écrit quelques bouts de texte. Elle est loin du roman. Alors le Goncourt…

— Et toi, ton week-end ? préfère-t-elle demander sous peine que la discussion vire au n'importe quoi.

— Ah ah ! fait Jacques, mystérieux. Eh bien, il y a du neuf.

— Tu as rencontré l'amour ? demande Amélie, pour le taquiner.

Jacques est à mille lieues de vouloir rencontrer quelqu'un. Il se voit comme un homme divorcé qui a mérité son statut et sa solitude. Un homme résigné à ne jamais faire le bonheur d'une femme.

— Je suis allé voir Maxime.

Le visage d'Amélie traduit aussitôt sa stupéfaction. Elle n'en revient pas. Elle aurait finalement été moins étonnée qu'il ait rencontré quelqu'un.

— J'ai pris mon courage à deux mains et je lui ai envoyé un message, hier. Je lui ai dit que j'avais besoin de le voir. Et les enfants aussi. Qu'ils me manquaient…

Amélie mesure les efforts que Jacques a dû réaliser pour en arriver là.

— Et il a accepté ?

— En deux temps. Il a préféré qu'on se voie seuls, d'abord. Donc hier, je suis allé le retrouver à Quimper. On a pris un café. C'était… très bizarre. J'étais gêné. Alors que c'est mon fils. J'avais honte, tout simplement. Honte de moi, de ma fermeture d'esprit, d'avoir renoncé à les voir alors qu'ils sont toute ma vie.

Les yeux de Jacques s'embuent à ces mots. L'émotion le submerge.

— Je lui ai parlé de toi, aussi.

— Ah oui ?

— Je lui ai raconté notre rencontre en deux temps (ou trois, d'ailleurs), comment nous sommes devenus amis ou je ne sais trop quoi. Je lui ai montré ta photo ! Tu sais, le selfie qu'on a pris tous les deux, l'autre jour, sur la pointe de Pen-Hir. Et puis Victor, aussi. Bref. Je lui ai dit l'importance que tu as pour moi et l'influence (positive) que tu as eue pour me faire avancer sur le chemin du « devenir moins con »…

Amélie l'écoute, sans voix, puis se met à rire.

— Et ?

— Il avait l'air très surpris. Dans le bon sens. Donc il a donné son accord pour que je revoie les enfants. Et ils sont venus ici, tout à l'heure, pour le goûter.

Un sourire illumine le visage de Jacques. Amélie imagine la joie qu'il a dû ressentir en les voyant arriver et prendre possession des lieux, découvrir la villa, les deux chambres qu'il avait prévues pour eux.

— Ça a dû être très émouvant.

La voix de Jacques s'étrangle, alors il opine de la tête.

— Et vous avez pu discuter ? Je veux dire, de la séparation avec Marie, de la suite... Est-ce que Maxime va bien ?

— Il ne s'est pas trop étendu sur le sujet. Mais apparemment, ça va. Elle fait preuve de compréhension et d'une grande bienveillance. C'est bien, pour les enfants. Pour le reste, je ne sais rien. Je n'ai pas osé le questionner. Je ne suis pas à l'aise avec le sujet, comme tu sais, et puis c'est trop tôt pour parler de tout ça.

— Oui. Mais il te semble heureux ?

— Plutôt, oui. En partant, il m'a dit « à bientôt ». Et ça m'a fait rudement plaisir...

— Je veux bien te croire.

Amélie sourit. C'était un joli week-end...

Vie d'Amélie

La volupté corporelle est expérience sensuelle (...) ; c'est une expérience grande, infinie, qui nous est donnée, un savoir du monde, la plénitude et l'éclat de tout savoir. L'accueillir n'est pas ce qui est mauvais.

R.M. Rilke, *Lettres à un jeune poète*

L'année scolaire touche à sa fin. Une drôle d'année, quand même... Avec des hauts et des bas, de grandes joies, de l'euphorie, et des passages dépressionnaires. Depuis son escapade solitaire, Amélie se sent définitivement mieux. Elle a appris à apprivoiser la solitude et en profite pour lire, a réduit ses sorties à une ou deux par semaine, retrouvé calme et paix intérieure, et toute sa motivation professionnelle, s'investit à 100 % auprès de Victor.

Elle écrit toujours dans son carnet bleu, mais plus tous les jours. Et ses mots sont différents. Ils se sont apaisés, eux aussi. Ils sont à l'image de l'équilibre qu'elle a enfin trouvé, après une période mouvementée. Le beau temps a succédé à la tempête et la mer est d'huile.

Elle a eu l'occasion de croiser Thomas, un soir où elle est sortie avec Gaspard et Gaëlle. Tout s'est bien passé. Il a pris de ses nouvelles. N'a pas proposé de la revoir, malgré la flamme de désir qu'elle a cru déceler dans ses yeux. De toute façon, elle aurait dit non.

Depuis quelques jours, elle fréquente Julien. Ils se sont rencontrés via le site sur lequel elle est inscrite. Un homme sympa et drôle, mais pas du tout le genre d'homme avec lequel elle pourrait construire quelque chose. Une relation sans lendemain, et sans engagement affectif. Ils se voient pour un moment de tendresse, quand ils en ont envie. « C'est mon copain de couette », c'est ainsi qu'elle a présenté la chose à Julie. Laquelle a validé. « Y a pas de mal à se faire du bien. » Elle a connu une phase comme ça, avant Mathieu. Se retrouver comme ça, passer la nuit ensemble, se tenir simplement dans les bras, en peau à peau, donner du plaisir à son corps. Cela console des moments de solitude, sur le papier, mais ne change rien à ce qui se passe dans le cœur. Avec Julien, Amélie a le sentiment de nourrir son corps. Pour le reste, son esprit, son bien-être moral, c'est son affaire à elle. Leurs moments sont un petit plus dans sa vie. Un bonus. Qui lui fait du bien, mais qu'elle ne surinvestit pas. Qui lui permet de se sentir pleinement vivante.

Elle ne cherche pas le grand amour. Elle espère juste qu'un jour il se manifestera, toquera à sa porte, et qu'elle saura le reconnaître. Et qu'elle vivra une belle histoire, forte et harmonieuse, dans la complicité et le respect. Sans forcément vivre ensemble, en tout cas au début. Ne pas aller trop vite, prendre le temps, laisser faire. Laisser l'amour grandir et choisir.

Vie d'Amélie

— Ça va, toi ? demande Amélie ce lundi matin, à un Loïc au sourire épanoui.

Il la regarde, prend un air mystérieux. Elle se demande ce qu'il va lui dire, et comment. Mais cela fait plusieurs semaines qu'elle le trouve changé, et mystérieux, oui. Moins dans le déballage de sa vie sentimentale, dans le récit de rencontres éphémères et la fanfaronnade. Lui qui n'a jamais eu de secret pour elle ni trop de pudeur. Elle a constaté ça, mais elle était peut-être trop tournée sur elle-même, pas assez réceptive ou à l'écoute. À moins que ce ne soit autre chose. Elle lui a bien tendu quelques perches, mais il ne les a pas saisies, restant évasif et vaguement silencieux.

— Je suis amoureux.

Du Loïc tout craché : pas de circonvolutions, droit au but. Loïc, amoureux ? Amélie en reste bouche bée. Cela a été tellement rare, toutes ces années. Et souvent, il préférait la formule « Je crois que je suis amoureux », avec toujours un fond de doute dans la voix. C'est donc la première fois qu'il en est si sûr. Ainsi que l'atteste son ton sérieux.

— Vraiment ? Mais c'est génial ! Raconte !

Il hausse les sourcils, de l'air de celui qui compte bien en rester là pour ménager son effet jusqu'à une prochaine fois, puis il développe :

— Ça fait deux mois qu'on se connaît. Et qu'on est ensemble.

— Deux mois ? Et tu ne m'as rien dit ! s'exclame Amélie, offusquée.

— Je voulais être sûr. J'en avais un peu marre, de mes débuts d'histoire désespérants. Je n'y croyais jamais, tu sais bien. Donc, j'ai voulu prendre le temps. Et voilà. Maintenant, j'en suis sûr : c'est l'homme de ma vie.

Amélie n'en revient pas. Loïc, l'éternel papillon, va enfin se poser ! La certitude qu'il affiche et son inhabituel sérieux l'étonnent au plus haut point. Elle sent pour la première fois chez lui la sérénité de celui qui sait. Et elle l'envie un peu, soudain.

— Alors qui est l'heureux élu ?

— Il s'appelle Maxime, il est directeur de magasin. Il a trente-deux ans. Et il est beau comme un dieu.

Amélie rit de ce résumé et de la chute qui ressemble bien à Loïc.

— Le hic, et c'est aussi pour cela que je ne voulais pas trop m'emballer et que je préférais être sûr… c'est qu'il a des enfants.

Amélie affiche une surprise totale. Se pourrait-il que ce ne soit qu'une simple coïncidence ?

— Oui, je sais, je vois bien que tu as du mal à y croire : moi, Loïc, en beau-père de deux enfants ! Je vais te faire un aveu : je n'y croyais pas du tout, moi non plus. Moi qui avais du mal à m'imaginer dans un vrai couple installé, j'étais à mille lieues de penser faire partie d'une *famille* ! Je sais, c'est dingue… Non, mais remets-toi !

— Et les enfants s'appellent comment ?

Il trouve visiblement la question suspecte. Comme si cela avait de l'importance…

— Léa et Titouan.

Amélie reste muette de stupeur. Combien y avait-il de chances (ou de risques) que Loïc rencontre le fils de Jacques ?

— C'est quoi, cette tête ? Hé, remets-toi ! Tout va bien ! Je les ai déjà rencontrés, ça se passe super bien.

— Et… tes beaux-parents ? Tu les as rencontrés ?

— J'ai fait connaissance avec belle-maman hier, justement. Nickel.

— Et le père de Maxime ?

— Pas encore. Il m'a dit que ce serait plus compliqué.

Amélie hoche la tête. Ce n'est pas faux…

— Ah. Pourtant…

Elle hésite, mais en a déjà trop dit.

— Pourtant tu le connais déjà.

— Pardon ?

— C'est Jacques.

— Quoi, Jacques ? *Ton* Jacques ?

Amélie acquiesce avec un drôle de sourire.

— Mais non ?

Loïc reste un instant silencieux. Le temps, certainement, de réfléchir, d'associer les pièces du puzzle. Tout concorde, en effet, avec le peu qu'il savait du père de Maxime, c'est-à-dire pas grand-chose. Et puis, Le Gall, c'est quand même le patronyme breton le plus répandu. Il n'avait pas du tout établi de lien entre les deux.

— Il est plutôt sympa, le beau-père, non ? C'est pas toi qui vas me dire le contraire.

— C'est sûr, oui. Mais je ne te cache pas que ce ne sera peut-être pas évident (même si j'y travaille) : il a du mal à se faire au changement *d'orientation* de son fils…

— Ça peut se comprendre, admet Loïc, philosophe. Maxime ne s'est pas étendu sur le sujet. Il m'a simplement dit qu'il était en froid avec son père pour cette raison. Je n'ai pas cherché à en savoir plus.

— Ah, OK.

— Le courant est bien passé, l'autre jour, quand je suis venu voir sa villa. C'est plutôt positif. J'en connais un qui va halluciner quand je vais lui dire, ce soir, qu'en fait j'ai déjà rencontré son père...

Et il s'esclaffe, pendant que l'esprit d'Amélie s'active à échafauder un plan...

Vie d'Amélie

Nous devons accepter notre existence aussi largement qu'il se peut ; tout, même l'inouï, doit y être possible.

R.M. Rilke, *Lettres à un jeune poète*

Amélie a pris sa journée, ce vendredi. Comme ça. Parce qu'elle en avait envie. Parce que la météo s'annonçait clémente. Elle a chargé son jeudi de rendez-vous, en a reporté d'autres à lundi, et voilà. Elle se dit qu'elle en a le droit, tant que le travail suit, que les chantiers se passent bien, que les clients sont contents, que l'argent rentre. De toute façon, elle réfléchit de plus en plus à réduire ses heures, à se mettre à 80 %. Pour profiter un peu plus. Pour avoir plus de temps pour elle et pour son fils. Elle en parlera à Loïc. Le mec le plus gentil de la Terre ne devrait pas s'y opposer.

Aujourd'hui, c'est l'anniversaire de Victor. Sylvain le garde exceptionnellement jusqu'à demain matin. Il ne voulait pas le fêter avec une semaine de retard. Amélie a accepté, non sans un pincement au cœur. Et non sans avoir exigé de venir pour le petit déjeuner. Avec l'accord du papa, elle a débarqué à la maison-cube à 7 h 30, a gravi les marches jusqu'à l'étage, s'est dirigée à pas de loup jusqu'à la chambre de son petit pour le réveiller et être la première à lui souhaiter un joyeux et heureux anniversaire. Victor, dans les brumes du sommeil, a eu du mal à réaliser. Sa maman, ici, dans sa chambre, comme avant. Quelle jolie surprise ! Il a crié : « Papa ! Papa ! Maman est là ! » Comme si Sylvain n'était pas au courant, comme si elle s'était faufilée dans leur maison à son insu. Amélie a pris Victor dans ses bras, l'a serré fort, couvert de bisous et l'a porté jusqu'en bas, pour le petit déjeuner. Sylvain a souhaité un bon anniversaire au grand bébé, puis il a dit : « Je vous laisse. À ce soir, mon Victor. Je viendrai te chercher après la classe » et Amélie lui a su gré de lui permettre ce petit déjeuner en tête à tête avec son fils. Elle n'aurait qu'à mettre la clé dans la boîte aux lettres en partant. Pour l'événement, Amélie a sorti de son sac un gâteau au chocolat pour deux, a disposé dessus cinq bougies dont une qui fait des étincelles. Victor était aux anges. Il lui a dit : « Tu es la meilleure maman du monde. » Et Amélie n'a pas pu s'empêcher de verser quelques larmes, étranglée par l'émotion.

*

Amélie avait envie d'être seule, ensuite, pour le reste de cette journée. Une journée pour elle.

Elle a pris sa voiture pour rejoindre Morgat. Là, dans la maison de Corentine, elle a ouvert son ordinateur portable. Cette fois, ça y est, elle se lance. Elle a décidé de participer à un concours de nouvelles. En a choisi un avec un thème imposé. « Chemins secrets ». Elle ne sait pas bien ce qu'elle va raconter, mais elle a appris, avec l'atelier d'écriture, qu'elle peut se laisser guider par son crayon (par ses doigts sur le clavier, plutôt) et faire confiance aux mots qui vont surgir. Il n'y a aucun enjeu, pour elle. Elle n'a pas la prétention de gagner. Mais elle ne veut pas non plus se laisser asphyxier par le doute. Son seul but : se faire plaisir, retrouver le goût des mots et se laisser porter par eux. Elle n'aura pas fini ce midi, mais ce n'est pas grave : elle a le temps. Elle regarde la mer, par la fenêtre ouverte, prend une grande inspiration, puis se lance.

*

Après deux heures d'écriture bienheureuse et un déjeuner sur le pouce, Amélie part en voiture en direction de Rostudel, se gare à hauteur de la plage de la Palue. Y installe sa serviette de plage, retire ses vêtements, se retrouve en maillot de bain, expose son corps au soleil. C'est une magnifique journée de début juillet, chaude, sans vent. Il y a juste une brise légère qui caresse sa peau. Une sensation qu'elle aime particulièrement.

Elle alterne ses activités : lecture, sieste, lecture, baignade. Une vraie journée plaisir. Comme prévu. Elle s'adonne aussi à une séance de longe-côte. Marche dans l'eau d'un bon pas, le long de cette plage qui se prête particulièrement à cette pratique. Se remet à lire. Puis regarde la mer, le soleil qui descend tout doucement.

Elle a des projets pour ce soir.

Bientôt elle retourne à sa voiture, la déplace un peu, jusqu'au parking de la pointe de Dinan. Part à pied, avec son sac à dos. La dernière fois qu'elle a emprunté le sentier côtier par ici, c'était lors de son périple, il y a un mois. Mais elle était passée ici en pleine journée. Là, ce sera différent. Elle a un objectif *coucher de soleil* prometteur. Elle avance jusqu'à la pointe, admire le paysage, puis prend le sentier qui longe la mer à droite, vers un endroit de la côte qui s'appelle le château de Dinan et qu'elle sait être de toute beauté.

Il y a une arche qui enjambe la mer et donne sur un rocher massif ressemblant à une forteresse.

Elle y arrive vite, trouve où s'asseoir. Là où la vue est la plus belle. Elle dînera ici. Face à la pointe de Pen-Hir. En regardant le soleil glisser vers les Tas de Pois au milieu de quelques nuages. Le ciel a raison : il faut quelques nuages pour qu'un coucher de soleil devienne merveilleux. Ils prennent des teintes roses incroyables de beauté.

Amélie se verse un peu de rosé dans un gobelet et trinque à la vie. Ce pique-nique solitaire la remplit de joie. Tout ça, la mer, le ciel, ce paysage inouï sont pour elle, ce soir. Même si le sentier est arpenté par quelques promeneurs candidats au grandiose comme elle. Peu importe. Elle ne les voit pas. Elle est seule dans sa bulle. En communion totale avec cette terre, cette mer, cet astre de feu qui continue sa descente rien que pour elle.

Amélie inspire profondément. Un sentiment de plénitude se diffuse dans toutes les cellules de son corps. Elle se sent sereine. En paix. Emplie de joies. La joie de vivre, la joie d'être en vie. La joie pure qu'on éprouve devant la beauté d'un paysage, dans l'instant présent.

Pour la première fois depuis longtemps, elle se sent vraiment heureuse. Comblée. Elle a envie de pleurer, de crier, de dire merci à la vie. Elle mesure le chemin parcouru. Devant elle, tout est possible. Tout. Et ce qui tenait du vertige déroutant devient léger. Comme si le surf était devenu un tapis volant qui vogue dans un ciel aussi calme et doux que celui qu'elle embrasse du regard, ce soir.

Vie d'Amélie

Les vacances d'été s'ouvrent avec l'anniversaire de Victor, le lendemain du jour J.

Amélie a convié tout le monde dans la maison de Morgat. Un soleil radieux et chaud a permis de prévoir les festivités dans le jardin, sur la terrasse flambant neuve. Au bout du jardin, la baie de Douarnenez s'offre aux regards, la mer a pris des reflets bleu-vert insensés.

Mémé Corentine, cette fois, ne pourra pas être des leurs. Amélie en est triste. Elle aurait tant aimé l'accueillir ici, dans son ancien jardin, dans son ancienne maison. Sa grand-mère aurait vu les changements. Peut-être, cependant, en aurait-elle été choquée.

Amélie n'a pas invité Sylvain. Elle n'a pas osé (c'était peut-être un peu tôt). Et puis elle n'était pas sûre d'avoir envie qu'il soit là. De toute façon, il a fêté l'anniversaire de Victor avec ses parents, hier soir. Sans l'inviter non plus. Comme quoi… c'est chacun sa vie. Elle redoutait que ce premier anniversaire de Victor sans lui soit une étape désagréable. Mais ça n'a pas été si terrible que cela grâce au petit déjeuner surprise qu'elle a pu organiser avec la complicité de Sylvain. Elle pense à Noël. N'imagine pas les festivités sans Victor. Il faudra qu'ils trouvent un autre arrangement, avec son papa. Mais elle ne s'inquiète pas trop.

*

Les premiers arrivés sont Nadine, Hélène, Jocelyn et leurs filles. Pendant que les enfants entament une partie de cache-cache dans le jardin, les adultes visitent la maison avec une curiosité mâtinée d'admiration. C'est fou comme la maison est différente. Et pourtant Amélie a su préserver son âme.

Julie et Mathieu arrivent au moment où la visite se termine. La marraine de Victor a opté pour une robe moulante, mettant en valeur un début de ventre de femme enceinte, et affiche l'air épanoui de la future maman. Mathieu la couve des yeux. Amélie est heureuse de constater qu'ils n'ont jamais paru si proches. Il suffit parfois d'avoir pris une décision pour que les doutes s'envolent.

Le groupe se retrouve dans le jardin. On ouvre des bouteilles de champagne et on le sert dans les coupes. « Ça les fera arriver plus vite », dit Jocelyn, évoquant les retardataires.

Les membres de la famille d'Amélie sont curieux et impatients de rencontrer Jacques. Celui qui habite pourtant à deux pas se fait attendre. Le trac, peut-être ? Amélie lui envoie un message : *Le champagne est servi.* La réponse arrive vite, sous la forme d'un coup de sonnette : il est là, sur le petit perron. Amélie l'accueille tout sourire et à bras ouverts. Elle est heureuse de le présenter à sa famille. Il n'est pas très à l'aise, se demande si c'est vraiment sa place, si ça n'est pas *trop*… trop tôt ou trop hors normes, mais il ne peut plus reculer. Déjà Amélie le prend par le bras et l'entraîne vers le jardin.

— Je vous présente Jacques ! s'écrie Amélie à l'attention de sa famille.

Tous se tournent vers l'inconnu et le dévisagent. Ils

ont entendu parler de lui et, sans le connaître, s'en sont fait une idée. Peut-être certains, Hélène en tête, l'ont-ils suspecté de vouloir obtenir plus d'Amélie qu'une simple amitié. Elle leur paraît peut-être bizarre, hors des normes, oui. Mais force est de constater, et cette journée le leur prouvera à tous, qu'il existe entre eux une amitié *familiale* sincère et dénuée de toute ambiguïté.

Amélie lève son verre à la santé de tous, et aux cinq ans de Victor. Annonce que Loïc n'arrivera que pour le dessert. Puis les discussions reprennent, le temps de l'apéritif qu'ils prennent debout, dans l'herbe, tout en picorant les petits fours disposés dans des plateaux.

Ils passent à table. Amélie a placé Jacques auprès d'elle, et sa mère de l'autre côté. Un instant, elle imagine son père à la place de Jacques, puis sa vision s'efface. Le repas se passe à merveille. Après quelques instants où la timidité et la gêne ont pu parasiter les débuts, petit à petit tout le monde se détend et la discussion devient naturelle. « Je crois qu'ils t'ont adopté », glisse Amélie à l'oreille de Jacques, au moment du fromage.

On attend Loïc pour le dessert. Victor s'impatiente. Quand son parrain va-t-il arriver ? Il voudrait ouvrir ses cadeaux.

C'est alors que Loïc fait son entrée, à l'angle de la maison qu'il a contournée sans sonner. Il n'est pas seul, évidemment. Amélie lui a demandé de venir avec Maxime. Souhaitant provoquer une rencontre, espérant que le choc ne serait pas trop rude, mais que la surprise, au contraire, sera belle pour Jacques. Elle le dévisage tandis qu'il réalise que c'est son fils, aux côtés de l'ami d'Amélie. La stupeur est nette, mais empreinte d'émotion. Amélie sourit... Elle a peut-être gagné.

Les deux hommes effectuent le tour de la table pour saluer un à un les convives déjà installés.

— Bonjour, papa. Il paraît que tu connais déjà Loïc…

Jacques se lève, embrasse son fils, puis serre la main de Loïc avec la poigne qui le caractérise. Il est somme toute déboussolé.

— Tu m'auras tout fait…, dit-il à Amélie, en guise de réprimande.

— Pas trop sonné ?

— Un peu, avoue-t-il.

Mais les circonstances jouent pour eux. L'effervescence reprend, à l'arrivée du gâteau avec ses bougies et des cadeaux. On s'exclame, on braque les téléphones pour garder des souvenirs.

Le repas s'achève dans la bonne humeur, même si certains autour de la table oscillent encore entre gêne et surprise.

Ensuite, il y a des jeux, des discussions dans le jardin. Beaucoup d'animation et de belles retrouvailles.

Postée dans l'encadrement de la porte-fenêtre, Amélie embrasse la scène du regard. Sa sœur, en grande discussion avec sa mère et Jacques. Jocelyn, avec Julie, Mathieu et le nouveau couple. Puis d'autres mélanges, d'autres associations. Un père et son fils. Des sourires et des regards qui en disent long. Tant de bonheur sous ses yeux. Une famille, une nouvelle famille. Une famille qui va encore grandir. Par la magie des liens du sang et des liens qui se choisissent. Une joyeuse harmonie.

Amélie repense à l'anniversaire de Victor, l'année dernière, dans la maison-cube. Tant de choses se sont passées en une année ! Elle a perdu Sylvain, mais a *gagné* Jacques. Elle s'est perdue, mais elle s'est retrouvée. Pour la première fois depuis longtemps, elle a l'impression d'avoir trouvé son équilibre.

Hélène s'approche d'elle, la prend dans ses bras avec sa tendresse de grande sœur, et lui glisse à l'oreille :

— Il est chouette, ton Jacques.

Elles le cherchent des yeux. Il est en grande discussion avec leur mère. Amélie sourit, la remercie. C'est si bon de savoir son ami adopté, de se sentir comprise. Hélène s'éloigne déjà, se dirige vers les enfants qui ont entamé une partie de croquet.

Amélie inspire en grand. Plus que jamais, elle en est certaine : le meilleur est à venir.

Flash-back

Tu poursuivras ton traitement hormonal quatre années en tout, qui verront ta tumeur diminuer légèrement, jusqu'à mesurer environ trois centimètres et à commencer à se nécroser, enfin, au bout de presque dix ans.

Ta tumeur est ta locataire. Tu ne l'as pas choisie. Elle s'est installée là pour une durée indéterminée, sans bail, à perpétuité. Tu vis avec. C'est une squatteuse. Une squatteuse avec laquelle tu vis le plus souvent sans y penser. Une squatteuse dont, avant chaque IRM, tu redoutes le caractère sournois, même si à présent tu n'en passes qu'une tous les deux ans. Une squatteuse qui te fait marcher parce qu'à chaque fois, dans les semaines qui précèdent, tu ressens de nouveau les petites décharges électriques. Ton inquiétude en est la cause. Tu le sais à présent. Tu fais avec. Tu en avais parlé, une fois, avec le radiologue qui a succédé à celle qui te suivait, après son départ à la retraite. Il t'avait dit que c'était normal que tu ressentes ces douleurs : ta tumeur est collée à ce nerf ou l'englobe, en tout cas, c'est normal d'avoir mal. Ce n'est pas « dans ta tête ». Finalement, plus qu'un cerveau inquiet qui se crée des douleurs inexistantes, tu as peut-être un cerveau dont la sérénité crée l'absence de douleur, le plus souvent.

Épilogue

Aujourd'hui tu es une femme comblée. Il paraît que ça se voit.

Tu vis une vie en accord avec qui tu es. Tu es épanouie en amour, en amitié, en famille, comme dans ton travail.

Tu es écrivain.

C'est ton métier et tu n'en reviens toujours pas : le rêve de tes dix ans s'est réalisé.

Souvent, tu penses à tout ce qui t'est arrivé et tu sais que, sans cela, tu ne serais ni là où tu te trouves ni dans la vie que tu as.

Tu sais que la clé de voûte de ta vie, c'est ton accouchement. Pas seulement parce qu'il t'a apporté ton plus grand bonheur, le fils le plus merveilleux qui soit. Tu sais qu'il t'a causé une maladie. Tu sais qu'elle t'a bouleversée, qu'elle a modifié le regard que tu portais sur l'existence, qu'elle t'a forcée à faire des choix, qu'elle a changé ta vie. Tu sais que sans le docteur M., ta vie n'aurait pas été la même. Tu serais restée à la même place, tu n'aurais pas fait certaines rencontres déterminantes, tu n'aurais sans doute jamais écrit. Alors, sans éprouver de quelconque gratitude, tu ne serais pas loin parfois de vouloir le remercier. Le remercier lui, ou plutôt la maladie pour ce qu'elle a voulu te signifier.

En tout cas, tu as pardonné.

La plupart des soignants que tu as croisés tout au long de ta vie ont été à la hauteur et tu éprouves une grande reconnaissance pour la médecine, sans laquelle, à une autre époque, tu serais sans doute morte deux fois.

Tu vis du bonus. Tu vis avec la conscience que chaque jour est un cadeau. C'est peut-être pour cela que tu croques la vie : tu as la résilience chevillée au cœur.

Souvent tu repenses aux événements que tu as subis, à ta façon d'y avoir réagi, aux choix que tu as faits qui n'ont pas toujours été compris. Tu ne regrettes rien : à eux tous ils forment la jolie chaîne des dominos de ta vie.

UN PETIT MOT

Rilke a dit : « Une œuvre d'art est bonne si elle provient de la nécessité. » Ce que vous venez de lire n'est qu'un roman, et je n'aurais certainement pas la prétention de le trouver bon. Mais ce que je sais, c'est qu'il provient d'une nécessité : il s'est imposé à moi comme une évidence. Cette fois, il fallait que je l'écrive.

Le titre aussi a été une évidence. On a tous nos dominos qui s'entraînent les uns les autres. Il y en a des noirs, des *qu'on n'aurait vraiment pas voulu vivre.* Mais, après tout, que sait-on de ce qu'ils nous réservent ?

Je voudrais remercier avant tout ma chère éditrice, Maïté… experte plus que jamais en maïeutique ! Tu es la sage-femme qui m'aura aidée pendant la gestation de ce roman, et pendant tout le *travail* d'écriture. J'espère que ce bébé de papier (imparfait, comme tous les bébés du monde) nous rendra fières toutes les deux.

Je voudrais vous remercier également, chers lecteurs, d'être parvenus jusqu'ici. Merci pour votre soutien, votre fidélité, votre enthousiasme, vos mots touchants, votre envie de me lire et d'offrir mes livres. Vous êtes mes meilleurs ambassadeurs. Et vous savez, peut-être encore plus qu'avant, ce que je vous dois. Ce fabuleux destin, c'est grâce à vous. Alors aucun mot ne sera suffisant pour vous exprimer toute la gratitude que je ressens.

J'ai une pensée particulière pour les proches qui me liront. Peut-être que certains passages de ce roman vous auront mis mal à l'aise ou décontenancés ou peinés *a posteriori*. J'en suis par avance désolée.

Je pense aussi très fort à quelqu'un qui ne pourra malheureusement pas me lire, mais à qui je veux rendre hommage : Mme B. Merci pour votre grande aide. Je me rappelle vos mots, un jour, en fin de parcours, vous m'avez confié ce que vous avez ressenti en me voyant la première fois : « Vous êtes née sous une bonne étoile. » À ce moment-là, je ne l'aurais pas parié, mais il faut croire que vous aviez raison.

Je tiens à dire ici aussi toute mon admiration et ma gratitude pour la grande majorité des membres du personnel soignant, qui sont d'ailleurs mis à rude épreuve en ces temps compliqués. La plupart des médecins, infirmières, sages-femmes, etc., sont formidables d'humanité et de dévouement. Mais on ne peut nier (et faire comme s'il n'existait pas) le phénomène des violences médicales, gynécologiques et obstétricales que certain.e.s subissent. Les faits relatés dans les flash-back sont exposés tels qu'ils se sont passés, exactement, dans la réalité (le reste n'est *que* fiction). Néanmoins, je souhaite préciser ici que le lieu et les initiales des médecins mentionnés ont été modifiés.

Sans transition…

MERCI à toute la maison d'édition Michel Lafon, pour son accompagnement, son soutien, sa confiance, et la liberté qu'elle me laisse, à chaque fois, d'écrire ce que j'ai envie d'écrire, ce que je porte au fond de moi, ce qui s'installe et fait son nid quelque part, dans mon cœur-cerveau.

Merci à toute l'équipe du Livre de Poche de croire aussi en moi et de permettre à mes livres de vivre longtemps.

Merci aux libraires, aux journalistes, aux blogueurs, à tous ceux qui lisent, (re)commandent et conseillent mes livres. Un livre lu est un livre vu. Alors MERCI pour votre soutien.

À tous, j'espère avoir l'occasion de vous croiser un jour. En attendant, prenez soin de vous.

Laure
Décembre 2021

De la même autrice :

La Délicatesse du homard, Michel Lafon, 2017
La Mélancolie du kangourou, Michel Lafon, 2018
L'Ivresse des libellules, Michel Lafon, 2019
L'Embarras du choix, Michel Lafon, 2019
Histoire d'@, Le Livre de Poche, 2020
Le Sourire des fées, Michel Lafon, 2020
Le Craquant de la nougatine, Michel Lafon, 2021
La (Toute) Dernière Fois…, Le Livre de Poche, 2022
Ce que disent les silences, Michel Lafon, 2023

Retrouvez l'autrice sur

Facebook
Lauremanelauteur

Instagram
lauremanel

et son site officiel
www.laure-manel.com

PAPIER À BASE DE FIBRES CERTIFIÉES

Le Livre de Poche s'engage pour l'environnement en réduisant l'empreinte carbone de ses livres. Celle de cet exemplaire est de :
200 g éq. CO_2
Rendez-vous sur www.livredepoche-durable.fr

Composition réalisée par MAURY-IMPRIMEUR

Achevé d'imprimer en décembre 2023, en France par
Maury Imprimeur – 45330 Malesherbes
Dépôt légal 1re publication : mai 2023
N° d'impression : 274982
Edition 03 - décembre 2023
LIBRAIRIE GÉNÉRALE FRANÇAISE
21, rue du Montparnasse – 75298 Paris Cedex 06